조선
변호사

홍랑

조선
변호사

홍랑

정명섭 지음

🐚 머메이드

차례

하나

누상동

"랑아! 뭐 하고 있니?"

밖에서 들리는 어머니 한씨 부인의 목소리에 홍랑은 얼른 읽고 있던 책을 덮었다. 옆에서 꾸벅꾸벅 졸고 있던 몸종 고단이가 잽싸게 방석 아래로 책을 숨겼다. 홍랑은 재빨리 바늘을 들었고, 고단이는 반쯤 자수를 놓은 천을 펼쳤다. 곧바로 미닫이문이 열리고 한씨 부인이 들어섰다. 바늘을 든 홍랑은 호들갑을 떨면서 일어났다.

"어쩐 일이세요, 어머니?"

자연스럽게 옆으로 물러난 홍랑은 어머니 한씨 부인을 힐끔 바라보았다. 어머니가 무슨 일 때문에 왔을지 뻔히 알았기 때문이다. 그래서 한씨 부인이 앉자마자 바로 칭찬 세례를 퍼부었다.

"어머나, 그 삼작노리개 어디서 사셨어요? 어머니에게 참 잘 어울리십니다."

옷고름에 달린 노리개를 힐끔 내려다본 어머니가 고개를 절레절레 저었다.

"네가 무슨 속셈으로 그런 얘기를 하는지 모를 줄 아느냐?"

"속셈이라니요? 어찌 그런 말씀을 하세요, 어머니."

옥색 옷고름으로 입을 살짝 가리며 대답하는 홍랑을 향해 한씨 부인이 입을 열었다.

"아까 매분구가 찾아왔었다."

"매분구요? 화장품을 팔러 왔나요?"

"네가 뭘 도와줬다며? 그래서 고맙다며 이것저것 가져왔더구나."

어머니 한씨 부인의 얘기를 들은 홍랑은 "후유" 하고 가슴을 쓸어내렸다.

"그러지 않아도 된다고 했는데…."

"매분구 얘기를 들어보니 도둑 누명을 쓴 걸 벗겨줬다고 하던데?"

한씨 부인의 물음에 홍랑이 활짝 웃으며 대답했다.

"남산골에 화장품을 팔러 갔다가 은비녀를 훔쳤다는 오해를 샀다지 뭡니까? 어머니도 보셨다시피 그 매분구가 영악

하긴 하지만 남의 물건을 탐할 사람은 아니지 않습니까?"

홍랑의 말에 한씨 부인이 고개를 끄덕거렸다.

"화장품값을 잘 안 깎아줘서 그렇지 남의 물건을 탐할 사람은 아니지."

"저에게 찾아와서 하도 억울하다며 하소연하길래 알아봤더니 이상한 점이 있지 뭡니까?"

"이상한 점?"

"예, 그 집 안주인의 은비녀가 없어졌다고 했는데, 그 매분구는 대청에만 앉아 있었고 안에는 들어가지 않았다고 했거든요. 게다가 안주인이 은비녀를 잃어버렸다고 한 시점도 애매했어요."

"애매했다고?"

"예, 매분구가 오기 얼마 전부터 은비녀를 꽂고 다니지 않았다고 했거든요. 아주 애지중지해서 거의 매일 꽂고 다녔는데 말이죠. 그래서 알아보니까 아들 노름빚을 갚느라고 팔아버린 겁니다. 그런데 남편이 그걸 알면 화를 낼 게 뻔하니까 잃어버렸다고 둘러댄 거죠."

"저런, 그냥 잃어버렸다고 할 것이지 왜 애꿎은 매분구한테 누명을 씌워."

"아마도 화장품을 싸게 팔지 않았다고 앙심을 품었던 것 같아요."

딸 홍랑의 설명을 들은 어머니 한씨 부인이 고개를 갸웃거렸다.

"그런데 너는 근래 밖에 나간 적이 없지 않으냐?"

"그게, 고단이가 저 대신 가서 알아보았습니다."

한씨 부인의 시선이 느껴지자 고단이가 황급히 고개를 숙였다.

"아씨가 시키셔서…."

"그래, 몸종이니 주인이 시키는 대로 해야지. 네 인생도 이름대로 고단하구나."

"아, 아닙니다."

고단이의 대답을 들은 한씨 부인이 홍랑을 바라봤다.

"화장품값을 절대로 안 깎아주던 매분구가 찾아와서 선물을 잔뜩 주고 간 게 바로 그 이유 때문이구나."

"그렇습니다. 집집마다 들어가서 물건을 팔아야 하는데, 손버릇이 나쁘다고 소문나면 누가 문턱을 넘게 해주겠습니까? 그야말로 큰일 나는 것이지요."

"그래, 사람이 좋든 싫든 함부로 밥줄을 끊으면 벌을 받는 법이지."

"어머니께서 바깥일에 함부로 나서지 말라고 하셨는데,

사연을 듣고 보니 하도 딱해서요."

홍랑의 말을 들은 한씨 부인이 한숨을 쉬었다.

"방 안에 앉아 저 멀리 남산골에서 벌어진 일을 알아맞히다니 너도 참 대단하구나."

칭찬인지 안타까움인지 아리송한 말을 들은 홍랑은 가볍게 웃었다.

"얄팍한 재주일 뿐입니다, 어머니."

"그게 어찌 얄팍한 재주니? 어릴 때부터 영특함이 남달라서 네 아버지도 항상 아쉬워했지. 양반집 아들로 태어났으면 정승 판서를 했을 거라고 말이야."

"저는 어머니와 아버지를 모시고 사는 게 더 좋습니다. 지체 높은 양반 집안이라고 해도 우리 집안만큼 화목하겠습니까?"

"어이구, 진짜 말은 혜정교의 전기수(傳奇叟: 예전에 이야기책을 전문적으로 읽어주던 사람)보다 잘하는구나."

홍랑은 어머니 한씨 부인의 얘기를 듣고 가볍게 한숨을 쉬었다. 그렇게 안심하고 있는데 돌연 한씨 부인의 공격이 시작되었다.

"네 나이가 올해 몇이냐?"

드디어 나올 게 나왔다고 생각한 홍랑은 손가락을 하나씩

접으면서 시간을 끌었다. 하지만 어머니 한씨 부인이 눈을 부릅뜨자 한숨을 쉬며 대답했다.

"올해 열여섯입니다, 어머니."

"내가 올해는 어떻게든 너를 시집보내고야 말겠다고 천지신명께 맹세를 했지."

"어머니, 소녀는 아직 배울 게 많은 몸입니다. 섣불리 시집을 갔다가 이런저런 실수를 하고 시부모님을 제대로 모시지 못해서 홍씨 집안의 이름에 먹칠을 할까 봐 두렵습니다."

홍랑의 얘기를 들은 어머니 한씨 부인이 땅이 꺼져라 한숨을 쉬었다.

"네가 나이가 차도록 시집을 안 가는 게 우리 집안에 누가 되는 거라고 내가 몇 번을 얘기했지?"

"그러긴 하셨습니다만…."

"외동딸인 네가 빨리 시집을 가서 데릴사위가 들어와야 아버지의 일을 물려받지 않겠느냐? 네 아버지 나이가 몇 년 후면 쉰이란다. 손주를 봐도 한참 전에 봤어야 한다고 한숨만 쉬신단다."

어머니 한씨 부인의 압박에 홍랑은 조심스럽게 반격했다.

"후사가 걱정이시라면 친척 중에 골라 양자를 들이셔도 되지 않겠습니까? 양자로 들어오고 싶어 하는 이가 한둘이 아니던데요."

홍랑의 말에 어머니 한씨 부인이 눈을 흘겼다.

"아이고, 양자로 누굴 들이느냐로 서로 칼부림을 할 기세인데 어떻게 받아. 거기다 양자로 들어오면 너랑 나를 챙겨줄 것 같아? 아버지 돌아가시면 홀랑 자기 집안만 챙기고 우린 찬밥 신세가 될 거란 말이다."

"사역원(司譯院: 조선 시대의 외국어 교육기관이자 통·번역 사무와 실무를 맡던 관청) 왜통사(倭通事: 일본어 통역을 맡은 사람) 자리가 그렇게 대단한 거예요?"

그러자 한씨 부인이 옷고름에 달린 삼작노리개를 홍랑의 눈앞에 들이밀며 말했다.

"대단하고말고. 그러니까 이런 노리개도 사고, 누상동이지만 한양에 집도 가지고 있는 거지."

"아무튼 소녀는 당장 시집을 갈 생각이 없습니다."

"언제까지 이러고 살래? 여인이 하고 싶은 대로 다 하고 살 수 있는 세상이 아니란 말이다."

분위기가 심상치 않고 어머니의 말씀이 길어질 것 같다고 생각한 홍랑은 고단이와 슬쩍 눈짓을 주고받았다. 그러고는 굳게 결심한 표정으로 입을 열었다.

"정 그러하시면 소녀가 뜻을 접고 시집을 가겠습니다."

"그래, 잘 생각했다. 혼처는 좋은 곳으로 알아뒀으니까 걱정 말거라."

"대신 시집을 가기 전에 유람을 가보고 싶습니다."

"유람? 어디로 말이냐?"

한씨 부인의 물음에 홍랑이 말했다.

"금강산이요."

"뭐라고?"

놀란 한씨 부인이 입을 딱 벌렸다. 하지만 홍랑은 두 손을 꼭 잡은 채 말했다.

"병풍 그림으로만 보다가 작년에 거길 갔다 온 화공에게 얘기를 들었잖아요. 진짜 일만이천 봉에 구름이 굽이굽이 흐르는 게 꼭 강물 같다고 했어요. 이왕 가게 되면 가을에 가고 싶어요. 높은 산에서 내려다본 단풍이 정말 절경이라고 그 화공이 말했거든요. 그리고 거기 있는 사찰도 아주 크고 아름다워서 꼭 가보라고 했어요. 그 사찰 이름이…"

"그만!"

신이 나서 얘기하던 홍랑은 어머니 한씨 부인의 호통에 입을 다물었다. 바닥이 꺼져라 한숨을 내쉰 한씨 부인이 홍랑을 한심한 표정으로 바라봤다.

"여인이 도성 밖에만 나가도 말이 나오는 판국에 뭐? 금강산? 그게 어디 될 법한 말이더냐?"

"어머니, 여인이라고 꼭 집 안에만 있어야 하는 법이 어 딨습니까? 제가 《경국대전(經國大典)》이랑 〈대명률(大明律)〉을 싹 찾아봤는데 그런 법은 없었습니다."

"그런 걸 네가 어떻게 봐?"

한씨 부인의 말에 홍랑은 아차 싶었다.

"그, 그게 아니오라…."

"너, 지난번에 조보(朝報: 조선 시대에 우리나라 최초로 민간에서 발 행한 일간신문)를 구해서 읽다가 걸렸을 때 뭐라고 했는지 기억 이 안 나니?"

"나, 나죠. 이상한 책 안 보겠다고 했어요."

"그런데 《경국대전》이나 〈대명률〉이 왜 나와? 그게 규수 가 읽을 책이야?"

"규수는 그런 책 읽지 말라는 법이 어디 있습니까, 어머니?"

"너는 왜 매사에 법을 언급하는 것이냐? 법이 그리 좋으냐?"

"명확해서 그러합니다."

"명확하다니?"

어머니 한씨 부인의 물음에 홍랑이 맑은 눈빛으로 말했다.

"여인은 뭘 하면 된다, 안 된다가 명확하지 않습니다. 소 녀가 문밖에 나가면 안 된다고 하시지만, 어머니도 젊은 시절에 친구분들과 가마를 타고 온천이 있는 온양에 갔다 오신 적이 있잖습니까?"

"그, 그거야 오래전 일이고."

머쓱해진 한씨 부인의 대답에 홍랑은 맑은 눈을 더욱 반짝거리며 말했다.

"소녀가 아무리 법전을 뒤져보고 옛 문헌을 살펴봐도 여인이 집 밖으로 나가면 안 된다는 내용은 없었습니다. 그런데 온 세상 사람들은 여인이 집 밖으로 나가면 마치 난리가 나는 것처럼 굴지 않습니까? 그래서 그 근거가 뭐냐고 물어보면 다들 변명을 일삼기 바쁩니다."

"그, 그거야 세간의 평이 중요하니까 그렇지. 보는 눈이 한둘이 아닌데 괜히 오해 살 짓을 해서 혼삿길이 막히면 큰일이잖니."

어머니 한씨 부인의 말에 홍랑은 한숨을 쉬었다. 온화하지만 완고한 성격이다 보니 설득하기가 쉽지 않았기 때문이다. 그런데 돌연 어머니 한씨 부인이 눈물을 글썽거렸다.

"어, 어머니."

"내가 십칠 년 전에 시집을 와서 낳은 게 너 하나다. 네 아버지에게 첩을 들여 후사를 이으라고 했건만 눈도 돌리지 않으셨지."

"잘 알죠, 어머니."

"아들을 낳지 못하는 것은 조선의 여인들에게 가장 큰 죄악이란다. 특히 사역원 역관 자리에 있는 네 아버지에게는 반드시 후사가 있어야 그 자리를 물려줄 수 있단다. 안 그러면 그 자리를 다른 사람에게 빼앗길 수 있어. 너도 우리 홍씨 집안이 언제부터 왜통사가 되었는지 알고 있지?"

"그럼요. 백 년 전에 증조할아버지께서 대마도로 왜구를 정벌하러 갈 때 종군하신 게 시작이었잖아요."

"그 이후로 한 번도 왜통사 자리를 놓친 적이 없었어. 그 덕분에 한양에 자리 잡아 살고 있고 말이야. 그런데 내가 아들을 낳지 못해 대가 끊길 위기에 처하지 않았니."

그 얘기만 나오면 항상 눈물을 흘리는 어머니라서 홍랑은 조마조마했다.

"그게 어찌 어머니 탓입니까? 치성도 열심히 드리고, 정성을 다하셨잖아요."

조심스럽게 위로의 말을 건넸지만 별 도움은 되지 않았다.

"그래도 네가 잘 자라줘서 고맙다. 하지만 세상일이라는 게 내가 하고 싶은 것만 하고 살 수는 없는 법이란다. 왜 네 마음을 모르겠니? 나도 젊었을 적에는 새가 되고 싶었단다. 그래서 넘어갈 수 없는 담장을 넘어 자유롭게 날고 싶었지.

그런데 말이다."

한숨을 깊게 내쉰 어머니 한씨 부인의 얘기가 이어졌다.

"담장 밖의 삶이 더 힘들고 어렵다는 걸 깨달았지. 너, 올봄 보릿고개 때 한양이랑 근처 성저십리(城底十里: 서울의 도성 밖 십 리 안에 해당하는 지역)에서 얼마나 많은 사람이 굶어 죽었는지 알지?"

"저도 봤죠."

단오 때 꽃구경하러 나갔다가 삐쩍 마른 아이가 다가와서 살려달라고 했을 때의 기억이 생생히 떠오른 홍랑은 고개를 떨궜다. 그런 홍랑에게 어머니 한씨 부인이 말했다.

"담장 밖에는 하루 한 끼도 먹지 못해 굶어 죽는 사람들이 부지기수란다. 그래도 우리는 아버지가 사역원의 왜통사라서 굶지는 않고 있어."

"다행으로 생각합니다."

"사람에게는 먹고사는 문제가 가장 중요하단다. 우리가 그나마 대접 받으며 살고, 앞으로도 그러기 위해서는 반드시 아버지의 후계자가 필요하단다. 안 그러면 너나 나나 말년이 불행해질 것이야."

어머니 한씨 부인의 말에 틀린 부분은 없었기에 홍랑은 더욱더 답답해졌다. 하지만 지금도 이렇게 억눌려 사는데 혼인까지 하게 되면 시어머니의 등쌀에 못 견딜 것 같다는 생각에 절로 몸서리가 쳐졌다. 그걸 본 어머니 한씨 부인이 뭔가 말을 하려다가 시선이 아래쪽으로 향했다.

"방석 아래 무슨 책이냐?"

"네?"

놀란 홍랑이 고단이가 앉아 있는 방석을 내려다봤다. 아까 감춘 책의 모서리가 슬쩍 삐져나온 게 보였다. 고단이가 잽싸게 방석 아래로 밀어 넣었지만 한발 늦고 말았다.

"너, 또 이상한 책 보고 있었지?"

"아, 아닙니다."

홍랑은 황급히 아니라고 발뺌했지만, 한씨 부인이 고단이에게 일어나라는 손짓을 했다. 눈치를 보던 고단이가 일어나자 아까 읽다가 황급히 숨긴 책이 보였다. 한 손으로 책을 든 어머니 한씨 부인이 표지의 제목을 읽었다.

"《삼강행실도(三綱行實圖)》?"

의아해하는 한씨 부인의 눈길을 본 홍랑이 재빨리 책을 가져온 다음에 한 장씩 펼쳤다.

"예, 어머니께서 항상 충과 효에 대해 말씀하셔서 그 말씀을 깊이 새기고자 구했습니다."

"뜻밖이로구나. 조보나 법전일 줄 알았는데."

"어머니께서 보지 말라고 하셨는데 어찌 제가 그걸 어기겠습니까?"

"그래, 책의 모서리가 닳은 걸 보니 열심히 읽은 모양이로구나. 어느 부분이 가장 인상적이었느냐?"

"그, 그게…."

잠깐 주저하던 홍랑은 고단이의 눈짓에 얼른 입을 열었다.

"종이의 얘기가 가장 인상 깊었습니다."

"종이?"

"예, 평양에 살던 한 여인이 남편을 만나 혼인을 하고 시어머니를 봉양하며 살았답니다. 그런데 어느 날 대성산에서 내려온 화적패가 습격해오자 늙은 시어머니를 업고 도망치다가 붙잡혔다고 합니다."

"저런, 시어머니를 업고 가느라 붙잡혔구나."

"그렇습니다. 몸종이 위험하다고 만류했지만, 어찌 시어머니를 버리고 가느냐면서 업고 가다가 그만 변을 당하고 만 것이지요."

"그래, 그런 얘기를 읽어야지. 내가 그만 오해를 했구나."

한씨 부인의 말에 홍랑은 작게 안도의 한숨을 쉬면서 고단이에게 고맙다는 눈짓을 했다. 어머니가 좋아할 만한 얘기를 해야 했는데 고단이가 눈치를 줘 얘기한 게 먹힌 것이다.

하지만 한씨 부인은 결판을 내려고 왔는지 이전과 달리 쉽게 일어나지 않았다.

"네가 시어머니를 잘 모실 준비가 되어 있는 것 같으니 안심하고 혼사를 추진하마."

"어, 어머니!"

"올해는 너를 반드시 시집보내고 말 것이니 그리 알아라. 아버지도 이미 허락하셨어."

"아버지도요?"

"그래, 언제까지 너랑 같이 지낼 수는 없다고 내가 말씀 드렸더니 알겠다고 하시더라."

마지막 보루인 아버지도 결국 손을 들었다는 생각에 홍랑은 눈앞이 깜깜해졌다. 그런 홍랑의 속마음을 전혀 눈치채지 못한 한씨 부인이 흡족한 표정을 지었다.

"네가 혹시 딴마음을 먹을까 봐 걱정했는데《삼강행실도》를 읽고 시어머니를 모실 생각을 하고 있으니 참으로 다행이구나."

위기를 벗어나기 위해 지어낸 거짓말이 뜻하지 않은 상황으로 이어지자 홍랑은 머리가 터질 것 같았다. 때마침 대문을 두드리는 소리와 함께 들려온 우렁찬 낯선 목소리가 위기를 벗어나게 해주었다.

"이리 오너라!"

너무나도 힘찬 목소리에 한씨 부인이 얼굴을 찡그렸다.

"아이고, 귀청 떨어지겠네. 대체 누구야?"

어머니 한씨 부인이 일어나서 밖으로 나가자 홍랑은 안도의 한숨을 내쉬며 고단이를 바라봤다.

"하마터면 들킬 뻔했어."

"그러게요. 정말 운이 좋았어요."

고단이의 얘기를 들은 홍랑은 표지만 '삼강행실도'로 바꾼 법전을 재빨리 경상(經床:경을 올려놓는 책상) 서랍 안에 넣었다. 밖에서 평소와 다르게 소란스러운 소리가 들렸다. 눈꼽재기창(한국의 살림집에서 건물 밖의 동태를 살피기 위해 낸 작은 창. 눈꼽재기는 '눈꼽'의 경상남도 방언이다)을 통해 바깥을 살핀 고단이가 말했다.

"누가 온 모양입니다."

"누구?"

"그러니까…."

잠시 바깥을 바라보던 고단이가 대답했다.

"외가 쪽 분이신 것 같습니다."

"외가? 한씨 집안사람이 또 찾아왔다고?"

"혹 지난번 그 일 때문이 아닐까요?"

고단이의 조심스러운 물음에 홍랑이 고개를 끄덕거렸다.

"맞아. 우리 집 양자로 들어오고 싶다고 해서 어머니가 화를 내셨지. 가뜩이나 아들을 못 낳아서 양자를 들여야 하는데 어떻게 외가 쪽에서 양자를 들이냐고 말이야."

그때 일을 떠올린 홍랑은 몸서리를 쳤다. 갑자기 들이닥친 외가 쪽 사람들은 기세등등하게도 어머니에게 어서 양자를 들이라고 윽박질렀다. 어머니가 절대 그럴 수 없다고 강하게 나가자 다행히도 빈손으로 돌아갔지만, 그러면서도 두고 보라고 이를 갈며 큰소리를 쳤다. 그때의 일이 떠오른 홍랑에게 고단이가 말했다.

"아씨, 찾아온 사람 말입니다."

"응, 누군지 기억났어?"

"그때 유독 험한 소리를 해서 마님께서 크게 화를 내셨던 사람이 있지 않습니까?"

"누구? 두꺼비?"

홍랑의 물음에 고단이가 한 손으로 입을 가리며 웃었다. 땅딸막한 키에 아랫입술이 툭 튀어나왔고, 입을 열 때마다 침을 튀기는 모습이 영락없이 두꺼비였다. 거기다 팔이 짧아서 뒷짐을 지려고 할 때마다 손이 닿지 않아 놓치는 모습도 우스꽝스러웠다.

"이름이 한횐덕이었던가?"

고개를 갸웃거리는데 고단이가 말했다.

"사랑채로 바로 들어가십니다."

"아버지가 계신 곳으로?"

"예. 마님 표정이 좀 어두우시네요."

궁금함을 견디다 못한 홍랑은 장지문을 열었다. 양반이 사는 집은 사랑채와 안채가 완전히 분리되어 있지만, 한양의 누상동에는 그런 집이 별로 없었다. 사역원의 왜통사인 아버지가 중인 신분이다 보니 그런 집을 살 여유도 없었고, 살 수 있다 해도 눈치가 보였다. 그래서 홍랑이 사는 누상동의 집은 가운데에 마당이 있는 길쭉한 형태였다. 누상동이 수성동 계곡으로 이어지는 오르막에 위치해 있다 보니 홍랑의 집은 안채가 있는 위쪽과 대문과 행랑채가 있는 아래쪽이 경사져 있었다. 홍랑이 머무는 안채는 대문 맞은편에 있었는데, 행랑채와 봉당에 가리워 잘 보이지 않았다. 게다가 바깥에서 드나드는 사람이 홍랑을 마주치지 못하도록 아예 발을 쳐놓았다. 사랑채는 안채 옆에 있었는데, 아버지가 주로 머물렀다. 아버지는 왜통사이면서 책을 좋아한 탓에 사랑채 곳곳에는 사방탁자와 책이 가득했다. 홍랑이 다른 댁 규수와 달리 책을 좋아한 이유도 바로 어린 시절부터 아버지의 사랑채를 드나들었기 때문이다. 장지문을 반쯤 연 채 사랑채를 바라보던 홍랑은 눈살을 찌푸렸다.

"갑자기 무슨 일이지?"

"그러게요. 다시는 안 올 것처럼 굴더니 말입니다."

고단이도 궁금한지 중얼거렸다. 잠시 후 사랑채에서 쩌렁쩌렁한 고함 소리가 들렸다. 안채에서 지켜보던 두 사람은 물론, 행랑채 쪽마루에 앉아서 돗자리를 만들기 위해 고드랫돌을 만지작거리던 판득 아범도 깜짝 놀랐다. 다시 고함 소리가 들리자 손으로 입을 가린 홍랑이 고단이에게 물었다.

"저거 아버지 목소리지?"

"그런 것 같아요. 저렇게 화를 내신 적은 정말 없었는데 말입니다."

"그러게. 작년에 너랑 나랑 몰래 꽃구경 갔을 때도 저 정도는 아니셨는데 말이야."

얘기를 주고받는데 갑자기 사랑채 문이 활짝 열렸다. 놀란 둘은 얼른 장지문을 닫았다. 그리고 약속이나 한 듯 옆에 있는 눈꼽재기창을 열었다. 둘이 보기에는 너무 작아서 이번에는 홍랑이 내다봤다. 사랑채 문을 열고 나온 것은 두꺼비라는 별명을 붙인 한휜덕이었다. 백저포 자락을 휘날리며 요란스럽게 헛기침을 한 그는 섬돌에 있는 미투리를 신고는 뒤따라 나온 아버지와 어머니 한씨 부인을 향해 말했다.

"그럼 잘 생각해보시고 답변을 주십시오."

"생각하고 말고가 어디 있겠나? 원하는 걸 들어줄 생각은 눈곱만큼도 없으니 썩 물러가게."

아버지의 호통에도 전혀 개의치 않는 표정을 지은 한훤덕은 검은색 발립(鉢笠: 둥글고 납작한 갓)을 고쳐 쓰면서 천연덕스럽게 대꾸했다.

"그럼 장례원(掌隷院: 조선 시대에 노비의 부적簿籍과 소송에 관한 일을 관장하던 정삼품 관청)에서 뵙지요. 솜씨 좋은 외지부(外知部: 조선 시대의 변호사에 해당)를 구해놓으셔야 할 겁니다."

큰 소리로 웃은 한훤덕에게 주황색 액주름(사대부가 남자들이 저고리와 바지를 입고 그 위에 덧입었던 옷)에 검은색 평정건(조선 시대 녹사錄事와 서리書吏의 관모)을 쓴 아버지가 역정을 냈다.

"아내의 집안사람이라 예의를 다했건만 그런 식으로 겁박을 하다니! 조정의 관리를 능멸하고도 멀쩡하기를 바라지는 말거라."

"조정의 관리라면 앞장서서 나라의 법을 지켜야지요. 아니 그렇습니까?"

능글맞은 한훤덕의 물음에 한씨 부인이 망측하다는 표정을 지으며 돌아섰다. 섬돌을 내려선 한훤덕은 헛기침을 요란하게 하면서 대문으로 향했다. 눈치를 보던 판득 아범이 재빨리 대문을 열어줬다. 의미심장한 눈길로 판득 아범을 바라보던 한환득이 나가자마자 한씨 부인이 외쳤다.

"판득 아범!"

"예, 마님."

"부엌에 가서 소금 한 주먹 가져다가 대문에 뿌리게."

"소금을 말입니까요?"

"재수가 없을 수 있으니 많이 뿌리게, 많이."

날카로운 목소리로 지시한 한씨 부인이 옷자락을 부여잡고 사랑채로 들어갔다. 뒷짐을 지고 서 있던 아버지 홍한석역시 불편함이 가득 담긴 헛기침을 하고는 따서 들어갔다. 그걸 본 홍랑이 눈꼽재기창을 닫으면서 중얼거렸다.

"대체 무슨 일이지?"

"소리를 지르시고 저렇게 얘기를 나누신 걸 보면 결코 좋은 일은 아닌 것 같습니다."

고단이의 말에 홍랑도 고개를 끄덕거렸다.

"뭔지는 모르지만 일단 혼인 문제는 잠시나마 들어가겠지?"

"그게 오히려 더 큰 문제 아닐까요?"

어린 시절부터 같이 지낸 고단이는 똑똑하지는 못해도 눈치 하나는 기가 막히게 빨랐다.

"더 문제라고?"

"예, 아까 보니까 마님께서는 어떻게든 아씨를 시집보내려고 작정하신 것 같았는데요. 의논도 없이 혼인을 밀어붙이실지도 몰라요."

"그런가?"

갈피를 못 잡고 있는데 갑자기 미닫이문이 벌컥 열렸다. 놀란 홍랑과 고단이가 바라보는 와중에 성큼성큼 들어온 한씨 부인이 방석 위에 앉았다. 고단이가 잽싸게 책을 치우는 사이 홍랑은 씩씩거리는 어머니 한씨 부인에게 물었다.

"대체 무슨 일이에요?"

"하, 살다 보니 별일이 다 있구나. 진짜."

"아까 왔던 분 때문인가요? 두꺼비, 아니 외가 쪽 친척이요?"

"그래, 다짜고짜 찾아와서는 말도 안 되는 소리를 하지 뭐냐."

"무슨 소리요?"

"우리 집 노비를 몽땅 내놓으라고. 참, 어이가 없어서."

"노비를요?"

고단이를 힐끔 본 홍랑의 물음에 어머니가 분통을 터트리며 말했다.

"그래, 이상한 문기(文記: 땅이나 집 따위의 소유권이나 그 밖의 권리를 증명하는 문서)를 가져와서 내밀지 뭐냐. 내 살다 살다 별꼴을 다 보는구나. 저런 걸 집안 식구라고 챙겼으니 내가 어리석었어."

지켜보던 홍랑이 신세 한탄과 푸념을 하는 어머니 한씨 부인에게 조심스럽게 물었다.

"문기의 내용이 뭐였는데요?"

잠시 생각하던 한씨 부인이 대답했다.

"별급(別給: 예전에 별도로 보수를 더 준다는 뜻으로, '증여'를 이르던 말) 문기 같은 거였다. 내가 시집올 때 돌아가신 아버님이 주신 거지."

"무엇을 별급한 것인가요?"

"아버지가 역과에 합격해서 사역원에서 정식으로 일하게 된 것을 축하한 것이야. 그때 온 이들이 판득이네였단다. 아들인 판득이가 똑똑해서 대처에 나가 장사를 하면서 우리 집안 살림이 많이 좋아졌지."

어머니 한씨 부인의 말대로 판득이는 장사에 소질이 있어 어린 시절부터 운종가에서 손님들을 상점으로 데려가는 여리꾼 노릇을 곧잘 했다. 눈에 띄기 위해 송낙(예전에 여승이 머리에 쓰던, 송라松蘿를 우산 모양으로 엮어 만든 모자)을 쓰고 길게 찢은 천을 옷에 매달아 질질 끌고 다녀서 집안사람들에게 큰 웃음을 주었다. 나이가 들어서는 보부상 노릇을 하다가 양주에 내려가서 상점을 열었는데 제법 장사가 잘되었다. 그 덕에 판득 어멈은 그곳에 내려가 일을 도와주었고, 판득 아범만 이곳에 남아서 집안일을 하고 있었다. 판득 아범도 내려가고 싶어 하는 눈치였지만, 아버지가 허락하지 않았다. 가족이 다 모이면 다른 마음을 품을 수도 있다는 것이 이유였다. 지난 설 때 올라온 판득이가 제 아비를 데려가고 싶다고 청했지만 거절한 것도 그래서였다. 홍랑은 돈이 많은 판득이네가 언제까지나 이 집 노비로 있을 것 같지는 않았기에 차라리 돈을 받고 속환을 해주는 게 좋을 것 같았으나, 집안일에 나서지 말라는 아버지의 불호령이 떨어질 게 뻔했기 때문에 입 밖으로 내뱉지는 않았다. 가만히 생각하던 홍랑이 고단이를 잠깐 쳐다보고는 어머니에게 물었다.

"별급을 해준 것이면 이미 끝난 일인데 그걸 가지고 어떻게 송사를 벌인답니까?"

"한휜덕의 얘기로는 문기에 적힌 내용이 하나 있어서 그렇다는구나."

"어떤 내용이요?"

"자식을 낳으면 물려주고, 그렇지 못하면 돌려줘야 한다고 말이야."

"저를 낳으셨잖아요."

홍랑은 화를 내며 말하다가 곧 목소리를 죽였다. 어머니 한씨 부인의 표정을 보고 문서에 적힌 자식이 곧 아들을 뜻하는 것임을 알아차렸기 때문이다. 그런 딸을 보면서 바닥이 꺼져라 한숨을 쉰 한씨 부인이 고단이를 보며 말했다.

"오늘은 식사를 좀 일찍 하자꾸나, 고단아."

"네, 마님."

"지난번에 생선 장수에게 산 굴비는 어디 있느냐?"

"봉창에 잘 걸어두었습니다."

"몇 마리 꺼내서 굽도록 해라. 아니다, 내가 직접 구우마."

몸을 일으킨 한씨 부인이 미닫이문을 열고 밖으로 나갔다. 그 뒤를 고단이가 허둥지둥 따라갔다. 고단이가 인사를 하고 닫은 미닫이문을 보면서 홍랑은 중얼거렸다.

"문기가 사실이라면 우리가 불리한데?"

저녁상을 차려 대청에서 다 같이 식사를 하는 내내 홍랑의 마음은 불편하기 그지없었다. 정자관(程子冠: 예전에 선비들이 평상시 머리에 쓰던, 말총으로 만든 관)을 쓴 채 식사를 하던 홍랑의 아버지는 식사를 마치고 고단이가 가져온 숭늉을 들이켠 다음 차분하게 말했다.

"오늘 무슨 일이 있었는지 알고 있느냐?"

"어머니에게 들었습니다."

최대한 조심스럽게 대답한 홍랑에게 수염을 쓰다듬은 아버지가 말했다.

"그 문제는 너무 걱정하지 말거라."

"하지만 상대방이 문기를 토대로 송사를 걸어오면 불리한 건 사실입니다."

"그럴 줄 알고 문기를 따로 받아놓았다."

"무슨 문기를요?"

눈빛을 반짝거리는 홍랑에게 아버지가 말했다.

"아무래도 처음 작성했던 문기의 내용이 부족한 것 같아서 말이다. 몇 년 전 장인어른이 돌아가시기 전에 문기를 하나 더 받아놓았다. 아들이든 딸이든 상관없이 자식에게 상속하겠다고 말이다."

아버지의 얘기를 들은 홍랑은 안도의 한숨을 쉬었고, 옆에서 식사를 하던 어머니 한씨 부인은 가볍게 눈을 흘겼다.

"아니, 그런 걸 받아놨으면 저에게 얘기를 해주셨어야죠."

"괜히 마음 쓸까 봐 그랬네."

홍랑은 어머니와 얘기를 나누던 아버지에게 물었다.

"문기가 있는데 왜 말씀을 안 하셨습니까? 그러면 오늘 같은 일도 없었을 텐데 말입니다."

"일부러 없는 척을 했다. 그래야 누가 시비를 걸고 나서는지 알 수 있으니까 말이다. 사람의 마음을 아는 건 어려운 일이고, 그렇기에 기다려봐야만 한단다."

"무엇을 기다려야 한다는 말씀이신가요?"

"생각이 겉으로 드러날 때까지 말이다. 그래야 누가 아군이고 적인지 알 수 있지. 한씨 집안도 원래 역관 집안인 것은 알고 있지?"

"네."

"이제는 내 자리까지 노리고 있어. 왜관(倭館: 조선 시대에 입국한 왜인(倭人)들이 머물면서 외교적 업무나 무역을 행하던 관사)이랑 접촉하면서 뒷돈을 챙길 수 있거든. 물론 나는 안 그러지만 말이다."

식사를 마치자 밖에서 기다리고 있던 판득 아범이 들어와 고단이와 함께 밥상을 치웠다. 아버지는 자연스럽게 경상에 올려놓은 장죽을 물었고, 어머니는 등잔불을 기울여 불을 붙여주었다. 그러고는 은으로 된 재떨이를 그 앞에 밀어놓았다. 담배를 한 모금 빤 아버지가 홍랑을 보면서 말했다.

"너무 걱정하지 말거라. 내가 사역원에서 왜통사로 일하며 나라의 녹을 먹은 지 이십여 년이다. 조정에 인맥이 넉넉하니 말이다."

"혹시 그 문기는 입안(立案: 조선 시대에 관아에서 어떠한 사실을 인증認證한 서면)을 받으셨습니까?"

예상 밖의 물음에 아버지는 놀란 표정을 지었고, 옆에 있던 어머니 한씨 부인 역시 눈을 껌뻑거리다가 물었다.

"입안이라는 것이 무엇이냐?"

"문기를 관청에 제출해서 공증을 받는 것입니다. 문기란 물건을 거래하는 당사자들끼리 맺은 약조를 종이에 적은 것이고요. 이는 한쪽의 마음이 변하거나 혹은 환퇴(還退)를 주장하는 경우에 대비하는 것이지요."

"환퇴가 무엇이냐?"

어머니 한씨 부인의 물음에 홍랑이 대답했다.

"상대방에게 돈을 받고 판 토지나 가옥을 도로 무르는 것을 말합니다."

"아! 얘기는 들었는데 무슨 뜻인지는 몰랐다."

어머니 한씨 부인은 집 밖으로 나가는 걸 그다지 좋아하지 않았다. 세상에 대한 호기심으로 가득한 홍랑과는 정반대였다. 홍랑의 얘기를 들은 아버지가 장죽을 입에 물고 담배를 한 모금 길게 빤 다음에 대답했다.

"따로 입안을 받지는 않았다."

"지금이라도 입안을 받는 게 좋지 않겠습니까, 아버님?"

"나라에서 송사를 벌이는 것을 좋아하지 않는다. 그런데 조정의 관리인 내가 먼저 나서서 송사를 준비할 수는 없지 않겠느냐?"

"송사가 없는 게 가장 좋은 일이지만, 사람들은 손해를 보면 가만있지 않습니다. 그러니 소매에 소지(所志: 예전에 청원이 있을 때 관아에 내던 서면)를 넣고 장례원을 비롯해 한성부의 문턱이 닳도록 드나드는 것 아니겠습니까?"

홍랑의 얘기를 들은 아버지는 장죽으로 재떨이를 때려댔다. 듣고 있던 어머니 한씨 부인이 옷고름을 만지작거리며 조용히 말했다.

"랑아, 아버지 말씀대로 송사를 하는 쪽으로 일이 벌어지면 조정 관리인 아버지의 체통에 문제가 생긴다. 한휠덕이 큰소리를 쳤다고 한들 판득 아범을 우리 집에서 데리고 부린 지가 이십 년이 넘는다. 무슨 일이야 생기겠느냐?"

어머니 한씨 부인까지 가세하자 홍랑은 더 이상 얘기를 할 수 없었다. 식사를 마치고 방으로 돌아온 홍랑이 보료 위에 앉자 설거지를 마친 고단이가 들어와서 앞에 앉았다.

"아무래도 불안해."

홍랑의 얘기에 고단이가 물었다.

"마님께서 걱정하지 말라고 하셨잖습니까."

"세상일이라는 게 그렇게 녹록지 않으니까 문제지. 그건 너도 잘 알지 않느냐."

"잘 알고 있지요."

"돈 한 푼에도 사람 목숨이 오가는 게 바깥세상인데 두 분은 그걸 너무 모르시네."

"사역원에서 녹을 받고 계시고, 집안 재산도 넉넉한데 무슨 걱정이 있겠습니까. 아씨도 너무 걱정 마십시오."

"그랬으면 좋겠다."

한숨을 내쉬는 홍랑을 본 고단이가 눈빛을 반짝거리며 말했다.

"저, 옆집에서 조보를 몇 장 얻었습니다요."

"어떻게?"

반색을 한 홍랑의 물음에 고단이가 옷고름으로 입을 가리면서 웃었다.

"그 댁 어르신이 충훈부(忠勳府: 공신功臣의 훈공을 기록하는 일을 맡아 하던 관아)에서 일하던 관리였잖습니까. 그래서 조보를 받는데, 읽고 치워버린 것들을 그 집 몸종이 모아놨답니다. 불쏘시개로 쓰려고 말입니다."

"저런, 그리 귀한 걸 불쏘시개로 쓰려고 하다니!"

"그래서 지난번에 매분구에게 받은 화장품을 주고 받아 왔습니다."

"어디 있느냐?"

홍랑의 물음에 신이 난 고단이가 저고리 안에 숨겨둔 조보들을 펼쳤다. 그리고 마지막에 한 장 더 꺼냈다.

"이건 바로 분발(分撥)입니다."

"분발이라면 조보를 간행하기 전에 급한 것을 먼저 적어서 회람시키는 것 아니냐? 이 귀한 걸 어찌?"

"조보에 섞여 온 것 같습니다."

신이 난 홍랑은 분발을 한 장 한 장 바닥에 펼쳐놓은 다음 읽기 시작했다.

"작년 알성시(謁聖試: 임금이 문묘에 참배한 뒤 실시하던 비정규적 과거 시험) 합격자 명단이네? 장원급제자가 남양 홍씨 집안이야."

"저는 여기 적힌 내용이 궁금합니다."

고단이가 내민 조보를 본 홍랑이 고개를 살짝 기울인 채 내용을 읽어줬다.

"홍성에서 소가 다리 세 개밖에 없는 송아지를 낳았대."

"정말이요? 참으로 해괴한 일이네요."

"그래서 조정에서 해괴제(解怪祭)를 지내라고 했나 봐."

"해괴제는 또 뭡니까?"

고단이의 물음에 홍랑이 대답했다.

"글자 그대로 나라에 해괴한 일이 벌어지면 지내는 제사야."

"참으로 해괴하네요."

고단이의 대답에 홍랑은 손으로 입을 가린 채 깔깔거렸다. 그러다가 문득 창밖을 바라봤다. 살짝 열어놓은 창문 너머로 담장이 보였고, 담장 너머에는 넓은 세상이 있었다. 좁게 난 그 틈을 보면서 홍랑은 저도 모르게 중얼거렸다.

"불안한데."

── 둘 ──

뎨김

며칠 후, 누군가 대문을 갑작스럽게 두드렸을 때 홍랑은 고단이와 함께 수를 놓고 있었다. 어머니 한씨 부인은 안채에서 《내훈(內訓)》을 읽는 중이었다. 아버지 홍한석은 보름이라 사역원에 등청하지 않고 집에서 쉬고 있었다. 사랑채에서 친우와 함께 최근 취미를 붙인 바둑을 두는 중이었다. 요란스럽게 대문 두드리는 소리에 행랑채에 있던 판득 아범이 뛰쳐나왔다. 사랑채에 있던 아버지는 불쾌한 표정으로 미닫이문을 열었다.

"어느 놈이 감히 문을 시끄럽게 두드리는 것이냐!"

아버지의 호통에 판득 아범이 얼른 대문으로 달려나가 누구냐고 물었다. 그러자 대문 밖에서 우렁찬 목소리가 들렸다.

"한훤덕이오!"

그 목소리를 들은 아버지는 얼굴을 찡그렸다.

"친우랑 바둑을 두는 중이니 물러가라고 해라."

판득 아범이 대문으로 다가가 말을 전했다. 그러고는 파랗게 질린 얼굴로 달려와 고했다.

"뎨김(백성이 관부官府에 제출한 소장訴狀·청원서·진정서에 대해 관부에서 써주는 처분. 판결문 또는 처결문)을 가져왔다고 합니다. 어쩌지요?"

문을 살짝 열고 엿들은 고단이가 홍랑에게 물었다.

"뎨김이라면 원고가 송사를 할 상대방을 데려오라는 문서 아닙니까?"

"맞아. 불안하다 했는데 정말…."

말을 잇지 못하는 홍랑이 지켜보는 가운데 아버지 홍한석 역시 당황한 기색이 역력했다.

"뎨, 뎨김이라니!"

"일단 얘기를 들어보시는 게 어떤지요?"

판득 아범의 말에 아버지가 헛기침을 두어 번 하고는 입을 열었다.

"행랑채로 들이거라. 곧 가도록 하마."

판득 아범이 빗장을 풀고 대문을 열었다. 그리고 들어선 한훤덕에게 행랑채를 가리켰다. 갓과 도포 차림으로 뒷짐을 진 한훤덕이 손님 대접이 박하다고 투덜거리며 대문 옆 행랑채로 들어갔다. 그걸 본 홍랑이 중얼거렸다.

"직접 들어볼 수도 없고, 답답하네."

그 얘기를 들은 고단이가 홍랑을 올려다봤다.

"방법이 있습니다."

"어떻게?"

"저기 행랑채랑 담장 틈 보이시죠? 사람이 딱 지나갈 수 있을 정도입니다."

고개를 빼고 고단이가 얘기한 곳을 본 홍랑이 중얼거렸다.

"그러네. 저긴 어떻게 안 거야?"

"아씨가 나리의 동태를 알아오라고 했을 때 몇 번 이용한 적이 있습니다. 저기가 창문 바로 아래여서 주고받는 얘기도 잘 들려요."

"가자."

홍랑의 말에 고단이가 몸을 일으켰다.

"따라오십시오. 마님에게 들키면 다 끝장이니까 조심하세요."

"걱정 마. 어머니는 겁이 많으셔서 방 안에서 꼼짝도 못 하고 계실 테니까."

뒷문을 열고 살짝 밖으로 나온 홍랑과 고단이는 담장을 따라 허리를 숙인 채 걸어갔다. 살고 있는 집이 홍랑이 머무는 안채와 사랑채 그리고 행랑채가 모두 이어져 있어 엿듣는 게 가능했다. 반쯤 열린 미닫이창에서 아버지가 피우는 담배 연기가 흘러나왔다. 잠시 후 아버지의 성난 목소리가 창문 사이를 뚫고 홍랑의 귀에 들렸다.

"아니, 별급을 받아서 부린 지 이십 년이 넘었는데 이제 와서 돌려달라는 게 억지가 아니고 뭔가?"

"어르신, 문기에는 분명 손자가 태어나는 걸 축하하기 위해 별급하는 것이라고 나와 있습니다. 그런데 그때 잉태한 아이는 사산되었고, 그 뒤로는 따님 한 분밖에 없습니다. 문기에는 분명 '후사를 이을 수 있는 손자'라고 표시되어 있으니 이의를 제기한 것입니다. 아닌 말로 따님께서 다른 집안의 아들과 혼인하면 이 집안의 재산이 모두 다른 곳으로 가는 것 아닙니까?"

한훤덕의 말에 안타깝게도 아버지는 헛기침으로만 응수할 뿐이었다. 기세를 올린 한훤덕의 목소리가 높아졌다.

"이 집안의 재산에는 한씨 집안에서 보태준 것이 꽤 됩니다. 그것이 얼굴도 모르고 핏줄도 다른 생판 남에게 가는 것이야말로 부당한 일입니다. 그래서 우리 집안 아이를 이 집안의 양자로 삼아달라고 거듭 요청하지 않았습니까?"

"어허, 우리 집안의 일은 내가 결정한다고 하지 않았나?

겁박을 하는 것도 모자라서 이런 식으로 송사를 걸다니, 참으로 사대부의 체통을 잃고 싶은가?"

"체통이 일을 해결해주는 건 아니니까요. 이 집안이 호의호식하는 동안 우리 한씨 집안은 가세가 기울어 한양에서도 물러나야만 하는 상황입니다. 우리 집안도 살아남으려면 방법이 없습니다."

"아무리 그래도 어찌 사대부의 체통을 이리 쉽게 내버리는가?"

"우리 한씨 집안이나 어르신 집안이나 역관을 대대로 세습하는 중인이외다. 그러면 녹봉만으로는 턱없이 부족하다는 걸 온 세상이 알고 있소이다. 제때에 들어온 적도 드물고, 규정대로 받은 적도 거의 없으니까요. 어르신께서는 집안의 재산으로 부족한 녹봉을 메우고 계시고, 우리 집안 역시 마찬가지입니다. 체통을 지키려면 재물이 반드시 필요한 법이지요. 그게 없으면 체통은커녕 끼니도 굶게 마련입니다."

한휘덕의 설명을 들은 아버지는 담배를 피우는지 잠시 침묵을 지켰다. 그러다가 재떨이를 장죽으로 가볍게 두드린 후 입을 열었다.

"한씨 집안 상황은 내가 모르는 바 아닐세. 그래서 도와달라는 요청이 올 때마다 최대한 힘 닿는 대로 도왔잖은가."

"근본적인 도움이 못 되었습니다. 어차피 후사가 없으니 우리 집안 청년을 양자로 받으시고 왜통사 자리를 물려주십시오. 그리하면 이번 송사를 포기하겠습니다."

한훤덕의 얘기를 엿들은 홍랑은 옷고름을 깨물면서 중얼거렸다.

"제발 제안을 받아들이세요, 아버지."

조용히 마무리할 수 있는 마지막 기회일지 모른다는 생각이 머리를 스쳐 지나간 것이다. 하지만 홍랑의 간절한 바람과는 달리 아버지는 거절했다.

"다시 얘기하지만 우리 집안일에 관여하지 말게. 양자를 들이는 문제는 이 집안의 가장인 내가 결정할 문제니까 말일세."

"물론이지요. 당연히 이 집안 문제는 어르신이 결정을 내리시는 것이 맞습니다. 하지만…."

잠깐 뜸을 들인 한훤덕이 이어 단호하게 말했다.

"노비의 소유권 문제는 다릅니다. 그래서 저는 이 문제를 장례원에서 다툴 생각입니다. 여기 데김을 받아왔습니다."

"장례원에서 자네 얘기만 듣고 이걸 써준 건가?"

"설마 얘기만 들었겠습니까? 우리 집안에서 제출한 문기를 보고 전후 사정도 듣고 나서 데김을 써준 것입니다. 잘 아시겠지만, 뎨김을 받고도 나오지 않으면 국법을 어기는 것은 물론이고 송사에서 패배할 수 있습니다."

함께 얘기를 들은 고단이가 의아한 표정을 지으며 홍랑을 보았다. 홍랑은 이따가 얘기해줄 테니까 조용하라는 손짓을 하고는 계속 귀를 기울였다. 할 말을 다 했는지 한훤덕이 일어나는 소리가 들렸다.

"쉬시는 날 평온을 깨서 대단히 죄송합니다. 편히 쉬십시오. 오늘이 편히 쉬실 수 있는 마지막 날이 될 테니까요. 참, 장례원에 오실 때는 잘 준비하셔야 할 겁니다."

한훤덕이 문을 열고 나가는 소리와 아버지가 "저, 저 고얀 놈!"하고 외치는 소리가 거의 동시에 들렸다. 대화를 전부 들은 홍랑은 고단이와 함께 왔던 길을 통해 다시 방으로 돌아갔다. 옷에 묻은 먼지와 낙엽을 탁탁 털어낸 고단이가 홍랑에게 물었다.

"나오지 않으면 패소한다는 게 무슨 얘깁니까?"

"뎨김을 받고 나오지 않으면 송사를 이길 자신이 없다는 뜻으로 판단하는 거지."

"그거야 여러 가지 사정이 있으니까 그런 거 아니겠습니까?"

"장례원은 워낙 노비 소송이 많아서 그런 식으로라도 송사의 횟수를 줄이려는 것이야."

설명을 들은 고단이가 고개를 끄덕거렸다.

"그런 사정이 있었군요. 그러면 이제 주인 나리께서 직접 장례원에 나가셔야 하는 겁니까?"

"아무래도 외지부를 고용하는 게 좋을 것 같아. 그게 아니면 아는 분에게 대송노(代訟奴)를 빌리든지."

"외지부는 뭐고, 대송노는 누굽니까?"

"외지부는 장례원에서 노비 송사를 대신하는 사람을 얘기해. 대송노는 주인 대신 송사를 맡아서 처리하는 노비를 뜻하고 말이야."

"대송노는 무슨 뜻인지 알겠는데, 외지부는 왜 그렇게 불리는 겁니까?"

"내가 책에서 봤는데 말이야."

잠깐 생각을 하던 홍랑이 덧붙였다.

"고려 때 장례원 역할을 했던 게 도관지부(都官知部)였어. 우두머리를 지부사라고 불렀는데 외지부는 바깥에 있는 지부사, 그러니까 외부에 있으면서 송사 결과를 좌지우지할 수 있는 능력을 가진 사람이라는 뜻으로 외지부라고 불렀어."

"아하, 그럼 외지부가 송사를 대신합니까?"

"어, 송사는 양쪽이 나와서 자신의 입장을 대변하고 증거를 제출해야 해. 하지만 법률은 복잡하고 보통 사람들은 그걸 알 도리가 없잖아."

"그, 그렇죠. 저도 장례원이 있다는 것 정도만 알았으니까요."

고단이의 얘기를 들은 홍랑이 땅이 꺼져라 한숨을 쉬었다.

"아버지도 그중 한 명이지. 사역원에서 일하는 것 외에는 세상일에 관심이 없으시니까 말이야."

"그래도 설마 문제가 생기지는 않겠지요?"

고단이의 조심스러운 물음에 홍랑은 옷고름을 만지작거리며 말했다.

"지난번도 그렇고 느낌이 안 좋아."

"송사에서 질 수도 있단 말씀이십니까?"

홍랑이 대답하려는 찰나에 갑자기 소낙비 내리는 소리가 들렸다. 놀란 고단이가 허겁지겁 일어났다.

"어머, 빨래 좀 걷고 오겠습니다."

고단이가 열어놓고 나간 문 너머로 사랑채 밖으로 나온 아버지가 보였다. 장죽을 손에 든 채 비가 오는 하늘을 바라보던 아버지는 홍랑의 시선을 느꼈는지 겸연쩍은 웃음을 짓더니 사랑채로 다시 들어갔다. 잠깐 내리고 그칠 것 같던 비가 더욱 거세게 내렸다.

며칠 후, 아버지는 외출 준비를 했다. 한씨 부인은 숯을 올린 다리미로 남편의 도포를 다림질했다. 잘 다려진 도포를 입은 아버지는 가장 아끼는 통영갓을 갓 함에서 꺼내 머리에 썼다. 말없이 옷 입는 것을 도와준 한씨 부인은 남편에게 허리를 숙였다.

"저 때문에 대감에게 폐를 끼쳤습니다. 정말로 죄송합니다."

"당신이 잘못한 게 무엇이 있다고 이러시오. 잘 풀릴 것이니 너무 걱정 마시구려."

방에서 지켜보던 홍랑도 대청으로 나가 잘 다녀오시라고 인사를 했다. 그런 홍랑을 잠시 바라보던 아버지는 판득 아범을 앞세우고 대문 밖으로 나갔다. 문이 닫히는 소리를 들은 홍랑은 곧장 돌아서서 방에 있는 반닫이를 열었다. 그리고 안에 있던 너울을 꺼내 머리에 쓰고 천을 늘어뜨렸다. 얇고 가느다란 천이어서 안에서는 바깥이 잘 보이지만, 밖에서는 안쪽이 잘 보이지 않았다. 천을 만지작거린 홍랑이 바라보고 있던 고단이에게 물었다.

"누군지 알아보지 못하겠지?"

"네, 가보시게요?"

"아무래도 불안해서 말이야."

"주인 나리께서 아시면 진짜 날벼락이 떨어질 겁니다."

홍랑은 만류하는 고단이에게 장옷을 씌웠다.

"넌 이게 어울리겠다."

"아씨! 마님이 아시면 큰일 납니다."

"모르실 거야. 안방에서 〈내훈〉을 읽으시며 아버지를 기다리실 테니까."

"그, 그렇긴 해도….."

"장례원이 어딘지 알지?"

"육조가(六曹街: 국가의 정무를 나누어 맡아보던 이조·호조·예조·병조·형조·공조 여섯 관부官府가 있던 거리. 이하 육조거리) 쪽에 있어요. 예전에 가본 적이 있긴 한데….."

"앞장서거라."

홍랑의 재촉에 고단이는 못 이기는 척하며 문을 열고 나섰다. 발이 처진 안채에서는 한씨 부인이 초조함을 이기기 위해 〈내훈〉을 소리 내어 읽는 중이었다. 빗장을 열고 나가야 하는 대문 대신 사랑채 쪽에 있는 쪽문으로 나간 둘은 각자 너울과 장옷을 추스르며 내리막길을 걸었다.

경복궁이 내려다보이는 누상동에서 육조거리는 비교적 가까웠다. 넓은 거리 끝에는 경복궁의 정문인 광화문과 해태상이 보였다. 광화문 양쪽으로 육조와 거기에 속한 관청들이 자리 잡았다. 관청의 대문 앞에는 구거(溝渠)라고 부르는 작은 배수로가 있었고, 그 위에는 널빤지들이 덮여 있었다. 이어져 있는 운종가(雲從街)만큼은 아니지만 오가는 사람이 제법 많았고, 그들에게 구걸하는 거지와 주머니를 노리는 소매치기들이 어슬렁거렸다. 장옷을 쓴 채 주변 구경에 여념이 없는 고단이에게 헛기침을 날린 홍랑이 나지막하게 물었다.

"어디야?"

고단이는 주변을 두리번거리다가 딱 멈췄다.

"저기예요."

고단이가 가리킨 곳을 본 홍랑이 중얼거렸다.

"형조 바로 옆이구나."

높은 계단에 창을 든 군졸이 지키고 있는 형조의 대문과는 달리 장례원은 여염집의 대문 정도로 작았다. 하지만 드나드는 사람들로 북적거렸다. 장옷 사이로 주변을 살핀 고단이가 말했다.

"예전에도 사람들이 엄청 드나들었는데 오늘도 문턱이 닳도록 드나드네요."

잠깐 사람들의 발길이 뜸해진 사이에 안으로 들어간 둘은 웅성거리는 사람 무리와 마주쳤다. 한 손에 종이를 든 사람들이 경아전(京衙前: 중앙 관아에 딸려 있던 모든 구실아치. 대부분 중인 계급에 속했다)으로 보이는 하급 관리 앞에 모여 있었다. 뿔이 없는 복두(幞頭)에 푸른 관복 차림의 경아전은 몰려든 사람들을 보면서 말했다.

"순서대로 접수할 것이니 진정들 하시구려. 어차피 송사는 시일이 오래 걸리니까 이리 서두른다고 될 일이 아니외다."

경아전의 외침에 제일 앞줄에 선 남자가 답답하다는 듯 소리쳤다.

"아니, 그럼 왕십리에서 여기까지 매일 오라는 얘깁니까? 제 사정 좀 봐주십시오."

그 남자의 외침을 시작으로 다들 자기 송사를 먼저 처리해달라고 아우성을 쳤다. 그 와중에 갓을 눌러쓴 사대부 하나가 슬쩍 그들 사이를 지나가서는 경아전에게 눈짓을 보냈다. 경아전이 알아보고는 고개를 살짝 끄덕거렸다. 그러고는 서리(胥吏)들에게 그 자리를 맡기고 슬쩍 전각 뒤로 사라졌다. 그걸 지켜보던 홍랑은 고단이와 함께 모른 척 따라갔다. 앞쪽을 담장처럼 가로막은 전각을 돌아가자 사각형의 연못이 하나 나왔고, 그 옆에 몇 개의 전각이 보였다. 가운데 자리한 전각은 월대가 있었는데, 그곳에는 구실아치라고도 불리는 서리 두 명이 엎드려서 열심히 붓을 놀리는 중이었다. 대청에서는 의자에 앉은 관리가 지친 표정으로 월대 아래를 내려다

보고 있었다. 주변에도 구경꾼인지 송사에 참여하는 이인지 알 수 없는 사람들로 가득했다. 대부분 남자였지만 쓰개나 장옷을 쓴 여인도 가끔 보였다. 홍랑은 방금 슬쩍 눈짓을 주고받은 경아전과 남자가 소매 사이로 종이를 주고받는 걸 힐끔 봤다. 계속 지켜보는데 고단이가 홍랑의 소매를 잡아당겼다.

"저기, 주인 나리이십니다."

월대 앞에 두 명의 선비가 나란히 서 있었다. 한 명은 아버지였고, 다른 한 명은 한훤덕인 줄 알았는데 전혀 다른 사람이었다. 키가 크고 백옥 같은 피부에 연한 하늘색 도포 차림의 선비였다. 이마의 주름으로 보아 삼십대 정도로 짐작되었으나 흰 피부 덕분에 어려 보였다. 홍랑이 고개를 갸웃거렸다.

"누구지?"

조금 전에 본 경아전이 월대 앞에 서서 아버지와 젊은 선비를 향해 말했다.

"원고와 원척(原隻: 예전에 피고인을 이르던 말. 원고와 피고를 아울러 이르기도 한다)은 시송다짐(始訟侤音: '소송을 시작하려고 올리는 다짐'이라는 뜻. 여기서 侤音은 '고음'으로 읽지 않고 이두인 '다짐'으로 읽는다)을 가져왔는가?"

둘 다 동시에 고개를 끄덕거리며 소매에서 종이를 꺼냈다. 지켜보던 고단이가 물었다.

"시송다짐이 뭡니까?"

"송사를 시작할 준비가 되어 있다는 문서야. 데김을 받고 원척이 출두하면 송사가 시작되는데, 그때 제출하는 거야."

"송사는 누가 진행하는 겁니까?"

"저기 당상대청(堂上大廳)의 월대 위 대청에 앉은 관리. 아마 장례원의 최고 책임자인 정삼품 판결사일 거야. 송사가 벌어지는 장소를 송정(訟廷)이라고 하는데, 딱히 정해진 곳은 없지만 여기서는 당상대청에 앉은 판결사가 내려다보는 이곳이 송정이지."

경아전이 양쪽이 꺼낸 시송다짐의 내용을 확인하고는 월대 위쪽을 올려다보며 말했다.

"판결사 나리, 양쪽의 시송다짐 내용이 틀림없습니다요."

판결사가 고개를 끄덕거리고는 입을 열었다.

"그럼 송정을 시작하겠다. 먼저 원고는 이번 송사를 왜 시작했는지 아뢰고, 관련된 문기가 있으면 올리거라."

젊은 선비는 판결사의 말이 끝나자마자 가운데로 나왔다. 그리고 판결사와 서리들이 있는 월대 위의 전각은 물론, 주변의 구경꾼들을 한번 쭉 돌아봤다. 자신만만하고 느긋하기까지 한 모습을 본 고단이가 중얼거렸다.

"혜정교 앞 전기수 같네요."

잠깐 뜸을 들인 젊은 선비는 판결사를 향해 공손하게 고개를 숙였다.

"바쁘신데 시간을 내주셔서 감사합니다. 판결사 나리, 저는 송철이라고 합니다. 한씨 집안과 먼 친척으로, 부탁을 받고 이곳에 나왔습니다."

"외지부인가?"

판결사의 물음에 송철이라고 자신을 소개한 젊은 선비가 빙그레 웃었다.

"저 같은 백면서생이 어찌 그런 험한 일을 할 수 있겠습니까? 소인은 그저 한씨 집안의 은혜를 입은 일이 있어 창피함을 무릅쓰고 이 자리에 섰습니다. 이는 한씨 집안이 그만큼 어렵다는 것을 뜻하기도 합니다."

단숨에 얘기를 한 송철이 소매에서 문기를 하나 꺼냈다.

"이십여 년 전, 지금은 돌아가신 한씨 집안의 어르신이 사위에게 별급 문기를 하나 써주셨습니다. 사위가 역과에 합격해 사역원에서 왜통사로 일하게 된 것을 축하하기 위해서였지요."

문기를 경아전에게 건넨 송철이 다시 이야기를 이어갔다.

"별급 문기에는 당시 한씨 집안에서 부리던 노비 일가족을 선물로 건넸습니다. 득불이와 부인 어랑이 그리고 열 살

된 아들과 일곱 살 된 딸이었죠. 딸은 얼마 후 병으로 죽었습니다. 어쨌든 셋은 한씨 집안에서 홍씨 집안 소유로 바뀌었습니다. 그런데 왜 한참이나 지난 후에 돌려달라는 소송을 냈을까요? 그건….”

이번에도 한번 뜸을 들인 송철은 여전히 그 자리에 서 있는 홍랑의 아버지를 바라봤다.

“문기에 적힌 조항 때문입니다. 제일 마지막에 이런 내용이 적혀 있습니다.”

송철은 자신이 바친 문기를 경아전이 들여다보는 것을 기다렸다가 우렁찬 목소리로 말했다.

“선물로 건넨 노비들은 사위가 후사를 보면 물려주고, 그렇지 못하면 돌려받는다.”

경아전이 문기의 아래쪽을 눈으로 확인하고는 판결사를 향해 말했다.

“원고가 아뢴 내용이 적혀 있습니다.”

판결사가 고개를 끄덕거리고는 송철을 바라봤다. 가볍게 헛기침을 한 송철이 판결사 앞쪽으로 다가갔다. 사람들의 시선도 자연스럽게 그를 따라갔다.

“하지만 오늘날까지 사위인 왜통사 홍한석은 후사를 보지 못했습니다. 정처에게서 딸을 하나 얻었을 뿐이지요. 만약 그

딸이 다른 집안과 혼인을 하면 홍한석의 재산은 자연스럽게 딸을 통해 그 집안의 것이 될 것입니다. 아니 그렇습니까?"

너울을 쓴 홍랑은 아랫입술을 깨물었다. 물이 흘러가는 것처럼 자연스러운 송철의 설명을 들은 구경꾼들 상당수가 고개를 끄덕거리면서 맞는 말이라고 동조했다. 분위기를 휘어잡은 송철은 안타까운 표정으로 말을 이어갔다.

"사위에게 선물로 준 노비 일가족은 한씨 집안에서 대대로 부리던 노비들입니다. 조상의 소중한 유산을 의리상 다른 집안의 사람에게 줄 수는 없습니다. 그래서 한씨 집안에서는 노비를 돌려주든가, 아니면 한씨 집안의 자제를 양자로 삼아 후사를 이어달라고 요청했습니다. 하지만 홍한석은 집안일에 간섭하지 말라는 핑계를 대면서 요청을 거절하였습니다. 홍한석은 이제 나이 마흔이 넘었고, 딸은 혼기에 접어든 지 이미 오래입니다. 내일이라도 당장 혼인을 할 수 있는데, 그 혼인을 통해 만약 사위에게 노비를 넘겨주게 되면 한씨 집안의 노비들은 전혀 연관도 없는 다른 집안의 재산이 되어버립니다. 며칠 전에 이리 시일을 끌면 송사를 할 수밖에 없다는 뜻을 분명히 전했지만, 역시 홍한석은 집안일에 관여하지 말라며 거부하였습니다. 이는 명백하게 처가인 한씨 집안의 재산을 다른 집안에 넘겨주겠다는 뜻이기에 결국 안타까운 마음으로 이 자리에 섰습니다. 판결사 나리께서는 이 점을 잘 살펴봐주십시오."

얘기를 끝낸 송철은 도포의 소맷자락을 펄럭이며 원래 있던 자리로 돌아왔다. 지켜보던 판결사가 홍랑의 아버지에게 말했다.

"원척은 할 말이 있는가?"

"무, 물론입니다."

잔뜩 긴장했는지 살짝 말을 더듬은 아버지가 입을 열었다.

"한씨 집안에서 저에게 별급한 노비들은 적법하고 정당한 과정으로 온 것입니다. 대체로 집안일은 가장이 결정하는 것입니다. 제가 후사를 어찌 볼지에 대해서는 제가 알아서 판단할 문제이지 설사 처갓집이라고 해도 관여할 수 없는 일입니다. 그뿐이 아닙니다."

괴롭다는 듯 한숨을 쉰 아버지가 말을 이어갔다.

"처갓집은 집안이 어렵다는 이유로 저에게 도움을 요청한 게 한두 번이 아닙니다. 처음에는 기꺼운 마음으로 도왔지만 날이 갈수록 심해져서 결국은 인연을 끊다시피 했습니다. 그런데 갑자기 찾아와서는 자기 집안 자제를 양자로 들이라며 겁박을 하였습니다. 만약 제가 처갓집의 요청을 받아들여 한씨 집안의 자제를 양자로 들이면 어찌 되겠습니까? 반대로 저의 집안 재산 전체가 한씨 집안으로 넘어가지 않겠습니까?"

아버지의 얘기를 들은 홍랑은 주먹을 살짝 움켜쥐었다. 방금 전의 송철만큼은 아니지만 할 얘기를 충분히 다 한 것이다. 평상시에 과묵하고 조용한 성격의 아버지라 걱정했던 홍랑은 안도의 숨을 쉬었다. 얘기를 끝낸 아버지는 소매에서 문기를 하나 꺼냈다. 경아전이 그걸 받기 위해 다가오는 걸 본 아버지가 판결사에게 말했다.

"한씨 집안의 겁박이 심해져 마음고생을 하던 차에 훗날 화가 미칠 것을 우려해서 장인어른이 돌아가시기 전에 문기를 하나 받아놓았습니다."

"어떤 내용이냐?"

판결사의 물음에 경아전에게 문기를 건넨 아버지가 대답했다.

"앞으로 한씨 집안에서 저에게 별급한 노비에 대해 이러쿵저러쿵 시비를 걸지 않는다는 내용입니다. '내가 친히 구분했으니 뒷날 서로 다투고 분쟁을 하지 말라'는 문구가 있습니다."

아버지의 대답을 들은 판결사가 이번에도 경아전을 바라봤다. 문기를 살펴본 경아전이 고개를 끄덕거렸다.

"얘기한 내용이 틀림없습니다."

경아전의 대답을 들은 판결사가 송철을 바라봤다.

"원척이 제시한 문기에 따르면 아무런 문제가 없어 보인다. 이에 대해 할 말이 있는가?"

"판결사 나리께 아룁니다. 소인이 피척(彼隻: 소송 당사자가 서로 상대편을 이르는 말)이 제시한 문기를 직접 볼 수 있도록 허락해주십시오."

"무슨 이유 때문인가?"

"소인이 마음에 걸리는 게 있어서 확인하고자 합니다."

판결사가 손짓을 하자 경아전이 홍랑의 아버지가 제시한 문기를 송철에게 건넸다. 공손하게 문기를 받아 살펴보던 송철이 다 봤는지 문기를 돌려주었다. 그리고 정중하게 입을 열었다.

"방금 살펴본 결과 피척이 제시한 문기에는 두 가지 문제가 있습니다."

"무슨 문제가 있다는 말인가?"

판결사의 물음에 송철은 홍랑의 아버지를 힐끔 보고는 대답했다.

"일단 피척이 제시한 문기는 관아의 공증을 받은 것이 아닌 백문기(白文記)입니다. 송정에서 옳고 그름을 다툴 때 가장 중요한 것은 종이에 쓰인 문기이고, 관아의 입안을 받아야만 증거로서 인정됩니다. 하지만 피척이 제시한 문기에는 입안이 없습니다."

판결사는 아버지가 제시한 문기를 든 경아전을 내려다봤다. 경아전은 고개를 끄덕거렸다.

"관아의 입안을 받지 않은 백문기가 맞습니다."

대답을 들은 판결사가 송철을 바라봤다.

"다른 한 가지 문제는 무엇이냐?"

"피척은 장인에게 문기를 받았다고 주장했습니다. 하지만 피척의 장인은 십여 년 전부터 정신이 혼미하고 사물을 분간하지 못한 상태로 지냈습니다. 그러한데 어찌 맑은 정신으로 써야 하는 문기를 쓸 수 있었겠습니까?"

송철의 얘기를 들은 아버지가 반박했다.

"아닙니다. 다리에 풍이 들어 외출을 하지 못하셨을 뿐 정신은 또렷하셨습니다. 그래서 저의 얘기를 듣고 안타까워하시면서 친히 붓을 들어 내용을 적어주신 것입니다."

홍랑은 아버지의 얘기를 들은 송철이 회심의 미소를 짓는 것을 보고는 불안감이 엄습해왔다. 아니나 다를까, 송철이 얼른 앞으로 나섰다.

"안 그래도 지난번에 그런 얘기를 했다고 해서 제가 한씨 집안사람들에게 확인을 하였습니다. 그런데 정신이 혼미해지신 지 오래라서 문기를 쓰실 수 있는 상황이 아니라고 하였습니다. 여기….”

이번에도 잠깐 뜸을 들인 송철이 아까 문기를 꺼낸 반대쪽 소매에서 종이 뭉치를 꺼냈다.

“피척의 장인이 쓴 다른 문기들입니다. 보시고 필적이 같은지 다른지를 확인해주십시오.”

송철의 얘기를 들은 구경꾼들이 일제히 술렁거렸다. 홍랑역시 아차 싶었는데 고단이가 조심스럽게 물었다.

“외지부가 왜 저러는 겁니까?”

“필적이 서로 다르다는 것을 주장할 생각인가 봐. 그러면 정말 곤란해질 수 있어.”

“같은 사람이 썼는데 왜 필적이 달라집니까?”

홍랑이 고단이에게 대답하려고 하는데, 송철에게 문기를 건네받은 경아전이 양쪽을 번갈아가며 들여다보다가 판결사에게 말했다.

“두 문기의 필체가 다릅니다.”

“얼마나 다른 것이냐?”

판결사의 물음에 다시 한번 문기들을 살펴본 경아전이 대답했다.

“원고가 제시한 문기는 왕희지체로 정갈하게 쓰인 반면,

피척이 제시한 문기는 거의 초서체처럼 흘려 썼습니다. 같은 사람이 썼다고 보기 어렵습니다."

경아전의 얘기를 들은 홍랑은 가슴이 철렁 내려앉았다. 자칫하면 가짜 문기를 제시한 것으로 몰릴 수 있었기 때문이다. 아버지도 그걸 염려했는지 서둘러 나섰다.

"사정을 아뢰겠습니다. 제가 찾아갔을 때 장인어른은 다리를 제대로 움직이지 못하셨고, 팔도 불편한 상태였습니다. 하지만 저에게 사정을 들으시고는 미안한 마음에 힘들게 붓을 든 것입니다. 거의 초서체처럼 흘려 쓴 것은 바로 그런 이유 때문입니다. 소인은 역과에 합격한 이래 이십여 년간 사역원에서 왜통사로 조정의 녹을 먹었습니다. 그동안 뇌물은 가까이 하지 않고, 청탁이나 부정부패도 저지르지 않았습니다. 만약 소인이 그런 짓을 저질렀다면 어찌 그 긴 세월 동안 역관으로 일할 수 있었겠습니까?"

아버지는 답답하다는 표정으로 호소했다. 그러자 지켜보던 송철이 그림자처럼 나섰다.

"소인은 문기를 위조했다고 한 적이 없습니다. 그런데 피척이 그런 말을 하는 걸 보니 의심이 들기 시작합니다. 판결사 나리, 한씨 집안사람을 몇 명 데리고 왔습니다. 그들의 증언을 들어보시면 이 상황을 더욱 명백하게 아실 수 있을 겁니다."

송철의 얘기에 아버지가 반박했다.

"한씨 집안이 얽힌 송사에 한씨 집안사람들을 증인으로 삼으면 공정한 송사가 이뤄질 수 없습니다. 부디 살펴주시옵 소서."

아버지의 얘기를 듣고 고민하던 판결사가 마침내 입을 열 었다.

"일단 증언을 들어보도록 하겠다."

판결사의 말에 송철이 고개를 숙여 감사의 인사를 올렸 다. 그 모습을 본 고단이가 입을 삐죽 내밀며 말했다.

"생긴 것도 기생오라비 같은데 말도 참기름처럼 빤질거 리네요."

"그러게. 저래서 외지부가 필요한가 봐."

한숨 섞인 홍랑의 대답을 들은 고단이가 소매를 잡아당 겼다.

"저기 보십시오. 두꺼비 아닙니까? 한훤덕이라는 자 말입 니다."

고단이의 말대로 증인으로 나온 이는 홍랑의 집에 자주 드나들었던 한훤덕이었다. 그가 마지막에 찾아와 행랑채에서 나눈 대화를 엿들었던 홍랑은 아랫입술을 깨물었다.

"철저하게 준비하고 마지막으로 찾아왔던 것이구나."

송철 옆에 선 한훤덕은 두 손을 맞잡고 허리를 숙인 채 입을 열었다.

"저는 한씨 집안사람입니다. 이름은 훤덕이고, 자는 충만입니다. 여기 소인의 호패가 있사옵니다."

소매에서 작은 호패를 꺼낸 한훤덕에게 다가온 경아전이 이리저리 살펴보고는 판결사를 돌아봤다.

"말한 내용이 호패에 그대로 적혀 있습니다."

경아전의 대답을 들은 판결사가 말했다.

"고할 내용이 있으면 말하여라."

"허락해주셨으니 조심스럽게 아룁니다. 돌아가신 할아버님께서는 십여 년 전 풍을 맞고 정신이 혼미해지셨습니다. 자식과 손자들을 못 알아보는 것은 물론, 방금 식사를 드시고도 배가 고프다고 하거나 찾아온 손님도 못 알아보고 내쫓으신 적이 한두 번이 아닙니다. 그런데 사위를 알아보시고, 사위를 위해 붓을 들어 문기를 쓰셨다는 건 곁에서 지켜본 저로서는 도무지 믿기 어려운 일입니다. 저희는 재산을 전부 돌려달라는 것이 아니고, 단지 별급한 노비들만 돌려받기를 원합니다. 나머지 일은 관여할 생각이 전혀 없습니다. 다만 우리 집안 대대로 전해온 재산이 삽시간에 남의 손에 넘어갈까 봐 염려되어서 그러는 것뿐입니다. 부디 굽어살피시어 맑은 판결을 내려주십시오."

한휜덕이 거의 울 것 같은 목소리로 얘기하자 옆에 있던 송철이 안타까운 표정으로 분위기를 이어갔다.

"《경국대전》에는 후사를 얻지 못하고 사망할 경우 노비를 비롯해 재산을 어찌 처분해야 하는지에 대한 조항이 '형전(刑典)' 편에 나와 있습니다."

목소리를 가다듬은 송철이 낭랑한 목소리로 이어 말했다.

"자녀가 없는 자의 소유물은 그 부모에게 되돌려주어 동생의 자녀나 손에게 물려준다. 친척들이 관여하지 못하며, 후손이 없을 시에는 물려받을 수 있다. 그 조항에 따르면 홍한석은 자녀가 없으니 별급받은 노비들을 원래 소유주인 한씨 집안에 돌려주어야만 합니다."

송철의 얘기를 들은 고단이가 홍랑의 손을 꼭 잡았다.

"아니, 여기 딸이 버젓이 있는데 어찌 저런 흉악한 말을 할 수 있답니까?"

"조선에서 딸은 자식이 아니니까."

참담한 심정으로 대꾸한 홍랑은 송철과 한휜덕을 바라보았다. 한휜덕은 소매로 눈물을 닦는 시늉을 하면서 하소연을 했다.

"거듭 말씀드리지만 저희는 홍씨 집안의 재산을 탐낸 적이 없습니다. 다만 후사가 끊긴 것이나 다름없으니 자손을 낳는 것을 전제로 별급받은 노비들을 돌려달라고 한 게 전부입니다. 이전에 몇 번이고 찾아가서 돌려달라고 요청을 하였고, 그게 싫으면 한씨 집안 자제를 양자로 삼아서 재산을 물려주라는 대안까지 제시하였습니다. 그런데 집안일이라는 핑계로 차일피일 답변을 미뤘습니다. 이에 결단을 내리고자 장례원의 문턱을 밟았습니다. 부디 이런 사정을 굽어살펴주십시오."

말을 끝낸 한휜덕은 소매로 얼굴을 가린 채 흐느껴 울었다. 그가 집에 찾아왔을 때 어떤 식으로 겁박을 하고 으름장을 놨는지 똑똑히 봤던 홍랑은 어이가 없었다. 그사이 분위기는 완전히 원고인 송철과 한휜덕에게 넘어가버렸다. 판결사가 심각한 표정으로 원척인 홍랑의 아버지를 바라봤다.

"원고의 주장에 따르면 재산 전부를 내놓으라는 것이 아니라 별급받은 노비들을 돌려달라는 것일세. 이십여 년 동안 조정의 녹을 먹었다면 가산이 넉넉할 것인데 노비를 돌려주는 것이 어떠한가?"

판결사가 대놓고 원고의 편을 들자 홍랑의 아버지는 주먹을 불끈 쥔 채 부들부들 떨었다.

"판결사 나리, 이는 부당한 처사입니다. 별급받은 노비는 분명 저에게 주어진 것이고, 처분권 역시 저에게 있습니다. 양자를 들여서 상속하든 데릴사위를 들여서 상속하든 방법은 다양하게 있습니다. 게다가 '무자녀망처(無子女亡妻)' 조항은 글자 그대로 혼인을 치르고 아내가 먼저 죽게 되는 경우를 뜻합니다. 제 아내는 저와 혼인해서 잘 살고 있으니 그 조항의 대상이 아닙니다. 부디 굽어살피시어 올바른 판결을 내려주시기 바랍니다."

홍랑은 아버지가 다소 감정적으로 나가는 것을 보면서 불안에 떨었다. 그걸 본 고단이가 물었다.

"왜 그러십니까?"

"아버지가 너무 급하셔서. 이럴 때는 그냥 생각할 시간을 달라고 한 후에 물러났다가 다시 나오는 게 좋은데 말이야."

"하지만 상대방이 말도 안 되는 소리를 아무렇지도 않게 하지 않습니까?"

고단이의 반박에 홍랑은 주변을 돌아봤다. 사람들의 모습을 본 홍랑은 힘없이 말했다.

"여기서 옳고 그름은 그저 구경거리에 불과해. 누가 더 말을 잘하고 감정에 호소하느냐에 따라 옳고 그름이 결정될 뿐이지."

홍랑의 말대로 구경꾼들은 하나같이 송철과 한훤덕의 편

을 들었다. 눈에 보이지는 않지만 압박감이 어마어마했기 때문에 아버지가 식은땀을 흘린 채 긴장하는 게 떨어진 곳에서 있는 홍랑의 눈에도 들어올 정도였다. 반면 송철은 여전히 냉정하게 아버지를 밀어붙였다.

"지금 피척의 얘기를 들어서 잘 아시겠지만, 요지부동에 법을 무시하는 태도를 취하고 있습니다. 조정의 녹을 먹는 관리라면 마땅히 앞장서서 지켜야 하는데, 이리 막무가내로 나오는 걸 보니 참으로 안쓰럽고 가슴이 아픕니다. 아울러…."

이번에도 말을 중간에 끊고 잠시 뜸을 들인 송철이 주변을 돌아보며 얘기했다.

"재산이라는 것은 모으긴 어렵지만 빠져나가는 건 쉬운 법입니다. 그래서 친족들끼리 힘을 합쳐서 재산을 모으고, 그 후손들에게 물려주어 가문이 후대로 이어지기를 바라는 것입니다. 피척은 송사의 대상이 된 노비들이 자신의 소유라고 했지만, 연원을 따져보면 그렇지 않습니다. 한씨 집안에서 대대로 부리던 노비들을 별급받은 것에 불과하지요. 이십여 년의 세월 동안 자신이 부렸다고 하지만 소유권을 잠시 넘겨받은 것에 불과합니다. 《경국대전》의 '형전' 편에는 이런 상황에 대해 면밀하게 조항이 나뉘어 있습니다만, 가장 중요한 건 가문의 재산이라는 점입니다. 혼인을 해서 별급받은 처가의 재산을 자기 멋대로 처분하는 건《경국대전》을 언급하기 전에 세상의 이치와도 맞지 않습니다. 그리고 지금 보셨다시피 판결사 나리의 권유 역시 무시했습니다. 나라님께서도 송사를 많이 하는 것은 법을 악용해 나라를 어지럽히는 행위라고 하셨습니다. 그런데 조정의 녹을 먹는 관리가 송사를 자처하는 것도 모자라 송정에서 이리 무례한 짓을 저지르고 있으니 참담함을 금하기 어렵습니다."

한흰덕이 눈물로 호소를 했다면 송철은 조목조목 따져가며 날카롭게 공격했다. 둘이 번갈아가며 입을 열자 홍랑의 아버지는 어찌할 바를 모르겠는지 그냥 우두커니 서 있었다. 그런 아버지에게 송철이 결정타를 날렸다.

"그것도 모자라서 아까 보셨듯이 위조한 문기를 제출했습니다. 지엄한 법에 따라 판결을 내리는 송정에서 가짜 증거를 내세우는 것은 엄히 처벌해야 할 일입니다. 소인도 설마했지만 이렇게까지 거짓을 고할 줄은 몰랐습니다."

송철의 얘기를 들은 아버지가 버럭 화를 냈다.

"저놈의 말을 믿지 마십시오. 제가 분명히 장인어른에게 받은 문기입니다."

"그러면 왜 관아의 입안을 받지 않은 것이냐?"

판결사의 물음에 아버지가 허둥거리며 대답했다.

"집안일입니다. 게다가 장인어른이 불편하셔서 차마 거기까지 생각을 하지 못했습니다."

아버지의 대답을 들은 홍랑이 안타까운 목소리로 중얼거렸다.

"아! 저러시면 안 되는데."

"왜요, 아씨?"

고단이의 물음에 홍랑이 대답했다.

"아까 저자가 외조부님께서 몸과 정신이 온전치 못했다고 하지 않았느냐. 그런데 아버지가 먼저 외조부님의 몸이 불편하셨다고 얘기를 하였으니 저놈들이 파놓은 함정에 스스로 빠지신 게 아니냐."

홍랑의 걱정대로 송철이 득달같이 입을 열었다.

"판결사 나리, 피척이 스스로 죄를 자백하였습니다. 속히 처분해주십시오."

"죄를 자백하다니! 얼토당토않은 말이다."

흥분한 아버지의 대꾸에 송철은 들은 척도 하지 않고 판결사에게 계속 말했다.

"피척에게 장인이 어디가 어떻게 불편했는지 물어봐주십시오."

판결사가 곧바로 홍랑의 아버지에게 물었다.

"문기를 받았을 때 그대의 장인은 어디가 불편하였느냐?"

질문을 받은 홍랑의 아버지는 얼굴을 찡그리며 대답했다.

"다리가 불편하셨습니다. 하지만 말을 하시고 대답을 듣는 것에는 아무런 문제가 없으셨습니다. 부디 저의 말을 믿어 주십시오."

흥분한 아버지의 목소리가 점점 높아졌다. 조용히 지켜보던 송철이 얼른 나섰다.

"소인은 비록 백면서생이지만 어린 시절부터 붓을 잡고 글을 썼습니다. 제 경험상 다리가 아프거나 허리가 불편하면 앉아서 제대로 붓을 잡을 수가 없습니다. 저라면 아무리 상황이 급하다고 해도 몸이 불편한 장인에게 문기를 써달라고 고집하지는 않을 것입니다."

이번에도 송철은 아버지의 말을 이용해서 공격했다. 효를 다하지 않았다는 뜻인데, 판결사도 심각한 표정으로 들었다. 송철은 땀을 뻘뻘 흘리는 홍랑의 아버지를 보면서 말을 이어 갔다.

"그리고 피척의 태도는 굉장히 의심스럽습니다. 처음에는 장인이 다리만 불편할 뿐 정신은 온전했다고 했다가 상황이 궁지에 몰리자 아팠다고 말을 바꿨습니다. 거짓말을 하고는 불리해지니까 진실을 털어놓은 것이죠. 그렇다면 정신이 온

전했다는 피척의 주장 역시 믿기 힘듭니다. 어쩌면 제대로 알아듣지도 못하고 생각하지도 못하는 장인의 손에 붓을 쥐게 하고 자신이 그 붓을 움직여서 원하는 문구를 적었을지도 모릅니다."

송철의 얘기를 들은 고단이가 발끈했다.

"아니, 저놈이 우리 주인 나리를 어찌 보고!"

홍랑의 아버지 역시 어처구니가 없는지 삿대질을 하며 소리를 쳤다.

"아니, 감히 누구를 거짓말쟁이로 모는 것이냐!"

송철은 흥분해서 소리를 지르는 홍랑의 아버지는 거들떠보지도 않은 채 대청에 엎드려 있는 서리들에게 말했다.

"저 구실아치들은 글을 쓰는 게 일이니 물어보면 알 겁니다. 아까 제가 보여드린 문기를 보면 피척의 장인은 대체로 글씨가 얇았습니다. 집안사람의 얘기를 들어보니 세필을 주로 사용했다고 하였습니다. 그런데 아까 피척이 제출한 문기는 초서체처럼 흘려 쓴 것은 물론이고, 글씨가 무척 두꺼웠습니다."

얘기를 하던 송철이 소매에서 작은 붓 하나를 꺼냈다. 그리고 붓대의 중간을 움켜잡고는 다른 손으로 그 위를 잡았다.

"이렇게 말입니다. 그러면 힘이 들어가서 자연스럽게 먹물의 글씨는 굵어질 수밖에 없습니다."

송철이 붓을 잡은 두 손을 떨면서 글씨를 쓰는 시늉을 했다. 그걸 본 홍랑의 아버지가 더 이상 참지 못하겠는지 버럭 소리를 질렀다.

"이런, 육시를 할 놈을 봤나!"

홍랑의 아버지가 덤벼들자 송철은 황급히 뒤로 물러났다가 넘어지고 말았다. 홍랑의 아버지는 쓰러진 송철의 멱살을 잡고 주먹질을 해댔다. 그러자 한훤덕과 경아전, 서리들까지 나서서 말렸다. 사람들에게 붙잡힌 홍랑의 아버지는 얼굴이 시뻘개진 채 소리쳤다.

"이놈! 감히 나에게 문서를 위조했다는 누명을 씌우다니!"

그걸 본 홍랑은 넋이 나간 표정으로 중얼거렸다.

"완전히 말렸어."

아수라장이 된 모습을 본 판결사가 의자에서 벌떡 일어났다. 그리고 발을 쾅쾅 구르면서 화를 냈다.

"감히 역관 주제에 판결사의 송정을 어지럽게 만드는구나. 당장 저자를 구금하라!"

예상 밖의 상황에 놀란 홍랑이 나서려 했지만 고단이가 손을 잡고 만류했다.

"안 됩니다, 아씨."

"아버지가 저리 되셨는데 지켜만 보란 말이냐?"

"얼른 집으로 돌아가서 마님께 고하고 대책을 논의해야지요. 지금 나섰다가는 아씨까지 위험해집니다."

고단이의 말이 틀리지 않았기 때문에 홍랑은 아랫입술을 질끈 깨물고 지켜봐야만 했다. 넘어져 있던 송철은 한훤덕의 부축을 받으며 일어났다. 갓이 부서지고 도포도 지저분해졌지만 개의치 않는 표정이었다. 그 모습을 지켜보던 홍랑은 분노를 참으며 고단이에게 말했다.

"어서 돌아가자."

셋

◇

결송입안
決訟立案

　　며칠 후, 홍랑은 어머니 한씨 부인을 모시고 다시 장례원
으로 갔다. 판득 아범을 데려가고 싶었지만 판결의 대상자라
그럴 수가 없었다. 며칠 사이에 벌어진 일은 조용하던 홍랑의
집안을 발칵 뒤집어버렸다. 아버지 홍한석은 송정을 어지럽
힌 죄로 형조에 끌려가서 며칠 동안 갇혔다. 소식을 들은 어
머니 한씨 부인은 사역원으로 가서 도움을 요청했다. 하지만
아버지의 동료와 상관들은 어머니를 못 본 척 외면하거나 도
와줄 수 없다는 말만 늘어놓았다. 몇몇은 아예 좋아하는 기색
을 감추지 않았는데, 홍랑의 아버지가 파직되면 자리가 비기
때문이었다. 어머니 한씨 부인은 친정 집안 때문에 남편이 곤
경에 처했다면서 며칠 동안 잠도 제대로 못 자고 식사도 거
의 하지 못했다. 결국 장례원에 출두할 때는 홍랑과 고단이가

부축을 해야 할 지경이었다. 가는 동안 한씨 부인은 딱 한 번 입을 열었다. 장례원 앞에서 숨을 고르는 동안 하늘을 올려다 본 한씨 부인은 고개를 절레절레 저었다.

"하늘도 참 무심해 보이는구나."

장례원은 여전히 북적거렸다. 그런데 문 앞에 한씨 부인 보다 훨씬 나이가 들어 보이는 초췌한 노파가 서 있는 게 보였다. 먼 길을 왔는지 지치고 피곤해 보이는 그 노파의 주변으로 구경꾼들이 구름처럼 몰려들었다. 노파가 가슴을 치면서 소리쳤다.

"아들이랑 손자가 죽은 것도 억울한데 재산을 빼앗겼어. 그런데 아무도 신경을 안 써주다니, 이게 나라인가? 정녕 나라인가?"

그러나 노파의 절규는 장례원의 문턱을 넘지 못했다. 잠시 지켜보던 사람들은 곧 제 갈 길을 갔고, 관리들은 무심하게 그 앞을 지나갔다. 홍랑 역시 어머니를 부축한 채 안으로 들어갔다. 며칠 전 송사가 열렸던 곳에 도착하자 때마침 아버지가 나졸들에게 끌려 나와 무릎이 꿇리는 게 보였다. 며칠 새에 도포는 여기저기 찢어지고 흙이 묻어 있었다. 무엇보다 가슴 아픈 건 넋이 나간 아버지의 표정이었다. 저가 알고 있던 세상이 온통 무너져 모든 것을 잃어버린 듯 공허한 아버지의 모습을 본 어머니는 그 자리에 주저앉을 뻔했다. 겨우 부축한 홍랑이 어머니에게 말했다.

"어머니, 이럴 때일수록 의연하셔야 합니다. 만약 어머니가 이렇게 힘들어하시는 걸 아버지가 보시면 어쩌시려고요."

"내가 따라갔어야 했다. 그래서 말렸어야 했는데 이게 무슨 일이란 말이냐."

어머니는 숨죽여 흐느껴 울었다. 장옷을 쓰고 따라온 고단이가 속삭였다.

"저기 송철이랑 한횐덕입니다요."

뒷문 쪽에서 둘이 나란히 모습을 드러냈다. 한횐덕은 방정맞게 웃는 반면, 봉변을 당했던 송철은 신중한 모습이었다. 원고와 원척이 모두 자리를 잡자, 며칠 전에 본 경아전이 당상대청의 월대에 올라가서 허리를 굽힌 채 고했다.

"원고와 원척이 모두 대령하였습니다."

잠시 후 대청으로 나온 판결사가 의자에 앉았다. 그러자 경아전이 다시 월대 아래로 내려와 자리를 잡았다. 한 손에 장죽을 쥐고 있던 판결사가 헛기침을 몇 번 하고는 입을 열었다.

"송사를 마무리 지을 것이니 원고와 원척은 결송다짐(決訟侤音)을 바치거라."

송철과 한훤덕은 기다렸다는 듯 소매에서 결송다짐을 꺼내 바쳤다. 반면에 아버지 쪽은 그를 끌고 나온 나졸이 대신 결송다짐을 바쳤다. 양쪽이 바친 결송다짐의 내용을 확인한 경아전이 판결사에게 고개를 조아리며 말했다.

"결송다짐의 내용을 확인했습니다, 판결사 나리."

"그럼 판결을 내리겠다."

판결사의 얘기를 들은 서리들이 먹물이 가득 든 벼루에 붓을 담갔다.

"본 송사의 경우 원고가 주장한 대로 사역원 역관 홍한석이 역과에 합격했을 때 장인으로부터 별급받은 노비들을 돌려보내도록 한다. 별급 문기를 보면 자손에게 물려주라고 하였는데, 여기서 자손이라 함은 집안의 대를 이을 아들을 뜻한다고 봐야 한다. 그런데 홍한석에게는 딸 하나밖에 없고, 혼례를 치를 나이에 도달하였으니 이대로 시일이 지나면 사위의 집안에 상속될 것이다. 집안의 재산은 집안의 것으로 놔둬야 하는 것이 세상의 이치이니 원래 주인인 한씨 집안으로 돌려보내도록 하라."

송철은 빙그레 웃었고, 한훤덕은 무릎을 꿇고 있는 아버지를 보며 보란 듯이 비웃었다. 간신히 서 있던 어머니는 부들부들 떨면서 중얼거렸다.

"어찌 이것이 세상의 이치란 말이냐. 나라의 법이 이리 혼탁하니 정직하게 살아온 남편이 저리 욕을 보는구나."

헛기침을 크게 한 판결사가 말을 이어갔다.

"홍한석은 지난번 송정에서 무례한 짓을 저질러 구금을 하였는데, 이제 죄를 뉘우친 것 같으니 방면한다."

얘기를 마친 판결사가 장죽을 입에 물고는 다시 방으로 들어갔다. 나졸들이 홍랑의 아버지를 일으켜 세운 다음 결박을 풀어주었다. 하지만 아버지는 충격을 이기지 못한 듯 도로 주저앉았다. 반면 송철은 경아전에게 다가가 스스럼없이 얘기하면서 웃었다. 한훤덕 역시 곁으로 다가가서 얘기를 주고받았다. 그걸 본 고단이가 물었다.

"원래 아는 사이인 것 같습니다."

"저러면 공정한 판결을 내릴 수가 없잖아. 처음부터 꾸민 것 같아."

"재판을 할 생각이었다는 말입니까?"

고단이의 물음에 홍랑은 너울 너머로 두 사람을 노려보며 중얼거렸다.

"지난번 송사 때 얘기한 걸 들었잖아. 자기들은 여기까지 올 생각이 없었는데 아버지가 고집을 부려서 어쩔 수 없었다는 식으로 말이야."

"네, 들었습니다."

"처음부터 이런 식으로 아버지를 몰아갈 생각이었던 거야. 아버지가 이곳에 서본 적이 없어 어떻게 할지 모른다는 걸 알고 있었던 거지."

"이제 어찌해야 합니까?"

고단이의 물음에 홍랑은 어머니를 조심스럽게 쳐다보다가 말했다.

"일단 아버지를 모시고 돌아가자. 몸과 마음 모두 상하신 것 같아."

"그럼 제가 마님을 모시고 갈 테니 아씨께서는 주인 나리를 부축해드리시지요."

"알겠어."

거추장스러운 너울을 걷어 올린 홍랑은 여전히 주저앉아 있는 아버지에게 다가갔다.

"아버지, 다 끝났어요. 이제 집으로 가요."

"그, 그래?"

고집스러운 성격이긴 했지만 웬만한 사대부보다 더 점잖았던 아버지는 며칠 사이에 확 늙어버렸다. 머리도 하얗게 세었고, 무엇보다 정신이 나가버린 것 같았다.

"아버지, 기운 내셔야 해요. 사람들이 보고 있어요."

하지만 일어날 생각을 하지 못하는 아버지를 홍랑은 좀처럼 일으키지 못했다. 그때 누군가 다가와 아버지를 일으켜주었다. 고맙다는 말을 하려던 홍랑은 상대방이 다름 아닌 송철이라는 사실을 알고는 그대로 굳어버렸다. 그런 홍랑에게 송철이 말했다.

"홍 역관님의 따님이시군요. 명민하다는 소문은 들었습니다."

"다, 당신!"

"저는 그냥 외지부입니다. 두 분에게 나쁜 마음은 없습니다. 그러니 잊어주십시오. 어차피 제가 없었어도 송사에서 졌을 겁니다."

여유롭게 말한 송철은 한 손에 쥐고 있던 종이를 홍랑의 아버지 품속에 넣었다.

"이건 결송입안입니다. 판결문이죠."

"이걸 왜 우리가 가져야 하나요?"

서슬 퍼런 홍랑의 물음에 송철은 엉뚱한 얘기를 했다.

"상처 같은 거니까요. 옆에 두고 살펴야 빨리 낫습니다. 외지부로 일하면서 가장 안타까운 사례가 뭔 줄 아십니까?"

홍랑이 아연한 표정으로 우두커니 서 있자 송철은 장례원의 대문을 가리켰다.

"아까 들어오면서 노파를 보셨죠?"

"네."

"과천에서 올라온 노파입니다. 남편과 자식들이 죽고 과부가 되자 노비들이 딴마음을 먹고 도망치고, 친척들이 달려들어 재산 대부분을 가져가버렸죠. 처음에는 송사를 우습게 여기다가 빼앗기고 나니까 뒤늦게 정신을 차렸습니다. 그래서 송사를 위해 부지런히 이곳을 드나들었죠. 하지만 신중해야 했습니다. 다급한 마음에 송사를 준비하다가 사기꾼 외지부에게 걸려서 남은 재산도 모두 날렸습니다. 분하고 억울하겠지만, 송정은⋯."

방금 판결을 내린 월대 앞을 쭉 살펴본 송철이 덧붙였다.

"종이와 입으로 싸우는 전쟁터입니다. 잘못하면 죽는 겁니다."

"아버지를 파렴치한 사람으로 만들었잖아요."

"그래야 이기니까요. 사실 저는 누가 옳고 그른지 관심 없습니다. 한훤덕이 저에게 송사를 도와달라고 청탁을 했고, 그래서 최선을 다해 도와준 것뿐입니다."

변명 아닌 변명을 들은 홍랑은 더욱 분노했다.

"그렇다고 어찌 아버지에 대해 부당한 비난을 하였습니까? 아버지가 무슨 죄가 있다고!"

"여긴 옳고 그름을 따지는 곳이 아닙니다. 주변을 둘러보시오. 사람들의 얼굴에 뭐가 보이는지 말이오."

송철의 말대로 주변을 돌아본 홍랑은 비로소 깨달았다.

"다들 넋이 나간 것 같네요."

"그렇습니다. 재물에 눈이 어두워진 것이지요. 그래서 조정에서는 우리 같은 외지부를 싫어합니다. 번거로운 송사를 부추긴다고 말이죠. 하지만 그건 반은 맞고 반은 틀린 얘깁니다. 우리가 없다고 사람들이 재물을 얻기 위해 송사를 벌이지 않는 건 아니니까요."

"그렇다고 해도 부당한 수법과 속임수로 송사에서 이기는 게 정당한가요?"

홍랑의 날카로운 물음에 송철은 가볍게 웃었다.

"이곳은 종이와 입으로 싸우는 전쟁터라고 제가 말하지 않았습니까? 전쟁에서는 이기는 것이 곧 정당한 겁니다. 아버님을 잘 모시고 가십시오. 그리고 다시는 이런 전쟁터에 오지 마십시오. 정직하고 심지가 약한 사람들이 버틸 만한 곳이 아니니까요."

송철은 공손하게 인사를 하고 사라졌다. 홍랑은 쫓아가서 더 따지고 싶었지만, 아버지가 휘청거리는 바람에 움직이지 못했다. 여전히 충격에 빠진 아버지를 모시고 장례원 밖으로 나오는데 들어갈 때 본 노파가 여전히 있었다. 아예 거적을 구해 그 위에 엎드려서 통곡을 했다. 흐느껴 울면서 말하는 탓에 무슨 얘기인지는 거의 알아듣지 못했다. 하지만 한 가지 단어는 확실히 알아들을 수 있었다. 바로 억울하다는 말이었다. 홍랑은 비틀거리는 아버지를 부축하면서 한 가지 생각만 했다.

"법을 제대로 알아야 억울한 일을 당하지 않을 것 같아."

집으로 돌아온 아버지는 허물어지듯 안방의 이불 위에 누웠다. 그리고 같은 날 사역원으로부터 파직되었다는 통보를 받았다. 그 와중에 판득 아범은 바람처럼 사라져버렸다. 시름시름 앓던 아버지는 한밤중에 잠을 자다가 자기가 잘못했다면서 소리를 지르며 깨어나기도 했다. 용하다는 의원을 찾아서 모셔왔지만 별다른 차도가 없자 어머니 한씨 부인은 무당을 불러 굿을 할 생각까지 했다. 홍랑은 그동안 내내 방에서 결송입안을 살펴보았다. 한 글자 한 글자 새기듯 읽으면서 송사 때 보고 들은 일들을 한 장면씩 끊어서 떠올렸다. 마지막으로는 장례원의 문 앞에서 본 노파의 모습을 떠올렸다. 어렵게 구한 법전을 살펴보던 홍랑이 중얼거렸다.

"평생 평범하게 살 줄 알았는데…"

판득 아범만 사라졌음에도 집 안은 텅 비어버린 것 같았다. 어차피 집안의 노비는 판득 아범과 고단이뿐이었지만 말이다. 졸지에 집안일을 도맡아 하게 된 고단이의 얼굴에서도 미소가 사라졌다. 부엌일을 마치고 들어선 고단이의 지친 표정을 본 홍랑은 법전을 덮으면서 말했다.

"네가 고생이 많구나."

"몸이 고생하는 거야 그렇다 쳐도 마음이 고생하는 건 견딜 수가 없네요. 어쩌다가…."

차마 말을 잇지 못한 고단이가 옷고름으로 눈가를 닦았다. 법전을 살펴보던 홍랑이 한숨을 깊게 내쉬었다.

"규방 안에만 있다 보니 세상이 어찌 돌아가는지 전혀 몰랐어. 이제…."

홍랑의 말이 끝나기 전에 안방에서 어머니 한씨 부인의 다급한 목소리가 들렸다.

"여, 여보!"

놀란 홍랑은 고단이와 함께 안방으로 향했다. 이불에 누운 아버지를 흔들던 어머니가 홍랑에게 외쳤다.

"아, 아버지가 숨을 안 쉬신다."

어머니 한씨 부인 옆에 앉은 홍랑은 아버지의 코 밑에 손가락을 가져다 댔다. 검게 변한 아버지의 얼굴에는 온기가 남아 있지 않았다. 아무리 기다려도 손가락에 숨결이 느껴지지 않았다. 참고 참았던 홍랑은 결국 아버지의 가슴에 얼굴을 묻고 울음을 터트렸다.

"아버지!"

옆에 있던 어머니는 외마디 비명과 함께 옆으로 쓰러지며 혼절해버렸다. 돌아가신 아버지와 의식을 잃은 어머니 사이에서 홍랑은 큰 소리로 울 수밖에 없었다.

돌아가신 아버지의 장례를 치르는 동안 한씨 집안에서는 청지기를 보내 조문을 했다. 하지만 어머니 한씨 부인은 남편을 죽여놓고 무슨 염치로 조문이냐고 문밖에서 쫓아냈다. 사역원에서도 찾아왔지만 역시 돌려보냈다. 그러면서 장례는 고즈넉하게 치러졌다. 급한 대로 수원에 살고 있던 큰아버지가 상주 노릇을 했다. 방에 내내 틀어박혀 있던 홍랑에게 장례 마지막 날 어머니가 조용히 찾아왔다. 어둠이 찾아오면서 방 안은 빛이 사라졌다. 하지만 며칠 동안 일상이 어둠이었던 탓에 홍랑은 등잔불을 켤 생각을 하지 못했다. 유령처럼 찾아와서 그림자처럼 앉은 어머니 한씨 부인은 저고리 안에서 은장도를 꺼내 바닥에 내려놓았다.

"원래는 초상을 끝내고 네 아버지를 따라가려고 했다."

"말도 안 돼요!"

"내가 죄인이다. 친정집의 흉악한 처사를 말렸어야 했는데, 그냥 놔두는 바람에 오늘의 이 사달이 난 거지."

"어머니 잘못이 아니에요."

"다 내 잘못이야. 네 아버지는 나를 애틋하게 여겨 첩을 들이지도 않았고, 기생들과 어울리지도 않으셨어. 그런데도 오늘의 이 환난을 겪었지. 오죽 억울했으면 눈도 못 감은 채 세상을 떠나셨겠느냐."

착 가라앉은 어머니의 얘기에 차마 반박하지 못한 홍랑은 고개를 푹 숙였다.

"제가 서둘러 혼인을 했다면 이런 일은 일어나지 않았을 겁니다."

"한씨 집안에서 이렇게 나올 줄은 몰랐으니까. 어쨌든 불효한 너를 죽이고 나도 남편의 뒤를 따라가려고 했다. 하지만 너의 삶은 너의 것이니 아무리 부모라고 해도 마음대로 끊을 수는 없는 법이지. 그래서 너의 삶은 그대로 놔두고, 나의 삶도 건드리지 않기로 했단다."

"어, 어머니!"

"네 아버지는 수원으로 모시기로 했다. 큰아버지께서 양지바른 곳에 묫자리를 봐뒀다고 하시는구나. 그래서 나도 내려가기로 했다."

"어머니도요?"

"그래, 네 아버지와 백년해로하기로 했으니 끝까지 모셔야지. 마침 산 아래에 작은 아버지의 농막이 있다고 하는구나. 그곳에서 지내면서 아침저녁으로 아버지를 만날 생각이다. 안 그래도 역관에서 물러나면 한양 밖으로 나가기로 하셨지. 여긴 너무 복잡하다고 싫어하셨어."

아버지가 종종 그런 얘기를 하는 걸 들은 적이 있던 홍랑은 눈물을 참으며 고개를 끄덕거렸다.

"뒤늦게나마 소원을 이루셨네요."

"너도 같이 내려가자. 더 이상 혼인하라고 재촉하지 않을 것이니 마음 편하게 살자꾸나."

어머니의 이야기를 듣고 잠깐 고민하던 홍랑은 고개를 저었다.

"저는 여기 남겠습니다, 어머니."

"남아서 무얼 하려고 하는 것이냐?"

불호령이라도 떨어질 줄 알았는데 의외로 부드러운 물음이 날아들었다. 홍랑은 고개를 들어 어머니 한씨 부인을 물끄러미 바라봤다.

"아버지처럼 억울한 피해를 입는 일을 막아보려고요."

"무슨 수로?"

"외지부가 되어보려고 합니다."

홍랑이 며칠 전부터 생각한 것을 털어놓자 어머니는 서러운 한숨을 내뱉었다.

"외지부라면 장례원에서 만난 송철과 같은 일을 하는 것 아니냐? 그 간사한 놈을 떠올리면 도무지 잠이 오지 않는다."

"아버지는 착하고 성실하셨지만 법에 대해서는 아는 게 없으셨어요. 그래서 억울하게 재판에서 지고 치욕을 당해 목숨을 잃으셨잖아요. 그런 사람들이 더 생겨나는 걸 막을 거예요. 그리고 아버지를 죽음으로 몰아넣은 송철과 한훤덕에게 복수하려고요."

"외지부로 일하면서 말이냐?"

"송정은 종이와 입으로 싸우는 전쟁터이니까요. 저도 싸울 수 있는 곳이에요."

"다른 것도 아니고 외지부라니! 나는 정말 걱정이 되는구나."

"어머니는 아버지를 가슴에 묻으세요. 저는 머리로 기억하고 싸울게요."

잠시 입을 다문 채 고민하던 어머니가 홍랑을 바라보며 말했다.

"이 집은 팔 생각이다."

"고단이와 함께 머물 만한 곳을 찾아보겠습니다. 방 한 칸에 부엌만 있으면 되니까요."

"정녕 싸울 생각이냐?"

어머니 한씨 부인의 물음에 홍랑은 울컥한 채 고개를 끄덕거렸다.

"아버지가 판결을 받으시던 날 장례원 앞에서 거적을 가져다 놓고 울고 있던 노파를 봤습니다. 아버지와 같은 억울한 사람이 더 이상 생겨나지 않게, 그리고 아버지를 죽음으로 몰아넣은 자들에게 복수하기 위해서 외지부가 되겠습니다."

"네가 어릴 때부터 법전을 좋아하고, 지금도 틈만 나면 뒤적거리는 건 나도 잘 안다. 하지만 사내들이 득실거리는 장례원에서 연약한 네가 뭘 할 수 있겠느냐? 게다가 여자라고 다들 무시하기 바쁠 텐데 말이다."

어머니 한씨 부인의 걱정이 틀린 얘기는 아니라서 홍랑이 차마 대답을 못하는 와중에 누군가 대문을 두드리는 소리가 났다. 한씨 부인은 이전의 일이 떠올랐는지 두려운 표정을 지으며 꼼짝도 하지 못했다. 판득 아범이 떠난 후 집안일을 도맡아 하던 고단이가 부엌에서 나와 대문으로 걸어가는 게 보였다. 홍랑도 대청으로 나와서 살펴봤다.

대문에 귀를 대고 얘기를 들은 고단이가 대청 위에 서 있는 홍랑을 올려다봤다.

"아씨에게 줄 자서함(自書函)을 가져왔다고 합니다."

"나에게?"

대답 대신 고개를 끄덕거린 고단이가 문틈으로 받은 자서함을 가지고 왔다. 손바닥보다 조금 더 작은 하얀 종이였는데, 앞과 뒤에 글씨가 적혀 있었다.

"금용정의 금용."

"금용정이라면 정자 이름 같은데요?"

홍랑은 자서함의 뒤쪽을 봤다.

"'보름달이 뜰 때 오시오.' 이건 새로 적은 글씨 같아."

홍랑은 자서함을 들고 방으로 돌아왔다. 그리고 여전히 두려움에 떨고 있는 어머니에게 보여주었다.

"금용이라면?"

"아는 분입니까?"

홍랑의 물음에 어머니 한씨 부인이 조심스럽게 말했다.

"소문은 들었지. 평양 최고의 기생이었다고 말이야."

"기생이요?"

"그래, 부임한 평양 감사가 부벽루에서 춤을 추는 금용을 보고 홀딱 빠져서 막대한 재물을 써 기적에서 빼내 첩으로 삼았다고 하더구나. 그 후 한양으로 올 때 함께 왔다고 하더라."

"금용정은요?"

"아마 금용이 한양에 와서 세운 정자일 거야. 거기에서 예전 기생 동료들과 종종 모인다는 얘기를 들었다. 용산의 별영창(別營倉: 훈련도감의 군병들에게 급료를 지급하던 곳) 옆 언덕에 있다던데."

"그런데 그녀가 왜 저를 찾는 걸까요?"

"글쎄다. 설마 너더러 기생이 되라고 하는 건 아니겠지?"

어머니 한씨 부인의 말에 홍랑은 고개를 저었다.

"그럴 리가 있겠습니까?"

"어쨌든 장례가 마무리되는 대로 이 집을 가쾌(家儈: 집 흥정을 붙이는 일을 직업으로 가진 사람)에게 내놓고 수원으로 내려갈 것이다. 살 집은 이미 구했다고 하는구나."

명함을 손에 쥔 홍랑은 잠시 생각하다가 대답했다.

"저는 한양에 남겠습니다."

"언제든 마음이 바뀌면 내려오너라. 네 방을 준비해두겠다."

"고맙습니다, 어머니."

얘기를 마친 어머니가 방을 나가자 홍랑은 고단이가 가져온 자서함을 바닥에 놓고 뚫어지게 바라봤다.

"금용이라고?"

은하수를 흐르는 보름달이 골목 구석구석까지 빛을 비췄다. 너울을 쓴 홍랑은 장옷을 쓴 고단이와 함께 그 달빛 아래를 걸었다. 해가 떨어지기 전에 숭례문을 나와 용산강을 향해 걸었다. 중간에 기생들의 웃음과 가야금 소리가 들리는 집이 많았다. 손에 철편을 든 별감과 기생이 담벼락에서 밀회를 나누는 모습도 보였다. 그런 곳들을 지나자 용산의 모래사장이 보였고, 드문드문 작고 허름한 집이 나왔다. 고단이가 잔뜩 움츠러든 목소리로 말했다.

"저기가 강대 사람들이 사는 집들인가 봅니다."

"강대 사람?"

"네, 강가에 살면서 물고기를 잡거나 상선의 짐을 내리는 일을 해주는 사람들을 강대 사람이라고 부릅니다. 거칠고 험하기 그지없어 한양의 왈짜패도 쉽게 건드리지 못한답니다."

"한양 밖은 위험하구나."

소쩍새와 부엉이가 우는 소리를 들으며 바쁘게 걷다 보니이내 언덕이 하나 나왔다. 그리고 언덕 위에 팔각형으로 된큰 정자가 담장에 둘러싸인 게 보였다. 작은 대문 앞에 남자하나가 서 있었는데, 그를 본 고단이가 호들갑을 떨었다.

"저 사람 말입니다, 지난번에 집에 와서 자서함을 넣고간 자입니다."

"그래?"

둘이 다가가자 남자도 두 손을 맞잡은 채 걸어왔다. 허름한 바지와 저고리 차림에 발목에는 행전(行纏: 바지나 고의를 입을 때 정강이에 감아 무릎 아래에 매는 물건)을 차고 있었다. 머리에는 검은색 두건을 둘렀는데, 수염과 얼굴의 주름으로 봐서는 돌아가신 아버지보다 조금 더 나이가 많은 것 같았다. 두 손을 모은 남자가 종종걸음으로 다가왔다. 발걸음과 손을 모으는 자세를 본 홍랑은 상대방이 노비 신분이거나 혹은 오랫동안 노비 신분이었다는 걸 알아차렸다. 가까이 다가온 남자가 고개를 조아리며 말했다.

"홍랑 낭자이십니까?"

"보름달이 뜨는 날 금용정으로 오라는 자서함을 받았네."

"제가 건넨 자서함입니다. 소인은 대송노 덕환이라고 합니다."

"대송노라면?"

"송사를 처리하는 일을 하는 노비입니다. 따르시지요. 금용 아씨께서 기다리고 계십니다."

허리를 편 덕환이 앞장서서 금용정으로 걸어갔다. 보름달과 가까워서 그런지 사람 키보다 약간 높은 담장 안쪽의 금용정에는 푸른빛이 주변을 둘러쌌다. 안에서는 가느다란 웃음소리와 해금을 연주하는 소리가 들려왔다. 붉은색으로 칠한 대문을 열고 들어가자 금용정과 그 안에 있는 사람들의 모습이 보였다. 뒤따라온 고단이가 금용정을 올려다보고는 입을 다물지 못했다.

"저게 사람입니까, 여신입니까?"

고단이의 말대로 금용정에 있는 여인들은 하나같이 하늘에서 내려온 선녀 같았다. 하늘거리는 비단 저고리에 풍성한 가채 그리고 나비 모양의 떨잠을 꽂은 모습은 화려하기 그지없었다. 피부도 백옥 같아서 햇빛 아래 얼굴 한 번 내비치지 않은 것 같았다. 문을 열고 들어선 덕환이 금용정의 계단 아래에 서서 나지막하게 고했다.

"아씨, 홍랑 낭자가 오셨습니다."

잠시 후 해금 소리가 멈추고 황금색 떨잠을 가채에 꽂은 기생이 홍랑을 내려다보았다.

"깊은 밤이라 오시는 길이 불편하지는 않았는지요? 와주셔서 고맙습니다. 금용이라고 합니다."

금용의 인사에 가느다란 미소를 지은 홍랑이 옆으로 물러나면서 말했다.

"달빛이 밝아서 길을 비춰주었습니다. 저는 홍랑이라 하고, 이쪽은 제 몸종 고단이입니다."

홍랑의 대답을 들은 금용이 가볍게 웃었다.

"고생이 많으셨습니다. 오르시지요. 여기선 달빛이 더 잘 보입니다."

홍랑은 치마를 잡고 계단을 올랐다. 장옷을 벗은 고단이도 따라 오르자 대문을 잠근 덕환이 뒤이어 올랐다. 정자의 내부는 넓었고, 가운데에는 팔각형의 소반이 놓여 있었다. 간단한 안주와 술병은 물론, 장죽걸이와 담뱃대까지 있었다. 솜을 잔뜩 넣어 푹신한 비단 방석에 앉은 금용이 주변에 있는 여인들을 소개했다.

"제 친구들이에요. 저처럼 기생이었다가 돈 많은 양반이나 상인의 후처로 들어가면서 기적에서 빠져나왔지요."

기생이란 존재는 얘기만 들었을 뿐 이렇게 가까이에서 본 적이 없던 홍랑은 어색하게 인사를 하고 빈 방석에 앉았다. 비스듬하게 앉아 있던 금용이 홍랑을 바라보았다. 홍랑도 금용을 바라보았다. 금용은 얼핏 삼십대 초반 정도로 보였으나 화장을 진하게 한 탓에 나이를 짐작하기 어려웠다.

"제가 왜 갑자기 초대를 했는지 궁금하시지요?"

"네, 만난 적도 없는데 어찌 저를 여기로 부르셨는지…."

"저는 낭자를 본 적이 있습니다. 장례원에서요."

"거기에 계셨습니까?"

"종종 갑니다. 그런데 얼마 전에 거기서 사역원 역관이 송사에서 지는 걸 봤지요. 그리고 거기서 송철과 얘기를 나누던 당신도 봤고요."

"전혀 몰랐습니다."

"그랬을 겁니다. 사람이 많았으니까요. 원래는 과천에서 땅을 잃고 올라온 노파를 만나려고 갔다가 낭자까지 보게 된 것이죠."

"노파도 기억이 납니다. 굉장히 억울해했는데…"

"경강에 몸을 던졌습니다. 나룻배를 타고 돌아가던 중에요."

대수롭지 않은 말투로 얘기했지만 금용의 얼굴에는 슬픔이 가득했다. 노파의 마지막 모습을 떠올린 홍랑 역시 손으로 입을 틀어막고 울음을 참았다. 그런 홍랑을 본 금용이 부드럽게 웃었다.

"세상에는 억울한 사연을 가진 사람이 한둘이 아니지요. 낭자의 아버지를 포함해서 말이죠."

"큰 충격을 받고 앓다가 돌아가셨어요. 정말 잔병치레 없이 건강하시던 분이 불과 며칠 만에요."

"억울함이 몸속 깊이 박히면 헤어나지 못해요."

마치 한숨을 쉬듯 얘기한 금용이 갑자기 저고리를 풀고 어깨를 보여주었다. 어깨와 가슴 사이에 칼에 찔린 상처 같은 게 보였다. 그곳을 손가락으로 가볍게 누른 금용이 덧붙였다.

"저처럼 말입니다."

"무슨 상처인가요?"

저고리를 도로 입은 금용이 앞에 놓인 해금을 끌어당겼다. 그리고 대나무로 된 기둥을 잡으면서 말했다.

"열네 살 때 제가 기생이 되어야 한다는 사실을 알고 은장도로 찔렀지요. 하지만 어디를 어떻게 찔러야 죽는지 몰랐어요. 그렇게 상처만 남긴 채 기생으로 끌려갔고요."

"끌려갔다는 얘기는 무슨 의미인가요?"

"나쁜 외지부가 부모님에게 쌀을 빌려주고 제때 갚지 못하면 딸을 기생으로 데려간다는 문기의 수결(手決: 예전에 자기의 성명이나 직함 아래에 도장 대신 자필로 글자를 직접 쓰던 일 또는 그 글자)을 받아낸 것이지요. 부모님은 좋은 분들이었지만 무능하셨고, 글자를 알지 못했답니다. 결국 제 인생은 기생이 되는 것으로 끝나는 줄 알았지요."

"그 후에 어떻게 되었는지는 대강 들었습니다."

둘의 대화는 덕환이 주전자를 가져오면서 잠시 멈췄다. 덕환은 하얀 자기 잔에 주전자에 든 것을 부었다. 홍랑이 주저하자 금용이 웃으며 말했다.

"술이 아니라 차입니다."

홍랑이 안심하며 한 모금 마셨다. 잠시 끊겼던 금용의 이야기가 이어졌다.

"운 좋게도 평양 감사로 온 남편을 만나 기생의 신분에서 벗어나게 되었지요. 하지만 세상에는 재물을 노리는 자가, 그리고 그와 손잡고 나쁜 짓을 하는 놈이 한둘이 아니지요."

"예전이라면 세상이 그렇게 나쁜 곳은 아니라고 했을 겁니다. 하지만 지금은 남의 일처럼 들리지 않네요."

"관기에서 풀려나 이곳으로 온 이후에 저와 같은 사연을 가진 사람들을 돕기 위해 힘쓰고 있지요. 낭자의 집에 찾아간 저 사람이 바로 저의 대송노입니다."

"그런데 왜 저를 찾으신 겁니까?"

홍랑의 물음에 금용이 덕환을 물끄러미 바라봤다.

"저 대송노에게 나를 도와주면 면천해준다고 했는데, 그 시기가 다가오고 있어서요. 후임을 찾으려고 하는데 도통 마음에 드는 이를 찾기가 어렵습니다."

"저는 규방의 아녀자입니다."

"아녀자가 송정에 서지 말라는 법은 없으니까요. 그리고 억울한 사연을 가진 사람 중에는 아녀자가 압도적으로 많지요. 아니 그렇습니까? 낭자의 옆집 몸종에게서 조보와 여러 신문을 받아서 읽는다고 들었습니다. 법에 관심이 많다는 것도요."

막연하게 아버지의 원한을 갚고 억울한 사람을 돕겠다는 생각만 가지고 있던 홍랑은 정신이 번쩍 났다. 어쩌면 그걸 이룰 수 있는 기회가 온 것일 수도 있다는 생각이 들었다. 주저하던 홍랑이 고단이를 힐끔 바라봤다. 고단이가 용기를 내라는 눈빛을 보냈다. 홍랑은 고개를 들어 금용을 바라봤다.

"안 그래도 어머니께서 수원으로 낙향하겠다고 하셨는데 저는 여기 남겠다고 하였습니다."

"무슨 이유로요?"

"아버지의 억울함을 풀고, 아버지처럼 억울한 일을 당한 사람들을 돕고 싶어서요."

홍랑의 얘기를 들은 금용이 흡족한 표정으로 활대를 움직여 소리를 냈다. 가느다란 해금 소리가 달빛 아래 안개처럼 퍼졌다. 잠시 연주를 듣던 홍랑이 말했다.

"외지부가 될 생각이었습니다."

"좋은 생각입니다. 제가 힘써 돕지요. 일단 대송노 덕환이 이것저것 알려줄 겁니다. 수십 년간 송정을 누벼서 누구보다 잘 알고, 인맥도 넓은 편이지요."

"제가 잘할 수 있을까요?"

홍랑의 물음에 금용이 해금의 활대를 가볍게 움직였다.

"기생이 되고 나서 처음 해금을 잡았을 때가 떠오르네요. 해금이라는 게 참 요상한 악기라서 같은 위치에 활대를 대고 그어도 소리가 다르지요. 그래서 해금 선생한테 참으로 매를 많이 맞았습니다. 제 마음이 혼란스러워서 소리가 제대로 나지 않는 거라고 했어요. 저는 속으로 무슨 헛소리냐고 했는데, 기생이 되기로 마음을 먹자 그제야 소리가 제대로 나더군요. 어찌나 눈물이 나고 웃음이 나던지, 참."

쓸쓸하게 웃은 금용이 활대를 움직여서 해금 소리를 냈다. 달빛처럼 은은하고 구름처럼 구슬픈 해금 소리에 홍랑과 고단이는 말없이 귀를 기울였다. 해금 연주를 마친 금용은 찻잔을 들고 차를 한 모금 마셨다.

"달빛은 참 아름다운데 그 아래 사는 사람들은 하나같이 고통에서 헤어나지 못하고 있어요. 나라에 법이 있어서 힘없는 사람들을 돕고 억울함이 없도록 해야 하는데, 그걸 이용하는 자들 때문에 또 다른 고통을 겪고 있지요. 낭자, 우리 같이 억울한 사람들의 한을 풀어줍시다."

홍랑은 가만히 고개를 끄덕거리며 찻잔을 들었다. 그 모습을 본 금용이 말했다.

"남자들은 술잔을 기울이면서 함께한다는 맹세를 하곤 하지요. 우리는 차로 맹세를 할까요?"

"좋습니다."

덕환이 주전자를 들어 찻잔에 차를 채웠다. 김이 모락모락 나는 잔을 든 홍랑이 말했다.

"앞으로 사람들이 아버지처럼 법을 몰라서 억울하게 당하는 일을 막도록 하겠습니다."

홍랑의 얘기를 들은 금용이 잔을 가볍게 부딪치며 맞장구를 쳤다.

"낭자를 도와 송정을 어지럽히는 자들을 단죄하겠습니다."

넷

◇

노비 문기

　어머니가 수원으로 내려가고 홍랑은 고단이와 함께 숭례문 근처의 작은 집으로 이사를 했다. 방 두 칸에 부엌이 딸린 작은 기와집이었는데, 금용이 아는 가쾌에게 부탁해서 싸게 살 수 있었다. 얼굴에 여기저기 점이 많은 가쾌는 금용 덕분에 양반에게 떼어먹힐 뻔한 돈을 돌려 받는 일은 무척 고마워하며 성심성의껏 집을 알아봐주었다. 이사를 한 홍랑은 근처에 사는 덕환의 집으로 가서 외지부로서 송정에서 해야 할 일들을 배웠다. 덕환은 뒤뜰로 홍랑을 데려갔다.

　"저쪽이 당상대청이니까 여기가 송정이라고 생각하십시오. 가장 중요한 건 언변입니다."

　"법을 논하는 자리니까 법에 대해 잘 알아야 하지 않을까?"

　홍랑은 비록 배우는 처지였지만 덕환의 신분이 노비라서

하대를 했다. 덕환은 개의치 않고 대답했다.

"아씨, 송정에 가보셨지요?"

"그럼."

"거기에는 수많은 사람이 있습니다. 그 사람들의 눈빛과 한두 마디 던지는 말들이 분위기를 결정짓습니다."

"분위기라…."

"그렇습니다. 직접 겪어보셨겠지만 사람들은 주변의 분위기에 잘 휩쓸리죠. 그래서 송철 역시 판결사에게만 얘기한 게 아니라 중간중간 구경꾼들에게 계속 호소를 했던 겁니다."

당시의 기억을 떠올리기는 싫었지만 그때의 송철은 여러 가지 의미로 완벽했다고 속으로 생각한 홍랑은 덕환을 쳐다봤다. 덕환은 송정에서 손짓과 시선을 어떻게 처리해야 하는지를 보여주었다.

"판결사에게는 억울함을 호소하면서도 송사를 벌이고 싶지 않았다고 계속 얘기해야 합니다."

"송정에까지 나왔으면서 왜?"

"조정에서는 백성들이 송사를 벌이는 것을 극히 싫어합니다. 그래서 외지부들을 불시에 잡아 북쪽으로 유배를 보낸 적도 있지요. 물론 몇 년 사이에 이런저런 핑계로 돌아왔지만 말입니다. 그런 이유로 이후에는 외지부라고 하지 않고 원고나 원척의 친척이라고 둘러대고 나옵니다. 아무리 법이 있다고 한들 판결은 판결사가 내리는 것입니다. 판결사도 조정의 관리이기 때문에 그런 분위기를 맞춰줘야만 합니다."

"그런 연유가 있었네."

"그러니까 판결사에게는 공손하게, 그리고 구경꾼들에게는 감정에 호소해야 합니다. 우리는 억울하다. 그래서 어쩔 수 없이 여기까지 나왔다고 말해야 하는 것이지요."

"전기수가 되어라 이 말이군."

홍랑의 말에 덕환이 고개를 끄덕거렸다.

"맞습니다. 다리 앞의 전기수가 오가는 사람들의 발걸음을 붙잡기 위해 최선을 다하고 있는 것과 비슷하지요."

"내가 그렇게 할 수 있을까?"

홍랑이 가장 궁금해하는 걸 묻자 덕환이 잠깐 그녀를 바라보다가 대답했다.

"송정에 서면 한 가지만 생각하십시오. 무조건 이겨야 한다. 수단과 방법을 가리지 말고 이겨야 한다고 말입니다."

"패배하지 말라는 말인가?"

"사람이 길을 가다가 누군가에게 한 대 맞으면 분통이 터질 겁니다. 하지만 반나절쯤 지나면 잊어버리죠. 재물을 빼앗겼다면 분을 참지 못할 겁니다. 하지만 며칠 후면 체념해버리죠. 그러나 송정에서 지면 그야말로 끝장입니다. 몸도, 마음도 망가져 버리거든요."

말을 더 하려던 덕환은 홍랑의 눈치를 살피고는 입을 다물었다.

"잘 알고 있으니까 더 설명할 필요 없네. 송정에서는 전기수처럼 사람들을 휘어잡아야 한다는 건 알겠어. 그다음은?"

"법전의 구절을 잘 외우고 있어야 합니다. 사실 어떻게 얘기한다고 한들 결국 송정은 법을 따지는 곳이니까요."

"그건 자신 있네. 취미가 법전 읽기였거든."

"좋습니다. 그리고, 마지막에 필요한 건 적절한 순간을 포착하는 겁니다."

"적절한 순간?"

"송정은 종이와 말의 싸움터입니다."

송철에게 비슷한 얘기를 들은 적이 있던 홍랑은 순간적으로 움찔했다. 하지만 최대한 내색을 하지 않고 귀를 기울였다.

"상대의 주장을 반박할 문기나 증인은 중요한 증거물입니다. 하지만 아무 때나 내놓으면 상대방이 대응책을 마련할 수 있습니다. 그러니 가장 중요한 순간에 꺼내야 합니다."

"그 순간은 어떻게 알 수 있지?"

"그건 직접 만들어야 합니다."

"그 순간을 내가 만들라고?"

고개를 끄덕거린 덕환이 대답했다.

"흐름은 기다린다고 오는 건 아니니까요. 상대 측 외지부의 주장을 반박하면서 원하는 방향으로 몰고 가야 합니다."

"쉽지 않겠네?"

"연습을 하시면 됩니다. 송정에서 겪은 사건 몇 개를 다시 되짚어보면서 말입니다."

덕환의 말에 홍랑이 고개를 끄덕거렸다. 그때 앞뜰에서 기침 소리가 들렸다. 돌아보니 장옷을 쓴 고단이가 보였다. 심상치 않은 표정의 고단이가 홍랑에게 다가왔다.

"아씨."

"무슨 일이냐?"

"금용 아씨께서 연통을 하셨습니다. 장례원으로 오셔서 비질금의 송사를 도우라고 말입니다."

"비질금?"

"자세한 건 가면서 아뢰겠습니다."

둘의 얘기를 들은 덕환이 잠깐만 기다리라고 말한 뒤 방 안으로 들어갔다. 그리고 잠시 후 종이로 만든 갓 함과 잘 개킨 흰색 도포를 꺼내 들고 왔다.

"이걸로 갈아입고 가십시오."

"남장을 하란 말인가?"

"사람들 앞에서 너울을 쓰고 변론을 하실 수는 없으니까요."

덕환의 말을 수긍한 홍랑이 고단이를 바라봤다.

"네가 도와줘야겠다."

"그럴게요, 아씨."

방 안으로 들어간 홍랑은 고단이의 도움을 받아 도포를 입고 가느다란 허리끈인 세조대를 맸다. 그리고 탕건을 쓴 다음 갓을 썼다. 한 걸음 뒤로 물러나서 남장을 한 홍랑의 모습을 본 고단이가 빙그레 웃었다.

"단옷날 나가면 낭자들이 아씨 뒤만 졸졸 따라다닐 것 같습니다."

"가자."

밖으로 나가자 뜰에서 기다리고 있던 덕환이 살짝 웃으며 말했다.

"소인이 앞장서서 뫼시겠습니다. 따르십시오."

덕환이 앞장선 가운데 홍랑은 고단이와 함께 장례원으로 향했다. 주변을 두리번거리던 홍랑이 장옷을 쓴 고단이에게 말했다.

"너울을 쓰지 않으니 세상이 다르게 보이는구나."

"그렇게 좋으십니까, 아씨?"

고단이의 물음에 홍랑은 고개를 끄덕거렸다.

"그런데 무슨 송사라고?"

"그게요, 훈련도감에 소속된 비질금이라는 노비를 자기 소유라고 주장하는 이가 소지를 올렸답니다."

"훈련도감이면 훈국(訓局: 오군영의 하나)이잖아."

"네. 제물포에서 온 사람이라는데요, 자기가 부리던 노비 가족이 예전에 한양으로 도망쳤는데 비질금이 바로 그 노비의 딸이라고 했습니다."

"사노비가 도망쳐서 관청이나 궁가(宮家)에 의지하는 일은 종종 있잖아. 게다가 훈국같이 힘이 센 관청을 상대로 노비를 돌려달라고 하다니…."

"비질금을 돌려주면 다른 노비를 상납하겠다고 했답니다."

고단이의 설명을 들은 홍랑은 고개를 갸웃거렸다.

"번거롭게 왜?"

"모르겠습니다. 그런데 비질금이 송정에 계속 나오지 않아서 이러다가는 패할 게 분명하다고 합니다."

"뭔가 사연이 있는 모양이네."

"맞습니다. 금용 아씨께서도 속히 사정을 알아내어 송사에 대처하지 않으면 도로 끌려갈 거라고 걱정하셨습니다."

얘기를 주고받는 동안 장례원에 도착했다. 특이하게도 훈련도감 소속 군사들이 보였다. 다른 군영의 군사들이 짐승의 털로 만든 전립(戰笠: 무관이 쓰던 모자의 하나)을 쓴 반면, 훈련도감의 군사들은 검은색 전건(戰巾: 군사들이 머리에 쓰던 건)을 써서 눈에 띄었다. 서성거리는 그들 사이를 뚫고 안으로 들어간 홍랑은 송정이 열리는 당상대청으로 향했다. 방금 송사에서 졌는지 사대부 한 명이 소매로 얼굴을 가린 채 울고 있었고, 친구로 보이는 사대부 둘이 옆에서 위로해주고 있었다. 전에 아버지의 송사 때 봤던 경아전이 급히 종이 뭉치를 넘기는 중이었다.

"다음 송사에 나설 자들은 시송다짐을 가지고 앞으로 나오너라!"

경아전의 호령에 작은 갓을 쓰고 턱수염이 난 중년의 남자가 앞으로 나왔다. 생김새나 몸짓으로 보아 상인 같았다. 그가 손에 든 시송다짐을 바치며 말했다.

"제물포에서 온 상인 오량전이라고 합니다. 제 노비를 되찾기 위해 송정에 섰습니다."

오량전이 바친 시송다짐을 펼쳐본 경아전이 눈살을 찌푸렸다.

"지난번에 뎨김을 써주지 않았느냐? 그런데 어찌해서 원척과 함께 오지 않았는가?"

"그게⋯."

뒤쪽에 선 훈련도감 소속 군사들을 조심스럽게 쳐다본 오량전이 입을 열었다.

"써주신 뎨김을 가지고 훈국을 찾아갔지만 문전박대만 당했습니다. 간신히 부탁해서 뎨김을 전달했는데, 이렇게 자취를 감추고 오지 않으니 몸둘 바를 모르겠습니다."

오량전의 하소연에 경아전은 문가에 서 있는 훈련도감 소속 군사들을 바라봤으나 차마 말을 걸지는 못했다. 오량전이 그런 경아전에게 하소연을 이어갔다.

"아무리 훈련도감이 나라에 중요하다고는 하나, 이렇게 국법을 무시해도 되는 건지 모르겠습니다. 제가 비질금을 돌려주면 다른 노비를 대신 바치겠다고 하는데도 저리 막무가내입니다."

"일단 송정에서는 원고와 원척이 모두 나와야만 송사가 이어지네."

"판결사 나리께 잘 얘기해주시면 안 되겠습니까? 비질금은 어린 시절 분명 제가 데리고 있던 노비 금석이가 맞습니다."

"어허, 판결사 나리께서는 정삼품일세. 훈련대장은 종이품이란 말이야. 아무리 무관이라고는 하나 엄연히 상관인데 어찌 나설 수 있겠는가? 데김을 주었으니 그걸로 잘 구슬려서 데려오게."

얘기를 마친 경아전은 "다음!" 하고 외쳤다. 오량전은 말을 더 하려고 했지만, 다음 송사에 나설 사람들이 앞으로 나오면서 밀려나고 말았다. 어깨를 늘어뜨린 채 돌아서는 오량전을 본 홍랑이 고개를 갸웃거렸다.

"이상한 점이 한두 개가 아니네."

"저도 잘 모르겠습니다, 아씨."

함께 온 덕환은 이미 훈련도감 군사들과 어울려서 얘기를 나누는 중이었다. 그걸 본 홍랑은 얼른 오량전을 쫓아갔다. 장례원 밖으로 나와서 곰방대를 입에 문 오량전은 남장을 한 홍랑을 보고는 괴이한 눈으로 바라봤다. 상대방의 시선을 무시한 홍랑이 오량전에게 말했다.

"송사를 지켜보다가 궁금한 게 있어서 여쭤보려 합니다."

"말해보시구려."

"듣기로는 비질금이 훈련도감에 의탁한 지 오래되어 사실상 돌려받기 어려운데, 왜 송사를 하시는 겁니까?"

뒷짐을 진 오량전은 턱에 힘을 잔뜩 주고는 입을 열었다.

"괘씸해서 그렇소."

"도망쳤다는 것이오?"

"우리가 자식처럼은 아니지만 그래도 잘 돌봐줬었소. 그런데 어느 날 빨래터에 간다고 하고는 종적을 감춰버렸소. 처음에는 나쁜 사람에게 끌려간 건 아닌가 싶어서 찾아다녔는데, 알고 보니 자기 발로 도망친 거였소."

"그게 몇 살 때요?"

"예닐곱 살 때일 거요. 아무것도 모르는 척 얌전하게 굴다가 도망친 게지. 고년이 사라진 걸 알고 얼마나 낙심했는지 모른다오."

"그러다가 나중에 훈련도감에 의탁한 걸 알았군요?"

"그렇소. 소문이 들려서 확인해봤더니 영락없는 비질금이었소. 그래서 물어봤더니 시치미를 딱 떼더라고. 자기는 동사리라면서 말이오."

"사라진 게 언제였소?"

"십오 년쯤 전일 게요. 그해에 태어난 아들 녀석이 올해 관례를 치렀거든."

"십오 년 만에 만났는데 한 번에 얼굴을 알아봤다고요?"

홍랑의 날카로운 질문에 오량전은 헛기침을 요란하게 한 뒤 큰소리치듯 말했다.

"알아보다마다. 내가 거느리던 노비였는데 몰라볼 리가 없잖소, 어험."

그러고는 살짝 당황한 얼굴을 하고 뒷짐을 진 채 빠른 걸음으로 사라졌다. 그 뒷모습을 물끄러미 바라보던 홍랑에게 고단이가 다가왔다.

"저쪽으로 가보시지요."

장례원의 담장 앞에서 전건을 쓰고 호의(號衣: 조선 시대에 각 영문營門의 군사, 마상재馬上才꾼, 의금부의 나장羅將, 사간원의 갈도喝道 등이 입던 세 자락의 웃옷. '더그레'라고도 부른다. 소속에 따라 옷 빛깔이 달랐다)를 입은 훈련도감 군사 몇 명과 덕환이 곰방대를 문 채 얘기를 나누고 있었다. 담배 냄새가 너무 독했지만 얘기를 들어야만 했기 때문에 홍랑과 고단이는 꾹 참고 다가갔다. 덕환이 훈련도감 군사들에게 물었다.

"그럼 비질금이 훈련도감 군사들을 치료해주고 있다 이 말인가?"

덕환의 물음에 훈련도감 군사들 중 한 명이 곰방대를 손에 쥔 채 고개를 끄덕거렸다.

"그렇다니까요. 진짜 용한 의원도 못 고치는 걸 잘 고쳐줘요. 특히 그 고약이 정말 효과가 좋다 이 말입니다."

"고약이라면 종기를 치료할 때 유용하겠군."

"그렇고말고요. 훈련을 하다 보면 몸에 상처가 나고, 거기에 종기가 나면 진짜 아프거든요. 그런데 비질금이 만들어준 고약을 붙이면 정말 감쪽같이 낫습니다.”

그의 얘기에 동료들이 고개를 끄덕거렸다. 듣고 있던 홍랑이 가장 궁금한 걸 물었다.

“비질금은 왜 데김까지 받았는데 송정에 나오지 않은 겁니까?”

“그게… 너무 겁을 먹어서 도통 움직이질 않아요. 잡혀갈 거라고 하고, 죽고 싶다고 하고…. 그래서인지 훈련도감 안에서 못 나오고 있어요. 그래서 우리가 살펴보러 나온 거고요.”

얘기를 듣고 가만히 고개를 끄덕거리던 홍랑이 하나 더 물었다.

“만약 비질금이 훈련도감 소속이 아니라고 해도 고약을 받을 겁니까?”

“당연하지요. 그보다 좋은 고약은 본 적이 없어요.”

훈련도감 군사들의 얘기를 들은 홍랑은 뭔가 알겠다는 듯 고개를 끄덕거렸다. 그걸 본 덕환이 엽전 몇 개를 꺼내 군사들 중 한 명에게 쥐여주었다.

“고맙네. 주막에 가서 목이라도 축이게.”

돈을 받은 군사들이 목을 축일 생각에 신이 나서 자리를 뜨자 덕환이 홍랑에게 말했다.

“뭔가 알아낸 눈치시군요.”

"원래 주인이 왜 비질금을 추쇄(推刷: 도망한 노비나 부역, 병역 따위를 기피한 사람을 붙잡아 본래의 주인이나 고장으로 돌려보내던 일)하려고 하는지 알 것 같아서요."

이전과는 달리 존댓말을 쓰는 홍랑에게 가볍게 웃은 덕환이 말했다.

"그럼 어디 한번 들어볼까요?"

"훈련도감 군사들이 너나없이 사용한다는 고약 때문이에요."

"고약 때문에 송사를 벌인 거라고요?"

"네, 만약 주인이 비질금의 소유권을 확인한다면 비질금이 버는 돈의 절반은 무조건 받아낼 수 있잖아요."

"맞습니다. 신공(身貢: 조선 시대에, 노비가 신역(身役) 대신에 삼베나 무명, 모시, 쌀, 돈 따위로 납부하던 세)을 바치는 건 노비의 의무니까요."

덕환의 대답을 들은 홍랑이 장례원 쪽을 바라보면서 대답했다.

"아까 주인이라고 주장하는 오량전과 얘기를 나눠봤는데, 그냥 괘씸해서 송사를 벌였다고 했어요. 하지만 이상했지요."

"고약의 존재에 대해 알고 있었을까요?"

덕환의 물음에 고개를 끄덕거린 홍랑이 말했다.

"훈련도감 같은 관청을 상대로 개인이 송사를 벌이는 건

쉬운 일이 아니에요. 게다가 다른 노비를 주고서라도 비질금을 돌려받으려고 한 걸 보고 다른 속내가 있다고 판단했어요."

"결국 비질금이 고약을 만드는 걸 알고 송사를 벌였다는 뜻이군요."

홍랑은 흑립의 챙을 가볍게 만지작거리며 생각에 잠겼다.

"분명 배후에 누군가 있습니다."

"그리 생각하신 이유도 궁금합니다."

"아까 주인이라고 주장하는 이에게 물어보니 도망친 지 십오 년이 되었다고 했습니다. 열 살이 채 안 된 어린아이 때 보고 지금 한 번에 알아보는 게 가능하겠습니까?"

옆에서 듣고 있던 고단이가 끼어들었다.

"누군가 귀띔을 해줬다는 뜻인가요, 아씨?"

홍랑은 흑립의 챙을 잡은 채 고개를 끄덕거렸다.

"단번에 알아봤다고 너무 자신 있게 얘기한 걸 보면 그걸 증명할 자신도 있다는 뜻이겠지요."

이번에는 덕환이 끼어들었다.

"진짜든 가짜든 확실한 문기를 가지고 있을 겁니다. 노비 문기 같은 것 말입니다."

"사라질 당시 비질금은 예닐곱 살이라고 했습니다. 아마 부모가 노비여서 자식도 노비였겠지요?"

"어미가 노비였을 겁니다. 아비가 양인이라고 해도 어미의 신분에 따라 자식의 신분이 결정되니까요."

"아니, 세상 모든 일은 남자가 우선이면서 왜 이런 건 여자가 먼저랍니까?"

고단이가 입을 삐죽 내밀고 투덜거리자 덕환이 대답했다.

"예전에는 아비의 신분에 따라 결정되었지. 그걸 종부법(從父法)이라고 불렀어."

"그런데 왜 바뀐 건가요?"

"자식이 노비가 되는 걸 막기 위해 어미가 거짓말을 하면서부터였지. 남편과 낳은 자식이 아니라 양인의 자식이라고 말이야. 아비가 양인이니까 자연스럽게 자식도 양인이 되는 거지. 비록 어미는 남편을 두고 다른 남자랑 놀아났다는 손가락질을 받았지만 말이야."

"저 같아도 그런 방법이 있으면 망설이지 않을 겁니다. 자식이 노비가 되지 않는데 어미의 체면 따위가 대수겠습니까?"

고단이의 얘기를 들은 덕환이 쓴웃음을 지었다.

"그래서 노비들의 주인인 사대부가 들고일어나서 결국은 어미의 신분이 자식에게 이어지는 종모법(從母法)으로 바뀌었지. 세상은 결코 약한 자의 편을 들어주지 않아. 심지어 법조차 말이야."

냉소적으로 대답한 덕환에게 홍랑이 물었다.

"제 생각에는 누군가 오량전에게 비질금이 훈련도감에 있고, 그녀가 만든 고약이 엄청나게 효과가 좋다고 얘기해준 모양입니다. 장사꾼인 오량전은 큰돈을 벌 수 있다는 생각에 송사를 벌인 것이고 말입니다. 결국…."

한숨을 훅 내뱉은 그녀가 덧붙였다.

"배후가 누군지 알아내어야 이 문제를 풀 수 있을 겁니다."

"저도 같은 생각입니다. 이제 금용 아씨를 만나러 가시죠. 보고도 해야 하고, 도움도 받아야 하니까요."

"안 그래도 이 송사를 어찌 아시고 연락을 했는지도 여쭤 봐야겠네요."

"금용정에 계실 겁니다."

"함께 가시지요."

숭례문을 나서서 용산의 금용정에 도착할 즈음 해가 떨어지기 시작했다. 금용은 황금색 비녀를 머리에 끼운 채 해금을 연주하는 중이었다. 홍랑 일행이 도착하자 해금의 활대를 내려놓은 금용이 물었다.

"갓과 도포가 잘 어울리는구나."

어느 순간부터 금용은 자연스럽게 반말을 하게 되었으나

홍랑은 자연스럽게 받아들였다. 기생의 신분이었다고는 하지만 지금은 엄연히 사대부의 후처이고, 많은 재물을 써서 자신을 도와주고 있었기 때문이다.

"감사합니다."

홍랑의 대답을 들은 금용이 머리에 꽂은 금비녀를 만지작거리면서 입을 열었다.

"장례원에서 오는 것이냐?"

"예, 말씀하신 송사를 지켜봤습니다. 원고인 오량전은 시송다짐을 바쳤지만, 원척인 비질금은 오지 않았습니다."

"뎨김을 받고도 송정에 나오지 않으면 패할 것이 분명한데 왜 나오지 않는지 궁금하지 않으냐?"

"생각해보았는데 결정적인 약점이 있는 것으로 보입니다."

"결정적인 약점이라?"

다시 해금의 활대를 잡은 금용의 중얼거림에 홍랑이 대답했다.

"비질금의 신분을 확인할 수 있는 문기라든지 아니면 증인이 있는 게 분명합니다. 그렇지 않고서야 아무리 훈련도감에 의탁했다고 해도 무작정 불참하지는 않을 테니까요."

홍랑의 대답을 들은 금용은 제법이라는 표정을 지으며 활대를 도로 내려놓았다. 그리고 정자 아래쪽을 내려다보며 말했다.

"이제 나오너라."

잠시 후 정자 아래쪽에서 부스럭거리는 소리가 들렸다. 그리고 누군가 계단을 밟고 올라왔다. 낡은 무명 치마와 저고리 차림에 삶에 찌든 얼굴을 가진, 이십대 중반으로 보이는 여인이었다. 딱히 이름을 얘기하지는 않았지만 홍랑은 그녀가 누군지 금방 알아차렸다.

"비질금?"

고개를 푹 숙인 채 올라온 그녀는 바닥에 곧장 무릎을 꿇으며 말했다.

"이제 쇤네의 목숨은 아씨에게 달려 있습니다. 제발 끌려가지 않도록 해주십시오."

비질금이 당장이라도 울 것같이 말하자 금용이 차분하게 대답했다.

"호랑이한테 물려가도 정신만 차리면 살 수 있다고 하였다. 두려워하는 것은 이해하나 무서워하면 문제를 해결할 수 없어."

금용의 얘기를 들은 비질금은 고개를 들었다. 옆에 있던 홍랑은 비질금의 뺨에 큰 상처가 나 있는 것을 보았다. 홍랑의 시선을 느낀 비질금은 상처를 손으로 가리키며 말했다.

"여덟 살 때 주인이 물건을 훔쳤다면서 인두로 지진 상처입니다."

"맙소사!"

"며칠 동안 진물이 계속 나오고 눈도 잘 보이지 않았지만, 주인은 계속 일을 시켰지요. 그리고 얼마 후에 또 물건이 없어졌다고 저를 다그치면서 이번에는 눈을 지져버리겠다고 해서 빨래를 하러 간다는 핑계를 대고 도망쳤습니다."

아까 장례원에서 주인이라는 오량전이 했던 말을 떠올린 홍랑이 고개를 절레절레 저었다.

"그자의 말로는 잘 돌봐줬는데 도망쳐서 배신감을 느껴 송사를 벌였다고 했는데…."

"저는 이 상처 때문에 지금껏 고통을 받았습니다. 그나마 훈련도감에 들어가 다모(茶母: 일반 관아에서 차와 술대접 등의 잡일을 맡아 하던 관비)로 일하면서 나름 살 만했는데, 갑자기 제 앞에 다시 나타나서 어찌할 바를 모르겠습니다. 다행히 아는 다모가 금용 아씨를 소개해줘서 사연을 털어놓은 겁니다."

비로소 돌아가는 사정을 알게 된 홍랑이 금용을 바라봤다.

"아까 장례원에서 주인을 만났습니다. 다른 노비를 주고서라도 돌려받으려고 하더군요."

"비질금이 만드는 고약 때문일 테지. 그걸 대량으로 만들어서 팔면 큰돈을 벌 수 있다고 생각할 테니."

금용의 얘기를 들은 홍랑이 비질금을 바라봤다.

"한양으로 도망쳐서 무당에게 잠시 의탁한 적이 있어요. 그때 무당의 남편에게 어깨너머로 배운 것에 제가 이것저것 재료를 넣어서 만든 고약입니다."

"장례원에서 만난 훈련도감 군사들이 하나같이 효과가 좋다고 하던데?"

"맞습니다. 돈을 받고 팔라는 얘기도 많이 들었습니다. 그런데 그렇게 하면 주인이 찾아올 것 같았고, 무엇보다 저는 훈련도감에서 다모로 일하는 게 좋습니다."

"혹시 최근에 낯선 사람이 찾아오거나 탐문한 적이 있는가?"

홍랑의 물음에 잠시 생각하던 비질금이 고개를 끄덕거리며 말했다.

"반년쯤 전에 누군가 찾아와서 고약 만드는 비법을 물은 적이 있습니다. 돈을 줄 테니 팔라고 하면서 말이죠."

"그래서?"

"싫다고 거절했습니다. 그랬더니 그자가 주변 사람들에게 저에 대해 묻고 다녔다고 아는 마의(馬醫: 사복시司僕寺에 속해 말의 질병을 치료하던 잡직雜職)가 귀띔을 해주었습니다."

"고약 만드는 법은 누구에게 배웠는가?"

"돌아가신 아버지가 의원이셨습니다. 돌아가시기 얼마 전에 저를 무릎에 앉혀놓고 만드는 법을 알려주셨어요. 늦은 나이에 저를 얻었기에 무척 귀여워해주셨지요."

"아마 돌아가실 줄 알고 비법을 알려준 모양이군."

"네, 훈련도감에서 일하면서 마의와 침의(鍼醫: 침술로 병을 다스리는 의원)에게 어깨너머로 배운 것을 더했습니다. 훈련도감 밖에서도 소문을 듣고 치료해달라거나 비법을 알려달라고 찾아오는 이들이 종종 있었습니다. 하지만 도망쳤다는 소문이 날까 봐 모두 거절했습니다."

"자네가 도망친 노비라는 것을 알고 그자가 주인을 찾아갔을 수도 있었겠네."

홍랑의 말에 비질금이 눈물을 글썽거렸다.

"사실 주변에서는 제가 도망친 노비라는 걸 어느 정도 아는 눈치였습니다."

돌아가는 정황을 짐작한 홍랑은 가장 중요하고 궁금한 것을 물었다.

"자네 주인을 송정에서 봤는데 자신만만해 했어. 문기나 증인이 있는 것 같던데?"

"부모님은 제가 어릴 때 모두 돌아가셨습니다."

"문기는?"

"사실은 어머니는 먼저 돌아가셨고, 아버지가 돌아가시기 직전에 저를 주인에게 팔았습니다."

"뭐라고?"

놀란 홍랑에게 비질금이 서글픈 표정으로 대답했다.

"나쁜 의도는 아니셨고요, 저를 돌봐줄 사람이 없어서 그랬던 겁니다. 주인이 집에 찾아왔을 때 가져온 문기에 아버지가 수결을 하시는 걸 본 적이 있습니다. 아마 그 문기를 가지고 있을 겁니다."

"직접 본 적은 없고?"

"네, 사실 도망치면서 그것도 같이 가져가려고 했는데 어디에 보관했는지 알 수가 없었어요. 아버지가 돌아가시기 전에 미안하다면서 나중에 크면 속량(贖良: 몸값을 받고 노비의 신분을 풀어주어 양민이 되게 하던 일)할 수 있도록 했다고 했습니다. 하지만 차마 주인에게 묻지는 못했습니다."

비질금의 대답을 들은 홍랑이 금용을 바라봤다.

"지금 상황이 대단히 안 좋습니다. 몇 차례 송정에 나오지 않은 데다가 그쪽에서 문기까지 가지고 있다면 송사에서 이길 방도가 없습니다."

"그래서 자네에게 말한 걸세. 대감의 지인에게 부탁해서 송정이 열리는 것을 최대한 늦춰주겠네. 그사이 송사에서 이길 수 있는 방도를 찾아보게."

"쉬운 일이 아닐 듯합니다만…."

"비질금을 보게. 만에 하나 원래 주인에게 끌려간다면 얼마나 살 수 있겠나? 게다가 주인이 고약 만드는 비법을 알게 되면 그냥 놔두지 않을 걸세."

홍랑은 고개를 숙인 비질금을 바라보며 얘기를 들었다. 노비 신분이어서 고개를 숙인 것이기도 하겠지만, 뺨의 상처를 보이고 싶지 않은 습관인 듯했다. 비질금을 바라보는 홍랑에게 금용이 덧붙였다.

"사람은 자기가 하지 않은 일로 인해 평생 고통을 받을 때가 있지. 여자라서, 노비라서, 어려서, 가난해서 말이야. 나라에 법이 있는 건 그런 사람들을 돕기 위해서야. 우리는 그 힘을 이용해서 힘없는 사람들을 도우려는 것이고."

"알겠습니다. 비질금에게 찾아온 자가 누구인지 알아보겠습니다. 아마 그자가 이번 송사의 배후일 것 같습니다."

"필요한 건 덕환이 도와줄 걸세."

금용의 시선을 받은 덕환이 고개를 조아렸다. 그걸 본 금용이 덧붙였다.

"그리고 형조에도 잠깐 들러서 홍사치라는 아전(衙前: 중앙과 지방의 관아에 속한 구실아치. 중앙 관서의 아전을 경아전, 지방 관서의 아전을 외아전外衙前이라고 했다)을 찾아가보게."

"홍사치요?"

"그렇다네. 우리 일을 가끔 도와준 자인데, 우리 도움이 필요하다고 하더군."

"알겠습니다."

짧게 대답한 홍랑이 비질금을 바라봤다.

"고약 만드는 비법을 알려달라고 한 사람은 누구였습니까?"

"이름을 말해주기는 했는데 기억이 가물가물합니다. 생긴 건…."

잠깐 기억을 떠올리던 비질금이 말했다.

"두꺼비 같았습니다."

대답을 들은 홍랑과 고단이는 동시에 입을 열었다.

"한횐덕?"

홍랑의 얘기를 들은 비질금이 고개를 끄덕거렸다.

"맞습니다. 그 이름이었어요."

홍랑이 고단이를 바라봤다.

"원수는 외나무다리에서 만난다고 하더니."

"그러게요, 아씨."

아랫입술을 깨문 홍랑이 입을 열었다.

"지금 어디서 일하는지 알아보자."

듣고 있던 금용이 말했다.

"사연이 있는 사람들이 만나는군."

"나쁜 사연이죠. 그자 뒤에는 송철이 있을 겁니다."

금용은 자연스럽게 덕환을 바라봤다. 덕환은 고개를 조아린 채 한숨을 쉬었다.

만남이 끝나고 금용은 가마를 타고 집으로 돌아갔고, 홍랑과 고단이 그리고 비질금은 사방등((四方燈: 네모반듯한 등)을 든 덕환과 함께 금용정을 나왔다. 해가 떨어지기 전에 도성으로 돌아가야 한다고 재촉하는 덕환을 따라 바쁘게 발걸음을 옮기던 홍랑이 덕환에게 물었다.

"아까 송철 얘기가 나왔을 때 표정이 어두우셨습니다."

"사실은…."

잠깐 고민을 하던 덕환이 어둑해지는 하늘을 올려다보며 대답했다.

"제자였습니다. 아주 뛰어난…."

"그런데 지금은 인연이 끊긴 겁니까?"

"아주 고약하게 끊겼지요. 원래 송철은 저잣거리에서 이야기로 돈을 벌던 전기수였습니다."

"어쩐지 말이 아주 잘 흘렀어요."

"억울한 일을 겪어서 도와주었더니 제자가 되겠다고 해서 받아들였지요. 정말 뛰어난 외지부였는데, 자신의 재능을 엉뚱한 데 쓰기 시작했어요."

"한훤덕을 부추겨서 아버지에게 송사를 건 것도 그놈인 것 같은데요?"

"맞습니다. 갈등을 벌이는 쪽을 부추겨서 잘 무마될 것도 송사를 벌이게 만들지요. 그리고 뒤에서 한쪽이 파멸하는 걸 보면서 기뻐하는 놈입니다."

아버지의 송사에서 봤던 송철의 모습을 떠올린 홍랑이 징그러운 벌레를 보는 것 같은 표정을 지었다.

"왜 그런 거죠?"

"자신의 능력을 과신하고, 사람들을 마음대로 좌지우지하는 것에서 쾌감을 느끼는 것 같았어요. 전기수 시절에는 얼굴도 마주치지 못한 사대부들이 제게 고개를 숙이고, 송사에서 상대방을 이기고 짓밟는 것에 중독된 것이죠."

"중독되었다고요?"

"네, 송정에서 진 사람들의 표정을 보셨지요?"

"직접 겪었습니다."

"그런 사람들이 좌절하고 슬퍼하는 걸 보는 게 세상에서 제일 좋다고 하더군요. 그래서 아차 싶었는데 그만…."

"무슨 일이 있었군요?"

"금용 아씨를 상대로 송사를 걸려고 했습니다. 그래서 제가 인간으로서 그러면 안 된다고 만류하고 갈라섰지요. 그 이후에 송철을 대신할 외지부를 찾다가 아씨를 만난 겁니다."

"저는 그러지 않을 것이라고 확신하신 건가요?"

홍랑의 물음에 덕환이 잠시 그녀를 바라보고는 대답했다.

"송사에서 패배해보셨으니까요. 적어도 그 심정을 이해할 것이라 믿었습니다."

애기를 나누는 사이에 홍랑과 일행은 숭례문을 지났다. 갈림길에 선 홍랑이 덕환에게 말했다.

"여기서는 집까지 가까우니 고단이와 둘이 돌아가겠습니다."

"잘 가십시오. 내일은 어디서 뵐까요?"

"형조에 가보라고 했으니 해가 뜨고 점심 무렵에 가보겠습니다."

"그럼 거기서 뵙겠습니다."

고개를 조아린 덕환이 비질금과 함께 돌아섰다. 멀어져 가는 그들을 보면서 홍랑이 고단이에게 말했다.

"가자."

입안

다음 날, 남장을 한 홍랑은 장옷을 쓴 고단이와 함께 집을 나와 육조거리에 있는 형조로 향했다. 갓을 쓰고 도포를 입었지만 수염이 없는 곱상한 얼굴의 홍랑에게 제법 오랫동안 사람들의 시선이 머물렀다. 하지만 그런 시선에 어느 정도 익숙해진 홍랑은 여유롭게 걸었다. 형조는 장례원 바로 옆에 있었다. 장례원이 형조에 속한 관청이어서 형조의 계단이 더 높고, 문도 더 컸다. 상대적으로 장례원보다 적기는 했지만, 형조에도 드나드는 사람이 많았다. 주변을 살펴본 고단이가 말했다.

"덕환 아저씨는 아직 안 온 모양입니다."

"그럼 홍사치라는 사람을 먼저 만나보자."

"그게 좋겠습니다."

형조의 돌계단을 올라간 홍랑은 전립을 쓰고 더그레라고

도 부르는 호의를 입은 문졸에게 다가갔다.

"홍사치라는 서리를 만나러 왔네."

"아까 점심을 들러 나가신 것 같던데, 여기서 잠시 기다리시구려."

대답을 들은 홍랑은 문 옆에 서서 기다렸다. 형조의 대문 근처에서는 홍랑처럼 누군가를 기다리는 사람들이 곰방대나 장죽을 문 채 담배를 피우고 있었다. 뒷짐을 지고 지나가는 사람들을 보던 홍랑에게 문졸이 말했다.

"저기 오시는구려. 저기 키가 빗자루처럼 큰 사람이외다."

문졸이 가리킨 방향을 보니 몇 명의 아전이 걸어오는데, 그중 유독 키가 큰 사람이 눈에 띄었다. 게다가 위로 솟은 평정건을 쓰고 있어 문졸의 말대로 마치 빗자루가 걸어오는 것처럼 보였다. 고단이가 장옷으로 입을 가린 채 웃었다. 육조거리의 가장자리에 있는 배수구인 구거를 건너온 홍사치가 계단을 오르다가 홍랑과 눈이 마주쳤다. 문졸이 말을 하기 전에 자신을 기다리고 있다는 것을 알아챈 그가 말했다.

"금용 아씨가 보낸 사람이오?"

"그렇습니다. 홍랑이라고 합니다."

남장을 한 홍랑을 위아래로 살펴본 홍사치가 뒷짐을 진 채 말했다.

"따라오시구려."

형조의 대문 안으로 들어간 홍사치는 바로 오른쪽으로 꺾어져 작은 쪽문으로 들어갔다. 안쪽에는 양쪽이 잘린 것 같은 맞배지붕을 한 전각이 보였다. 서리장방(書吏長房: 서리청)이라는 현판이 걸려 있었다. 주변의 담장은 행랑처럼 꾸몄는데, 나무문에 창문이 없고 다락처럼 만들어져 있었다. 홍랑이 그쪽을 바라보자 홍사치가 심드렁하게 대꾸했다.

"저긴 사람이 머무는 곳이 아니라 문서를 보관하는 누상고(樓上庫)와 누하고(樓下庫)요."

"그렇군요. 이곳은 처음이라⋯."

서리장방 뒤로 돌아가자 작은 정자가 나왔다. 비어 있는 그곳으로 간 홍사치가 주변을 살펴보고는 입을 열었다.

"내가 금용 아씨에게 도움을 받은 게 많아서 특별히 얘기해주는 것이외다."

"말씀하시지요."

"얼마 전 전옥서(典獄署: 감옥의 죄인에 관한 일을 맡아보던 관아)에 두 명의 죄수가 들어왔소이다. 한 명은 김원진이라는 남자이고, 다른 한 명은 아마이라는 왜국 여인이오."

"왜국 여인이요?"

"그렇소. 김원진이라는 자는 원래 울산에 살던 어부인데,

동래에 살던 손녀가 왜구들에게 납치당했다는 소식을 듣고는 친구의 배를 빌려 타고 왜국으로 건너갔소이다."

"배를 타고 말입니까?"

놀란 홍랑의 물음에 홍사치가 고개를 끄덕거렸다.

"그뿐이 아니외다. 왜국에 갔는데, 거기서 유구국(琉球國: 지금의 오키나와)으로 팔려갔다는 소식을 듣고는 다시 대마도를 거쳐 유구국으로 갔다 하더이다. 그리고 거기서 손녀 용덕과 손녀랑 같이 끌려간 조선인 여섯을 데리고 돌아왔소이다."

얘기를 들은 홍랑이 물었다.

"그런 장한 일을 한 사람을 왜 전옥서에 가둔 겁니까?"

답답한 표정을 지은 홍사치가 말했다.

"나라에서는 백성이 함부로 국외로 나가는 걸 엄금하고 있소이다. 게다가 왜인을 데리고 왔으니 죄가 없는 건 아니지요. 그뿐만 아니라 그자에게 배를 빌려준 친구가 고소를 하였소이다."

"배를 빌려줬다가 못 받았나요?"

"유구국에서 돌아올 때 심하게 부서져서 말이오. 친구가 배상을 하라고 했는데 김원진이 거절한 상황이오."

"알겠습니다. 아마이라는 왜국 여인은 왜 온 겁니까?"

"자기 남편이랑 자식을 찾으러 온 거요."

"남편이랑 자식이 왜 여기에 있는 겁니까?"

"사연이 좀 긴데, 10년 전 조정에서 밀수에 관련된 왜관의 왜인들을 잡은 적이 있었지요. 그때 장사를 하러 왔던 왜국 상인과 아들이 연루되어 관노로 팔려갔소이다. 그런데 대마도에 살던 그 상인의 아내가 소식을 듣고 김원진의 배를 함께 타고 온 거요."

"왜인들은 예의범절을 모른다고 들었는데 그게 아닌가 보네요."

홍랑의 물음에 홍사치가 얼굴을 찡그렸다.

"조정에서는 본국으로 돌려보내준다고 했는데, 남편이랑 아들과 함께 있고 싶다고 한사코 버티는 상황이외다."

"둘 다 난감하네요."

홍랑의 대답을 들은 홍사치가 얼굴을 찡그렸다.

"그러게나 말이오. 국법을 어긴 건 맞지만, 손녀를 구하기 위한 것이니 천륜이라 할 수 있다오. 거기에 비록 왜국의 여인이라고는 하나 남편과 자식을 만나기 위해 배를 타고 바다를 건너왔소이다. 그래서 두 건 다 어찌 처리해야 할지 몰라서 일단 전옥서에 가둔 상태라오. 하지만 옥이라는 게 사람이 지낼 만한 곳이 아니라서 말이외다. 서둘러 손을 쓰면 좋을 것 같아서 금용 아씨에게 도움을 요청한 거요."

"잘 알겠습니다. 두 사람 다 전옥서에 있나요?"

"그렇소이다. 가서 만나실 거요?"

홍사치의 물음에 홍랑이 대답 대신 고개를 끄덕거렸다.

"그냥은 못 만날 테니까 가서 뇌졸(牢卒: 군대에서 죄인을 다루는 일을 맡아보던 병졸) 중에 노꾼이를 찾으시오. 내 이름을 대면 만나보게 해줄 거요."

"노꾼이요?"

"맞소, 노꾼이. 둘 다 풀려날 수 있는 방도를 찾아주시구려. 그럼 이만…."

얘기를 마친 홍사치는 뒷짐을 지고 사라졌다. 한동안 생각에 잠겨 있던 홍랑이 고단이에게 말했다.

"전옥서로 가볼까?"

"네, 아씨."

형조로 나오자 마침 장례원 앞에 서 있던 덕환과 마주쳤다. 누군가와 얘기를 나누던 덕환은 형조의 돌계단을 내려오는 홍랑을 보고는 소매에 손을 꽂고 다가왔다.

"형조에 먼저 들르셨군요."

"홍사치를 만났습니다. 전옥서에 도움이 필요한 사람들이 있다고 하네요."

"그럼 가면서 얘기를 나누시지요. 종루 근처라 금방 갈 겁니다. 오량전이 오늘도 장례원에 왔다 갔다고 합니다."

"끈질기네요."

"비질금을 돌려주면 노비 둘을 주겠다고 얘기했답니다. 그 정도면 훈련도감에서도 마냥 무시하지는 못할 것 같은데 말입니다."

"정말요?"

"그래도 안 들어주면 격쟁(擊錚: 원통한 일을 당한 사람이 임금이 거둥하는 길에서 꽹과리를 쳐 하문을 기다리던 일)에 나서겠다고도 했답니다."

"격쟁까지요?"

"훈련도감이 남의 노비를 가로채서 부리고 있다고 하면 임금께서 조치를 취하라고 할 가능성이 높습니다."

"일이 점점 복잡해지네요. 송사로 해결해야겠어요."

"오량전이 비질금의 노비 문기를 가지고 있는 게 확실합니다. 안 그러면 저렇게 강하게 나올 수가 없어요."

"가짜 문기일 가능성은요?"

"그렇다고 해도 십 년이 넘은 것이라 확인하기가 쉽지 않을 겁니다."

"노비를 사고파는 문기라면 관청의 입안을 받게 되어 있지요?"

홍랑의 물음에 덕환이 고개를 끄덕거렸다.

"먼저 사고파는 사람들이 백 일 안에 관청에 알려 입안을 받아야 합니다."

"입안을 받기 위한 노비 문기는 반드시 양쪽 당사자가 작성해야 하고요?"

"맞습니다. 간혹 글을 모르는 사람이 있으면 글을 아는 사람이 대신 써주고 확인을 받지요. 그리고 그 모든 과정을 지켜보는 증인이 있어야 하고 말입니다."

넓은 광장 같은 육조거리를 걸으며 얘기를 나누던 홍랑과 덕환은 황토현이 보이는 곳에 이르자 왼쪽으로 방향을 틀었다. 육조거리와 맞닿은 시전 거리는 운종가(雲從街)라는 별명에 걸맞게 사람들이 구름처럼 몰려 있었다. 그때 별안간 벽제(辟除: 지위가 높은 사람이 행차할 때 구종驅從 별배別陪가 잡인의 통행을 금하던 일) 소리가 들렸다.

"쉬! 물렀거라!"

고관의 행차가 있으면 길을 가던 사람은 모두 멈추고 옆으로 물러나서 고개를 조아리거나 바닥에 엎드려야만 했다. 그래서 사람들은 바쁘게 피맛길로 들어갔다. 홍랑도 덕환과 함께 피맛길로 들어섰다. 고단이까지 허둥지둥 들어선 직후 바퀴가 달린 가마인 초헌(軺軒)이 지나가는 게 보였다. 좁디좁은 피맛길에는 행차를 피해 들어선 사람들로 가득했다. 천천히 움직이는 사람들을 따라가며 덕환이 설명을 이어갔다.

"문기가 작성되면 노비를 사들인 매수인은 입안을 신청하는 소지와 함께 관청에 제출하지요. 관청에서는 문기를 검토해 이상이 없으면 소지에 확인 도장을 찍어줍니다. 그런 다음 노비를 판 매매인과 증인 그리고 문기를 작성한 사람들을 불러 진술서인 초사(招辭)를 만들고요. 그것까지 끝나면 소지와 노비 문기, 초사 그리고 입안을 차례로 이어 붙이고 관인을 찍어줍니다. 거기에는 매도인의 수결이 들어가야 하는데, 노비가 글씨를 모르는 경우에는 수촌(手寸: 조선 시대에 사용하던 노비의 수결手決. 왼손 가운뎃손가락의 첫째와 둘째 마디 사이의 길이를 재어 그림으로 그려놓았으며, 도장 대신 사용했다)으로 대신하지요."

"손바닥을 그리는 것 말입니까?"

홍랑의 물음에 고개를 끄덕거린 덕환이 손바닥을 펼쳐 보였다.

"다른 건 몰라도 노비를 매매할 때는 반드시 문기를 작성합니다. 혼인을 해서 가족이 늘어날 수도 있고, 도망을 칠 수도 있으니까요."

"비질금의 얘기로는 아버지가 죽기 직전에 어린 자식을 맡기기 위해 오량전에게 노비로 보냈다고 했어요. 그러니까 노비 문기의 주체는 오량전과 비질금의 부모겠네요?"

"그럴 겁니다. 흉년이나 여러 가지 이유로 자기 자신이나 자식을 노비로 파는 경우가 있으니까요."

"그렇다면 자매문기(自賣文記: 자기 자신 또는 처자를 노비로 팔기 위해 작성하던 문서)겠군요."

"아마도요."

"그렇다면 관청의 입안도 받아놨겠네요."

"그랬으니까 저렇게 큰소리를 치는 걸 겁니다."

덕환의 대답을 들은 홍랑이 눈빛을 반짝거렸다.

"혹시 그렇게 믿도록 한 게 아닐까요?"

잠깐 움찔한 덕환이 고개를 저었다.

"송사가 시작되면 문기부터 확인할 겁니다."

"아마 위조도 아니겠지요?"

"입안을 위조했다면 목이 달아날 수 있습니다. 그리고 배후가 송철이라면 위조했더라도 눈치를 못 채게 했을 겁니다."

"어제 비질금이 한 얘기 기억나세요?"

"무슨 얘기를 말씀하십니까?"

"비질금의 부모가 죽기 전에 신분을 되돌릴 수 있도록 했다는 얘기요."

"그거야…."

주저하던 덕환이 조심스럽게 덧붙였다.

"어린 딸에게 희망을 심어주기 위해서가 아니었을까요?"

"만약 그게 사실이라면요? 분명 문기에 환퇴 조항을 넣었을 겁니다."

"환퇴라면 나중에 거래한 것을 무를 수 있다는 얘기 아닙니까?"

"그렇습니다. 아버지가 죽기 직전에 아이를 의탁하기 위해 자매문기를 작성했다면 아이가 장성해서 속환할 수 있는 조건을 분명 넣었을 겁니다."

"하지만 추측은 위험합니다. 자칫하면 송사에서 패할 수 있거든요."

"아버지가 딸을 무릎에 앉혀놓고 고약을 만드는 비법을 알려줬습니다. 평생 노비로 살게 할 생각이었다면 굳이 그러지는 않았겠지요. 그러니 분명 환퇴 조항을 넣었을 겁니다. 그걸 찾아내야 합니다."

"십오 년 전 일입니다."

덕환의 반박에 홍랑이 고개를 저었다.

"부모가 죽어가면서 자식을 노비로 파는 상황이었습니다. 그런 일이 얼마나 있었겠습니까? 제물포에 그 일을 기억하는 자가 반드시 있을 겁니다."

홍랑의 얘기를 들은 덕환이 잠시 생각에 잠겼다가 입을 열었다.

"하긴 아전들은 대대로 업을 이어가니 문기에 대해 수소문하면 의외로 빨리 알 수 있을 겁니다. 하지만 문제가 하나 있습니다."

"무슨 문제요?"

"오량전 역시 제물포에 자리를 잡고 있는 자입니다. 섣불리 수소문을 하다가는 오히려 그자의 방해를 받을 수도 있습니다."

"사실 그걸 노리고 있습니다."

"무엇 때문에 말입니까?"

"만약 우리 쪽에서 조사한다고 제물포를 들쑤시면 그자가 어떻게 나올까요?"

홍랑의 물음에 덕환은 비로소 뜻을 알아차렸다.

"켕기는 게 있으면 어떻게든 입막음을 하려고 들겠지요."

"그가 만나는 이들이 바로 당시 자매문기를 작성할 때 관여한 자들일 것입니다. 그들을 증인으로 삼거나, 아니면 문기를 작성한 내용을 알아낸다면 송사에서 이길 수 있습니다."

덕환이 씩 웃으며 말했다.

"이왕이면 크게 떠들면서 찾아봐야겠군요. 제가 부리는

자들이 그런 일을 잘하죠. 곧 보내도록 하겠습니다."

"막대한 포상을 하겠다는 소문도 퍼트리십시오. 그러면 솔깃해할 겁니다."

"과연 금용 아씨께서 점찍으신 이유가 있군요."

두 사람은 때마침 앞에 나타난 주막집 덕분에 발걸음을 멈추었다. 주모는 대청 앞에 걸린 큰 솥에서 연신 국자로 국밥을 푸고 있었다. 그걸 가만히 바라보던 덕환이 소반을 들고 지나가던 중노미(음식점이나 여관 등에서 허드렛일을 하는 남자 종)에게 손짓을 했다. 멈춰 선 중노미에게 소매에서 꺼낸 엽전을 건넨 덕환이 말했다.

"이따가 국밥 두 그릇 가져다줄 수 있겠느냐?"

"멀리는 못 갑니다요."

"저 앞의 전옥서란다."

"이각(30분) 정도 후에 가능합니다."

"알겠다."

얘기를 마친 덕환은 사람들 사이를 비집고 나갔다. 홍랑과 고단이가 그 뒤를 따랐다. 덕환이 걸어가며 물었다.

"원하는 걸 손에 넣으면 송사를 하실 생각입니까?"

"그래야지요. 시간을 끌 이유가 없잖아요. 끌 수도 없고."

얘기를 나누는 동안 피맛길이 끝나고 전옥서가 보였다.

종루의 맞은편에 자리한 전옥서는 다른 곳에 비해 담장이 유독 높았다. 주변에는 옥에 갇힌 죄수들의 가족으로 보이는 이들이 서성거렸다.

"다들 옥바라지를 하러 왔나 보네요."

홍랑의 중얼거림을 들은 덕환이 대답했다.

"감옥은 현생의 지옥이니까요. 《경국대전》에 따르면 여름에는 감옥의 죄수들에게 얼음을 나눠주라고 되어 있습니다. 하지만 한 번도 지켜진 걸 본 적이 없습니다. 먹을 것도 제대로 주지 않는 판국이니까요."

어디선가 노랫소리가 들려와서 홍랑이 돌아봤다. 봉두난발을 한 죄수들이 줄줄이 걸어오면서 노래를 부르는 중이었다. 들어보니 상스러운 내용이어서 홍랑은 얼굴을 살짝 찌푸리며 물었다.

"어디서 오는 겁니까?"

"미투리와 짚신을 팔고 돌아오는 것 같습니다. 전옥서의 죄수들이 만든 미투리와 짚신은 질겨서 인기가 좋지요. 아마 물건을 다 팔고 막걸리 한 잔씩 마신 모양입니다."

죄수들이 줄지어 전옥서로 들어가자 주변에 있던 가족들이 말을 걸거나 울음을 터트렸다. 잠시 후 국밥을 소반에 올린 중노미가 모습을 드러냈다. 그걸 본 홍랑이 말했다.

"형조의 아전이 노꾼이라는 뇌졸을 찾으라고 했습니다. 그자가 도와줄 것이라고 말입니다."

"노꾼이는 저도 잘 압니다. 저자입니다."

덕환이 가리킨 문 옆에 검은색의 뾰족한 고깔에 검은색 조끼 차림의 나장복(羅將服: 조선 시대에 나장이 입던 옷)을 입은, 키가 작달막한 남자가 보였다. 덕환이 국밥을 소반에 올려서 가져온 중노미에게 오라고 손짓한 후 그에게 다가갔다. 덕환을 알아본 노꾼이라는 나장이 얼굴을 폈다.

"장례원을 드나들 외지부가 여기는 웬일이십니까?"

"일이 있으니까 왔지. 자네 얼굴도 볼 겸."

허허 웃으며 다가간 덕환이 소매에서 슬쩍 엽전을 꺼내 건넸다. 냉큼 엽전을 챙긴 노꾼이가 물었다.

"역시 저를 챙겨주는 건 외지부 어르신밖에 없습니다그려."

"신소리 그만하고 나 좀 도와주게."

"아이고, 발 벗고 나서야지요. 국밥을 가져오라고 한 걸 보면 누굴 먹이시려나 봅니다."

"울산 출신의 김원진이라는 어부랑 왜국 여인 아마이일세."

"그 둘이요? 따라오시지요."

노꾼이가 앞장서서 전옥서로 들어가고 덕환과 홍랑 그리

고 고단이도 따라갔다. 덕환의 손짓을 본 주막집의 중노미도 계단을 올라왔다.

안으로 들어선 홍랑은 저도 모르게 눈살을 찌푸리면서 손으로 코를 막았다. 고단이 역시 같은 표정을 지은 채 장옷으로 코를 막았다. 전옥서 안에는 담장이 하나 더 있었고, 고개를 숙여야 들어갈 수 있는 작은 쪽문들이 있었다. 그중 하나에 들어선 노꾼이가 얼른 들어오라는 손짓을 했다. 서둘러 들어가자 안에 감옥이 보였다. 벽과 기둥 대신 굵은 통나무를 촘촘하게 꽂아놓은 내부를 본 홍랑이 중얼거렸다.

"저렇게 트여 있으면 겨울에 어떻게 견딜까?"

"겨울만 문제겠습니까? 여름이라고 해도 비가 내리면 뼛속까지 시릴 겁니다."

고단이의 얘기를 들은 홍랑은 코를 막고 있던 손을 내렸다. 감옥에 갇힌 사람들의 고통을 생각하면 섣불리 취할 행동이 아니라는 것을 깨달았기 때문이다. 그사이 노꾼이는 그들을 감옥 옆에 있는 작은 토방으로 안내했다.

"데리고 올 테니까 안에서 잠깐 기다리시구려."

안으로 들어가자 흙바닥에 너덜너덜한 돗자리가 깔려 있었다. 뒤따라온 중노미가 한가운데에 소반을 조심스럽게 내려놓았다. 소반 위에는 아직 김이 펄펄 나는 국밥 두 그릇과 짠지가 든 작은 그릇이 보였다. 한숨 돌린 중노미가 저고리 안쪽에 꽂아온 수저와 젓가락을 소반에 놓았다.

"빈 그릇은 여기 놔두시면 제가 가지러 오겠습니다."

꾸벅 인사를 한 중노미가 토방 밖으로 나갔다. 잠시 후 인기척과 함께 노꾼이 돌아왔다. 그의 뒤에는 덩치가 큰 남자와 왜소한 여자가 따라왔는데, 둘 다 꾀죄죄하고 지쳐 보였다. 토방 안으로 들어온 두 사람은 국밥 냄새를 맡았는지 눈을 크게 떴다. 노꾼이가 먹으라고 하자 그들은 약속이나 한 듯 소반 앞에 주저앉아서 허겁지겁 국밥을 먹었다. 홍랑은 두 사람이 식사를 마칠 때까지 기다렸고, 덕환은 소매에 두 손을 찔러 넣은 채 지켜봤다. 두 사람이 식사를 마치는 것을 본 덕환이 홍랑을 바라봤다. 홍랑은 조심스럽게 두 사람에게 말했다.

"제 이름은 홍랑이고, 여러분을 돕기 위해서 온 외지부입니다. 몇 가지 여쭤볼 게 있으니까 말씀해주시면 고맙겠습니다."

먼저 반응을 보인 것은 남자였다. 숟가락에 묻은 밥알을 혀로 떼어 먹은 그가 투덜거렸다.

"갓 쓰고 도포 입은 사람은 믿지 않을 생각이외다. 내 손녀가 왜구들에게 끌려갔을 때 관아의 문턱이 닳도록 드나들었소이다. 그런데 도와주기는커녕 귀찮다고 쫓아냈소. 만약 왜구에게 끌려간 사람들이 높은 지위에 있는 관리의 자식이었다면 그렇게 나오지는 않았을 것이외다."

거칠게 소리친 그가 분에 못 이긴 표정으로 덧붙였다.

"죽을 고비를 넘기고 구해왔더니 이제는 함부로 국외로 나갔다며 강제로 가두었소이다. 내가 대체 뭘 잘못했다고 가족들과 떼어놓고 여기에 가둬놓는 거요?"

남자의 얘기를 들은 홍랑은 한쪽 무릎을 꿇고 눈높이를 맞추었다. 예상 밖이었는지 남자가 얼굴을 찡그렸다. 주름지고 상처 난 얼굴을 본 홍랑이 물었다.

"혹시 체탐인(體探人: '몸소 알아보는 사람'이라는 뜻으로, 적진에 직접 침투해 적의 정보를 수집하는 사람. 조선의 스파이)이셨습니까?"

"그, 그걸 어찌?"

"손과 발에 상처가 많이 나 있고, 손등에도 굳은살이 박혀 있어서요."

"만포진의 체탐 군관이었다네. 여진족이 득실거리는 압록강 너머는 물론이고 파저강(婆豬江: 압록강의 서북쪽에 위치한, 중국 측에서 가장 큰 지류. 훈강이라고도 부른다)까지 드나들었지."

자랑스럽게 말하는 김원진에게 홍랑이 부드럽게 말했다.

"손녀가 올해 몇 살입니까?"

"열한 살이오."

"눈에 넣어도 아프지 않으시겠어요."

"그렇다마다. 그러니까 그 먼 유구국까지 갔다 온 것이지."

걸걸한 목소리로 대답한 김원진에게 홍랑이 얘기했다.

"제가 도울 방법을 찾아보겠습니다. 어쨌든 어렵게 구해 온 손녀와 다시 만나셔야 하지 않겠습니까?"

손녀를 언급하자 김원진의 표정이 누그러졌다. 한숨 돌린 홍랑은 옆에 앉아 있는 여인을 바라보았다.

"조선말은 할 줄 아십니까?"

중년의 여인은 더듬거렸지만 확실하게 대답했다.

"할 줄 알아요. 배웠어요."

"어디서요?"

"쓰시마, 대마도에서요. 조선에 가서 남편과 아들을 찾기 위해 배웠습니다."

"왜인들은 허가를 받지 않으면 왜관을 벗어날 수 없어요."

"잘 알고 있어요. 하지만 가족이 살아 있다는 소식을 듣고 가만있을 수 없었어요."

"이렇게 찾아온다고 만날 수 있는 건 아니잖아요."

"부처님께 하루도 빠지지 않고 빌었어요. 제발 남편과 아들을 다시 만나게 해달라고요. 그러다가 정말 기적적으로 남편과 아들의 소식을 들었죠. 그래서 조선으로 건너가려고 하다가 때마침 이분과 만났지요."

옆에 앉은 김원진을 힐끔 바라본 아마이가 말을 이어갔다.

"조선으로 건너가면 어떻게든 방법이 있으리라고 믿었습니다. 지금 감옥에 갇혀 있는 건 전혀 고통스럽거나 힘들지 않아요. 제발 남편과 아들만 만나게 해주십시오. 그러면 죽어도 여한이 없습니다."

울먹거림으로 끝난 아마이의 얘기를 들은 홍랑이 물었다.

"남편과 아들은 지금 어디 있는지 아십니까?"

"듣기로는 개성에 있다고 했습니다. 개성 관아에요."

"반드시 남편과 아들 곁에 있고 싶나요? 조정에서는 당신을 본국으로 돌려보내려고 합니다만."

"혼자서는 절대 돌아가지 않을 겁니다. 어떻게든 가족 곁에만 있게 해주세요. 간절히 부탁드립니다."

두 손을 모으고 간절하게 말하는 아마이에게 홍랑이 대답했다.

"어떻게든 방법을 찾아볼게요. 조금만 기다려주세요."

얘기를 마치고 토방을 나온 홍랑은 하늘을 올려다보았다. 덕환은 그사이에 노꾼이를 구슬렸다.

"사연이 있는 사람들이니까 죄수 취급하지 말고 잘 보살펴주게나. 그래야 복을 받네."

"물론이죠. 나장들도 다 불쌍하게 여겨서 괴롭히지 않아요."

"아까 국밥을 가져온 곳에 얘기해서 식사를 보내줄 것이니 잘 먹이고."

"알겠습니다. 그런데 어떻게 방도가 있겠습니까?"

노꾼이의 물음에 덕환이 앞에 서 있는 홍랑을 눈으로 가리켰다.

"저분이 방도를 찾을 게야."

"그런데 남잡니까, 여잡니까? 내 저리 곱상한 남자는 본 적이 없어서요."

"지체 높은 아기씨일세. 사정이 있어 남장을 한 것이니 모른 척 넘어가게."

덕환의 말에 노꾼이는 알겠다며 고개를 끄덕거렸다.

전옥서 밖으로 나온 홍랑은 참았던 숨을 내쉬었다. 그런 홍랑을 덕환이 느긋한 표정으로 돌아보았다.

"전옥서 냄새가 참 지독하지요? 제대로 씻지도 못하고 지저분한 곳에 갇혀 있는 사람이 많아서 그렇습니다."

"괜찮습니다. 다만 저 두 사람은 딱히 죄를 짓지도 않았는데 갇혀 있어서 더 마음이 아픕니다."

"그 문제를 해결해주는 게 우리 같은 외지부가 할 일이지요. 법은 어렵고 난해해서 힘없고 가난한 사람들이 제대로 기댈 수가 없으니까요."

두 사람을 보고 나와 마음이 좋지 않은 홍랑에게 덕환이 말을 이었다.

"아까 그 주막집에 잠시 들렀다 가시지요."

고개를 끄덕거린 홍랑이 덕환을 따라 피맛길로 들어섰다. 주막집은 끼니때가 지나서 그런지 아까보다는 한가했다. 지저분한 수건으로 손님들이 떠난 평상과 소반을 닦던 중노미가 알은척을 했다.

"어서 오십시오."

손짓으로 중노미를 부른 덕환이 소매에서 엽전 몇 개를 꺼내주며 말했다.

"앞으로 한 달 동안 매일 한 번씩 국밥을 가져다주어라."

"아까 거기로 말입니까?"

"그래, 노꾼이라는 나장에게 얘기해놓았다."

"넉넉하게 주셨으니 반찬이랑 밥도 잘 챙겨드리겠습니다."

"고맙다. 또 들르마."

얘기를 마친 덕환이 피맛길을 빠져나왔다. 앞장선 덕환을 따라 나오며 홍랑이 물었다.

"그런데 저 두 사람은 언제까지 갇혀 있어야 합니까?"

"사실 전옥서는 처벌하는 장소가 아닙니다."

"그러면요? 가두는 게 처벌이 아니면 무엇이 처벌입니까?"

홍랑이 발끈해서 한 말에 덕환이 한숨을 푹 내쉬었다.

"판결이 나기 전에 가두는 곳이지요. 판결이 나면 유배를 가든지, 아니면 매를 맞든지 할 겁니다. 송사가 길어지거나 지금처럼 애매한 경우에는 정말 몇 년 동안 갇혀 지내는 경우도 있습니다."

"저들이 얼마나 오래 버틸까요?"

홍랑의 물음에 덕환이 잠시 생각하다가 대답했다.

"저곳은 없는 병도 생기는 곳입니다. 둘 다 아직은 괜찮지만 희망이 꺾이면 어찌 될지 아무도 모르지요. 전옥서에서 몇 년을 버티다가 석방이 취소된 걸 알고는 반나절 만에 숨을 거둔 사람도 있었으니까요."

"일단 김원진의 경우에는 부서진 뱃값을 물어주면 되는 것 아니겠습니까?"

"하지만 당사자가 잘못한 게 없으니 뱃값을 물어줄 수 없다며 버티고 있어서요."

"배 주인에게 연통을 넣어서 사정을 설명해보도록 하죠."

"사실은 따로 연락을 취한 적이 있습니다. 절친한 친구였는데 배신감을 느낀다면서 그냥 넘어가지는 않겠다고 했습니다."

"저런!"

"원래 가까운 사이가 틀어지면 원수가 되는 법이지요."

자연스럽게 송철이 떠올랐는지 덕환의 표정이 어두워졌다. 홍랑은 잠시 서서 운종가를 바라보았다. 괴상하게 차려입은 여리꾼들이 지나가는 사람의 소매를 붙잡았고, 거지들이 떼로 몰려다니며 구걸을 했다. 머리에 수건을 두른 장사꾼들은 물건을 훔쳐가는 도둑을 잡기 위해 눈을 부릅뜨고 있었다. 각자의 삶이 바쁘게 돌아가는데 바로 옆의 전옥서에서는 시간을 빼앗긴 채 시름시름 앓는 사람들이 있었다. 삶의 부조리함을 뼈저리게 느낀 홍랑이 덕환에게 말했다.

"제가 서찰을 써드릴 테니 김원진의 친구분에게 보내줄 수 있습니까?"

"아는 기별군사(奇別軍士: 승정원에서 반포하는 통신문인 기별奇別을 돌리던 사람)가 몇 있습니다. 기별지(승정원에서 재결 사항을 기록하고 서사書寫하여 반포하던 관보)를 동래로 보낼 때 같이 보내겠습니다."

"소를 취하하면 김원진은 풀려날 수 있을까요?"

"일단 가능합니다. 아마이는 어떤 방도를 생각 중이십니까?"

"잔혹하기는 하지만 가족끼리 모일 수 있는 방도가 있긴
합니다."

덕환이 걸음을 멈추고 홍랑을 바라보았다. 여리꾼 하나가
지나가는 선비를 졸졸 따라다니며 말을 거는 모습을 지켜보
던 홍랑이 덧붙였다.

"자매문기를 스스로 쓰게 만드는 거지요."

"아마이에게 말입니까?"

덕환의 물음에 홍랑이 고개를 끄덕거렸다.

"현재로서는 그 방법밖에 없습니다."

"아마이가 자원해서 공노비가 되도록 말입니까? 아씨는
노비라는 것이 어떤 굴레인지 몰라서 그러시는 것 같은데…."

흥분한 덕환에게 홍랑이 딱 잘라서 말했다.

"잘 몰라요. 하지만 가족과 떨어져서 지내는 애끓는 감정
은 잘 압니다. 조정에서는 돌려보내려고 하고, 아마이는 한사
코 가족과 함께 살기를 원하고 있어요. 스스로 공노비가 되어
서라도 개성에 있는 가족들 곁에 가겠다고 하면 조정에서도
그녀의 진심을 알 겁니다."

"그래서 풀어줄 거라고 생각하십니까?"

"아니요. 하지만 최소한 모여 살게는 해주겠지요. 그걸 탄

원할 생각이고요."

"외지부는 법을 이용해서 어렵고 약한 사람을 도와줘야 합니다."

"선택을 하게 해주는 거잖아요. 가족과 같이 지내기 위해 바다 건너 낯선 땅까지 건너온 사람이에요. 그 사람에게 노비가 되는 게 중요할까요, 아니면 가족들을 만나 같이 사는 게 중요할까요?"

홍랑이 목소리를 높이자 덕환이 괴로운 표정을 지었다.

"왜 힘없는 자들만이 하나를 얻기 위해 다른 하나를 온전히 잃어야 하는 선택을 해야 합니까?"

덕환의 말에 홍랑은 갓을 만지작거렸다. 그녀 역시 울고 싶을 정도로 힘들었지만 이를 악물고 참았다.

"사람에게 희망이 사라지면 모든 게 끝납니다. 특히 가진 게 없는 사람들은요. 하나를 얻기 위해 하나를 잃는 한이 있어도 희망을 손에 쥐고 있다면 살아갈 수 있는 법이죠."

냉정하게 얘기한 홍랑은 선비가 소매를 붙잡고 있던 여리꾼을 뿌리치고 가는 걸 지켜보았다. 멀어져 가는 선비에게 나지막하게 욕설을 퍼붓던 여리꾼은 다른 행인에게 매달렸다. 그걸 본 홍랑이 덧붙였다.

"살아남도록 해야죠. 희망 한 조각을 움켜쥔 채 말입니다."

홍랑의 설득에 덕환은 알겠다고 대답했다. 잠시 후 덕환이 물었다.

"이제 어떻게 하실 겁니까?"

"자매문기를 작성해서 장례원에 넘길 생각입니다. 공노비가 될 것이니 남편과 아들이 있는 개성으로 보내달라고 말입니다. 그리하면 형조로 보고가 올라가지 않겠습니까?"

"거기서 결정하면 아마이는 개성으로 가겠군요."

"가족들과 만나게 될 겁니다."

"김원진은 어떻게 하실 겁니까? 친구에게 뱃값을 물어주겠다는 서찰을 보내실 겁니까?"

"일단 풀려나야 일을 해서 갚든, 다른 무얼 하든 해결할 수 있을 테니까요. 아까 보니 억울함을 못 이겨 불복하고 있는 것 같았으니 잘 설득하면 될 듯합니다."

잠시 생각하던 덕환이 홍랑을 힐끔 바라봤다. 그리고 미소를 지었다.

"우리 금용 아씨가 사람을 제대로 본 모양입니다. 알겠습니다. 보내실 서찰은 언제 받으러 갈까요?"

"내일 낮에 들러주십시오."

"그러지요. 자매문기도 같이 쓰실 겁니까?"

"그래야지요. 증인이 되어주셔야 합니다."

"그리하겠습니다. 소인이 모셔다 드리겠습니다."

앞장서서 걷는 덕환을 따라가던 홍랑이 물었다.

"송철의 약점이 무엇입니까?"

갑작스러운 그의 물음에 걸음을 늦춘 덕환이 한참 동안 생각에 잠겼다가 입을 열었다.

"완벽함을 추구하는 것이 약점입니다."

"그게 약점이 될 수 있습니까?"

"송철은 전기수 시절부터 주변 사람을 모두 자기 뜻대로 휘어잡아야 하는 성격이었습니다. 그래서 종종 사람들이 자기 얘기를 제대로 듣지 않으면 화를 낸 적도 있었죠. 외지부가 된 이후에도 마찬가지였습니다. 그자는 언변이 뛰어나고, 머리가 좋습니다. 송정에 서면 한없이 냉정해지고, 웬만한 돌발 상황에는 눈 하나 깜빡하지 않습니다. 아니, 그런 상황 자체를 모두 예상하고 연습합니다. 하지만 그런 것이 빗나가거나 예상 밖의 결과가 나올 때는 엄청나게 화를 내면서 스스로 무너집니다."

"자기 분을 못 이긴다는 뜻이죠?"

"그렇습니다. 부모를 잘못 만나서 전기수와 외지부 노릇을 한다고 한탄하는 걸 여러 번 들었습니다. 외지부가 된 것도 사대부들이 자기에게 굽실거리는 것을 보기 위해서라고 했으니까요."

"뒤틀린 사람이군요."

"자신의 처지를 제대로 돌아보지 못하면 그리되는 거지요."

운종가에 서서 덕환과 얘기를 나누던 홍랑은 물처럼 흘러가는 주변 사람들을 바라보면서 쓴웃음을 지었다. 누구나 평온한 일상을 꿈꿨고, 홍랑 역시 얼마 전까지 그런 삶을 살았다. 하지만 이제는 돌아갈 수 없는 강을 건너온 것 같았다. 마치 꿈속을 걷는 것 같기도 했다. 홍랑은 그렇게 말없이 발걸음을 옮겼다. 옆에 조용히 서 있던 고단이가 장옷을 추스르며 따라왔다. 덕환이 옆에 따라붙으며 말했다.

"외지부로 산다는 건 이 땅에 사는 사람들과 다른 삶을 산다는 걸 의미합니다."

"방금 뼈저리게 느꼈어요."

"흔들리시면 안 됩니다. 그러면…."

말을 잇지 못했지만 덕환은 송철을 염두에 두고 한 말이 분명했다.

"남의 삶을 파괴하면서 살게 되지요."

말없이 집까지 걷다가 멀리 홍랑과 고단이가 사는 집이 보이자 덕환이 걸음을 멈췄다.

"내일 들르겠습니다. 제물포에서 연락이 오는 대로 송사를 진행하실 겁니까?"

"물증이든 증인이든 나오는 대로 해야죠. 시간이 지나면 저쪽에서 또 잔꾀를 쓰지 않겠습니까?"

"그렇겠지요. 그럼 물러가겠습니다."

공손히 인사를 한 덕환이 돌아서서 걸어갔다. 어깨에 내려앉기 시작한 어둠을 훔쳐본 홍랑이 고단이에게 말했다.

"들어가자. 피곤하네."

증인

다음 날 아침, 아마이에게 필요한 자매문기와 김원진의 친구에게 보낼 편지를 쓴 홍랑은 덕환을 기다렸다. 하지만 점심 무렵 심부름꾼 아이가 찾아와 덕환이 고뿔에 걸려 몸이 안 좋다며 며칠 후에 오겠다는 전갈을 남겼다. 홍랑은 아이를 돌려보낸 뒤 답답한 마음에 직접 쓴 문기와 편지를 다시 훑어보며 생각에 잠겼다. 장을 보러 나갔던 고단이가 들어오면서 대청에 앉아 있는 홍랑에게 말했다.

"덕환 아저씨는 아직 안 오셨습니까?"

"고뿔에 걸려서 몸이 좀 안 좋다고 며칠 후에 온다는구나."

"그랬군요. 시장하시죠? 얼른 점심 차리겠습니다."

"괜찮으니까 좀 쉬었다 해라."

"일을 빨리 해놓고 쉬는 게 좋아서요. 지난번에 담근 된장이 잘 익은 것 같으니까 된장찌개에 나물 좀 무치겠습니다."

"그래, 쉬엄쉬엄 해."

홍랑은 부엌으로 들어가는 고단이에게 말하고 다시 천천히 서찰을 읽다가 문득 바깥을 바라보며 혼잣말을 했다.

"불과 몇 달 사이에 주변 풍경이 확 달라졌네."

얼마 후 고단이가 음식이 올려진 소반을 가지고 부엌에서 나왔다. 수저와 젓가락이 한 벌만 있는 걸 본 홍랑이 앞치마에 손을 닦는 고단이에게 말했다.

"같이 먹자. 얼른."

"하지만 아씨."

"격식과 예의는 문밖에서나 차리자. 집 안에서까지 그러면 숨이 막힐 것 같아."

홍랑의 말에 고단이가 가볍게 웃었다.

"감사합니다, 아씨."

부엌으로 달려가서 수저와 젓가락 그리고 밥공기를 가지고 온 고단이가 대청으로 올라왔다. 소반을 가운데 두고 마주 앉은 둘은 함께 수저를 들고 밥을 먹었다.

덕환이 찾아온 건 이틀 후였다. 대청에서 다듬이질을 하던 고단이가 가서 문을 열어주자 덕환이 안으로 들어왔다. 고단이 옆에서 법전을 읽고 있던 홍랑은 인사를 하는 덕환에게 말했다.

"표정이 밝으신 걸 보니 일이 잘 풀렸나 봅니다."

"제물포에서 원하는 걸 찾아서 고뿔도 다 나았습니다."

고단이는 반색을 했고, 홍랑 역시 가볍게 웃었다.

"누굽니까?"

"문기를 쓸 당시 옆집에 살던 조풍황이라는 자입니다. 문기를 쓸 때 참여하는 삼겨린(三切隣: 신청자의 이웃 세 명) 중 한 명입니다."

"일찍 찾으셨네요."

"아씨 말씀대로 당시로서는 드문 일이라서 똑똑히 기억하고 있다고 했습니다."

"제가 말한 환퇴 조항이 있었답니까?"

환하게 웃은 그가 고개를 끄덕거렸다.

"네, 똑똑히 들었다고 했습니다. 비질금이 열다섯 살이 되면 조건 없이 속량해주는 것으로 말입니다."

"그 내용이 그대로 적혔다면 비질금은 오래전에 노비 신분에서 벗어났어야 하는 거네요."

"맞습니다. 물론 중간에 도망친 게 문제이지만 돈으로 보상하면 그만이니까요."

"이제 송사를 준비해야겠네요."

홍랑의 대답을 들은 덕환이 심각한 표정으로 말했다.

"그런데 한 가지 걸리는 게 있습니다."

"뭐가요?"

"조풍황이라는 자를 찾는 과정이 너무 쉬웠습니다. 제가 보낸 사람들에게 제 발로 찾아왔거든요."

"제 발로요?"

"게다가 대가를 따로 요구하지도 않았습니다. 송사의 내용이 뭔지 확인하고는 자발적으로 돕겠다고 나섰습니다."

"그게 의심스러운 일인가요?"

홍랑의 물음에 마당에 선 덕환이 대답했다.

"제물포는 장삿배들이 드나드는 곳입니다. 그곳에 사는 사람들 상당수는 장사꾼이거나 어부이고, 그게 아니면 물건들을 나르는 일을 하죠. 농사를 짓는 사람들과는 여러모로 다릅니다. 재물을 탐내고, 그걸 얻기 위해서라면 거짓말하는 것도 대수롭지 않게 생각합니다."

"거짓말을 하는 것이라고 생각하십니까?"

"일단 증인으로 삼아야 하기 때문에 같이 올라오라고 했습니다. 직접 만나보고 송사를 벌일지 결정을 하시죠."

덕환의 대답을 들은 홍랑은 고개를 저었다.

"설사 거짓말이라고 해도 송사를 진행할 생각입니다."

"송철의 함정일지 모릅니다. 놈이라면 그 정도는 생각하고도 남을 테니까요."

덕환이 살짝 흥분해서 말하자 홍랑이 대답했다.

"그럴지도 모르지요. 하지만 최소한 문기는 눈으로 확인할 수 있지 않겠습니까? 그걸 봐야 지금까지 오량전이 했던 주장이 얼마나 맞고 틀리는지 알 수 있으니까요."

"만약 상대방의 주장이 맞는다면 패소하는 겁니다."

"어차피 송사는 결송다짐을 바쳐야 끝나니 시간을 끌 수는 있지요. 방법이 있을 겁니다."

확신에 찬 홍랑의 대답에 덕환은 말없이 고개를 끄덕거렸다. 홍랑은 다듬잇돌 옆에 놔둔 서찰 두 개를 덕환에게 건넸다. 댓돌이 있는 곳까지 다가온 덕환이 공손하게 받았다.

"하나는 동래로 보낼 편지고, 다른 하나는 형조로 보낼 자매문기입니다."

착잡한 표정으로 서찰을 받은 덕환이 물었다.

"아마이는 뭐라고 했습니까?"

홍랑은 대답 대신 고단이를 바라봤다. 고단이가 조심스럽게 대답했다.

"어제 가서 의향을 물어보았습니다."

"뭐라고 하였느냐?"

"가족들을 볼 수 있다면 노비든 뭐든 다 하겠다고 했습니다."

고단이의 대답을 들은 덕환이 한숨을 쉬었다.

"당사자의 뜻이 그러하다면 따를 수밖에요. 제가 형조에 접수하겠습니다."

"정확하게는 입안을 요청하는 형태라서 당사자를 불러야 합니다. 아마이는 특이한 사례이니 형조의 높은 분이 나오시 겠지요?"

"사안이 사안이다 보니 그럴 겁니다. 혹시 그걸 노리신 겁 니까?"

홍랑이 대답 대신 고개를 끄덕거렸다.

"알겠습니다. 그러면 저는 일단 모레 정오에 형조에서 송 사를 시작하자고 오량전에게 얘기하도록 하겠습니다. 그때 조풍황도 같이 데려오지요."

"그날 시송다짐을 가지고 장례원에 가서 시작하시지요."

"미리 일러두겠습니다."

서찰을 챙긴 덕환이 돌아서려다 발걸음을 멈췄다. 그 모 습을 본 홍랑이 물었다.

"하실 말씀이라도?"

"송철을 조심하십시오. 정말 잔인하고, 집착이 강한 놈입니다."

"직접 겪어봤습니다. 너무 걱정하지 마십시오."

"그게 걱정스럽습니다. 걱정하지 말라는 게 말입니다."

처연한 말을 남긴 덕환이 대문을 닫고 나갔다. 고단이가 재빨리 따라가서 빗장을 걸었다. 홍랑은 번잡한 마음을 다스리려는 듯 고단이가 내려놓았던 다듬이를 집어 들었다. 송정에 입고 나갈 도포를 깨끗하게 빨아서 다듬이질을 하는 중이었다. 고단이 역시 짚신을 벗고 올라와서 다듬이를 들었다. 둘은 약속이나 한 듯 다듬이를 규칙적으로 두드렸다.

이틀 후, 홍랑은 도포를 입고 갓을 쓴 다음 세조대를 가슴에 둘러맸다. 옆에 서 있던 고단이가 접이식 부채를 하나 쥐여주었다.

"양반들이 이걸 쥐니까 그렇게 멋져 보이더라고요. 시장에 나갔다가 싼값에 사왔습니다."

"고마워."

부채까지 쥔 홍랑은 신을 신고 밖으로 나갔다. 쏟아지는 햇살을 올려다보며 중얼거렸다.

"아버지가 돌아가신 게 봄이었는데 몇 달 만에 세상이 참

많이 변했구나."

홍랑의 얘기를 들은 고단이가 조심스럽게 대답했다.

"세상은 그대로이지 않겠습니까? 아씨가 변한 것이지요."

고단이의 대답을 들은 홍랑이 말했다.

"그럴지도 모르겠네."

조용히 발걸음을 옮긴 두 사람은 장례원으로 향했다. 고단이의 말대로 길거리의 모습은 예전 그대로였다. 중간에 들른 혜정교에 있는 해시계를 통해 시간을 대충 확인한 홍랑은 경쾌한 발걸음으로 육조거리로 향했다. 육조거리와 닿아 있는 운종가의 풍경은 여전히 복잡하고 떠들썩했다. 형조 앞에 이르자 두 손을 소매에 찔러 넣은 덕환이 기다리고 있었다. 그의 옆에는 패랭이를 쓴 키 크고 바짝 마른 남자가 서 있었다. 홍랑과 고단이가 다가가자 덕환이 고개를 숙여 인사를 했고, 그 옆에 선 남자도 따라서 인사를 했다.

"지난번에 말씀드린 조풍황이라는 자입니다."

덕환의 소개를 받은 남자가 연신 고개를 숙였다.

"처음 뵙겠습니다."

"오시느라 고생이 많았습니다. 이따가 장례원에서 뵙도록 하지요."

"여기서 잘 기다리고 있겠습니다."

조풍황과 인사를 나누고 몇 가지 궁금한 걸 물어본 홍랑은 덕환과 함께 형조로 들어갔다. 입구에는 미리 연락을 받았는지 홍사치가 나와 있었다. 계단을 올라온 홍랑과 눈인사를 나눈 홍사치가 말했다.

"연통을 받았소이다. 이리 절묘한 수를 찾아내다니 참으로 대단하시오."

"과찬이십니다. 아마이의 뜻이 워낙 견고하니 그 방법밖에는 없지요."

옆에서 듣고 있던 덕환이 소매에서 문기를 꺼냈다.

"아마이의 자매문기입니다. 자신을 공노비로 판다는 내용입니다. 다른 건 다 필요 없고 남편과 자식이 있는 개성으로 보내주기만 하면 됩니다."

문기를 건네받은 홍사치가 말했다.

"안 그래도 위에 고했더니 낭청(郎廳: 조선 시대에 정오품 통덕랑 通德郎 이하의 당하관을 통틀어 이르던 말)께서 외지부를 불러들이라 하셨소."

"낭청께서요?"

"그렇소. 비변사(備邊司: 군국의 사무를 맡아보던 관아)에 계시다가 새로 오셨는데 여간 깐깐한 분이 아니외다. 그러니 입조심하시구려."

둘을 번갈아 바라본 홍사치가 뒷짐을 지고 형조 안으로 들어갔다. 예상하긴 했지만 직접 대면해야 하는 상황이 오자 홍랑은 긴장되기 시작했다. 덕환과 함께 안으로 들어가자 홍사치는 곧장 앞에 있는 삼문으로 향했다. 안으로 들어가니 월대가 있는 당상대청이 보였다. 밖에서 흔히 보는 아전과 서리들 대신 관복을 입은 관리들의 모습이 더 많이 눈에 띄었다. 석물이 있는 왼쪽으로 방향을 꺾은 홍사치는 작은 중문을 넘어갔다. 따라 들어가자 여섯 칸짜리 전각이 나왔는데, 낭관청(郎官廳)이라는 현판이 보였다. 낭관청의 양쪽으로는 숙직하는 관리나 군사들이 머무는 상직방(上直房)과 다모들이 차를 만드는 다주(茶酒)가 딸려 있었다. 댓돌에 신을 벗고 올라간 홍사치가 안으로 들어갔다가 잠시 후 누군가와 함께 나왔다. 푸른 관복에 사모를 쓴 낭청은 대략 이십대 후반 정도로 젊어 보였다. 그는 수염을 한 번 쓰다듬고는 신을 신고 뜰로 내려왔다. 홍랑과 덕환이 고개를 숙여 인사를 하자 젊은 낭청은 턱으로 다주를 가리켰다.

"차나 한잔하세."

앞장선 낭청이 다주로 들어가자 덕환이 나지막하게 투덜거렸다.

"외지부 따위를 낭관청에 들일 수 없다는 뜻 같습니다."

안으로 들어간 홍랑은 젊은 관리가 앉은 맞은편에 앉았다. 홍사치와 덕환이 좌우에 앉았고, 고단이는 문 앞에 서서 장옷을 벗었다. 머리를 틀어 올린 다모가 주전자를 올린 화로 앞에 쪼그리고 앉아 있었다. 잠시 후 앞치마로 감싼 손으로 물이 끓는 주전자를 조심스럽게 들어 올린 다모가 차를 잔에 따른 다음 쟁반에 담아서 가져왔다. 김이 펄펄 나는 찻잔을 내려다본 젊은 낭청이 말했다.

"비변사의 차 맛도 괜찮았는데 형조도 차의 향과 맛이 나쁘지 않더군. 천천히 드시게."

"고맙습니다. 저는 홍랑이라고 합니다."

짤막하게 소개를 한 홍랑이 두 손으로 찻잔을 들고 한 모금 마셨다. 그사이 홍사치가 젊은 낭청에게 자매문기를 바쳤다. 문기를 꼼꼼하게 읽어본 젊은 낭청이 골치 아프다는 표정을 지었다.

"왜국의 계집이 넘어와서 자기를 공노비로 삼아달라는 해괴한 내용의 문기를 남장을 한 여자 외지부가 가지고 왔군."

젊은 낭청의 말에 발끈한 홍랑이 대꾸했다.

"여자는 외지부가 되지 말라는 법이 있습니까?"

"외지부가 송정을 어지럽히는 만악(萬惡)의 근원인데, 거기에 남장을 한 여자까지 나타나서 그렇다네. 참으로 해괴한 일이 아닌가?"

"진짜 해괴한 일이 뭔지 아십니까, 나리?"

젊은 낭청은 말해보라는 듯 고개를 가볍게 끄덕거렸다. 심호흡을 한 홍랑이 말했다.

"이십 년 넘게 아무 문제 없이 거느린 노비를 하루아침에 잃고 파직까지 당해서 시름시름 앓다가 죽은 사람이 있지요. 왜구에게 끌려간 손녀를 구하기 위해 바다를 건너 유구국까지 갔다 온 백성이 포상을 받기는커녕 전옥서에 갇혀 있고요. 그리고 가족과 함께 살기 위해 바다를 건너온 왜국의 여인도 있습니다. 조선의 아녀자였다면 열녀가 났다고 감동했을 텐데, 단지 왜인이라는 이유로 외면하고 있는 중이고요. 대체 법이라는 게 왜 있는 겁니까? 억울하고 가난한 사람들이 무시받지 않고 보살핌을 받으라고 상감마마께서 정하신 것입니다. 만약 그런 사정을 관리들이 굽어살폈다면 외지부 따위가 송정을 왜 어지럽히겠습니까? 여자가 남장을 하고 외지부를 하는 것이 해괴한 일이라면 제가 앞서 얘기한 것은 다 무엇입니까?"

홍랑이 강하게 나가자 홍사치는 물론이고 덕환까지 사색이 되었다. 폭풍 같은 고요함이 흐르고 난 뒤 젊은 낭청이 다시 문기를 읽었다.

"입안을 해달라는 얘긴가?"

"절차가 문제가 아니라 알아달라는 뜻입니다. 바다를 건너온 것도 그렇고, 직접 만나보니 조선말까지 익혀서 저와 얘기를 나눌 정도였습니다. 다른 것도 아니고 공노비가 되어도 좋으니 가족 곁에 있게 해달라는 것뿐입니다. 못 들어줄 이유라도 있습니까?"

"정녕 당사자의 뜻인가?"

"제가 직접 확인했습니다. 의심이 가면 불러다가 물어보시지요. 전옥서는 가까우니까요."

홍랑의 대답을 들은 젊은 낭청이 문기를 보며 말했다.

"이건 입안이 문제가 아니군."

"그렇습니다."

잠시 침묵이 흐른 후 젊은 낭청이 문기를 접어서 도로 홍랑에게 건넸다.

"입안을 받을 필요는 없겠군. 내가 형조 참의께 고해서 아마이라는 왜녀를 공노비로 삼아 개성으로 보내라고 하겠네."

홍랑은 떨리는 목소리로 물었다.

"정녕 그리해주시겠습니까?"

"나라의 노비가 모자란 지 오래일세. 자청해서 공노비가 되겠다고 하니 마다할 이유가 없겠지. 그리고 원하는 대로 가족들이 있는 개성 관아로 보내주겠네. 이 정도면 만족하겠는가?"

호탕하게 웃은 젊은 낭청이 찻잔을 들고 한 모금 마셨다. 안도의 한숨을 쉰 홍랑이 고맙다고 말하려는 찰나에 젊은 낭청이 먼저 입을 열었다.

"그리고 김원진이라는 어부 역시 자네가 맡고 있다고 들었네."

"그, 그렇습니다."

"손녀를 구한 일은 장하지만 나라에는 엄연히 법이 있네. 그 법을 어기고도 반성을 하지 않고 있으며, 파손된 배에 대해서도 물어줄 생각을 하지 않고 있어. 이런 상황에서는 풀어줄 수가 없네."

"배의 주인에게 간곡한 뜻을 담은 서찰을 보냈습니다. 그리고 당사자가 풀려나서 일을 해야 뱃값을 갚지 않겠습니까? 이러다 만약 김원진이 감옥에서 죽기라도 한다면 어찌 되겠습니까? 배의 주인은 뱃값을 받지 못할 것이고, 나라가 외면한 손녀를 구해온 할아버지를 죽게 만든 것이 아닙니까? 그리고…."

홍랑은 며칠 동안 준비한 얘기를 꺼냈다.

"김원진은 유구국에서 손녀딸 용덕뿐만 아니라 여섯 명의 백성을 데리고 돌아왔습니다. 〈속대전(續大典)〉에는 나라 밖으로 나가는 것은 중죄이지만, 노략질당한 물건을 찾아오거나 백성들을 구해오면 포상한다는 조항이 있습니다."

"〈속대전〉 어디에 말인가?"

"체탐인에 대한 포상 규칙에 들어 있습니다."

"체탐인?"

젊은 낭청이 놀랐는지 눈을 크게 떴다.

"그렇습니다. 북방의 야인들을 정탐하기 위해 4군 6진에 배치된 군사들이죠."

"대체 여인이 그런 걸 어찌 안단 말인가?"

"아녀자라고 나랏일을 몰라야 합니까?"

"아, 그런 뜻은 아닐세."

손사래를 치는 젊은 낭청에게 홍랑이 말했다.

"김원진은 체탐 군관이라고 했습니다. 그러니 자신이 알고 있는 대로 행동했을 가능성이 높고, 그럴 경우 정상참작을 해주어야 하지 않겠습니까?"

"그자가 체탐 군관 출신인 건 어떻게 알았는가?"

"손이 거칠고 굳은살이 박였는데, 농사일로 생긴 게 아니었습니다. 왼쪽 엄지손가락도 살짝 굽었는데, 깍지를 낀 채 시위를 잡아당기면 생기는 것이지요."

"군관쯤 되면 그 정도 굳은살은 생기네."

"그리고 손등과 손목에 크고 작은 칼자국 같은 게 많았습니다. 조선에서 근래에 큰 전쟁이 없었으니 아무리 군관이라고 해도 그 정도는 아닙니다."

"그래서 단번에 체탐 군관이라는 걸 알아차렸다는 말이군."

흥미롭다는 눈으로 홍랑을 바라본 젊은 낭청이 손가락으로 수염을 비비 꼬면서 덧붙였다.

"자네 말이 설득력이 있군. 내가 전옥서에 가서 그자를 만나보고 참의께 고하겠네."

"잘 부탁드립니다."

"그러지."

젊은 낭청이 아까와는 달리 의자에서 일어나 정중하게 말했다.

"형조의 낭청 구윤호라고 하네."

홍랑도 따라 일어나 정중하게 고개를 숙이며 대답했다.

"얘기를 들어주셔서 고맙습니다."

"예상 밖으로 일을 착착 잘 처리해주는군. 오늘 장례원에서 송사가 있다고 들었네."

"예, 이제 가봐야 합니다."

"그 일 마치고 날 찾아오게. 자네에게 맡길 일이 있으니까."

"알겠습니다."

다주를 나오자마자 홍사치가 가슴에 손을 대고 한숨을 쉬며 중얼거렸다.

"이야, 진짜 큰일 나는 줄 알았네."

먼저 나온 덕환 역시 놀란 표정을 감추지 못했다.

"놀랄 정도로 냉정하고 예리한 양반입니다그려."

"비변사 낭청 중에서도 알아줬다고 한 분이오. 뇌물도 안 먹히고, 청탁도 안 들어준다고 말이오. 꼬장꼬장한 분인데 우리 외지부를 좋게 본 모양입니다. 저런 분이 움직이면 또 일사천리지요."

"그럼 기다리면 되는 겁니까?"

덕환의 물음에 홍사치가 다주를 힐끔 바라보고는 고개를 끄덕거렸다.

"며칠 후에 한번 찾아와보시오. 그리고 동래에서 답장이 오는 대로 알려주시오. 원하는 내용이 담겨 있으면 쉽게 풀려날게요."

"그리하지요."

홍사치의 배웅을 받으며 형조를 나온 홍랑 일행은 밖에서 기다리고 있던 조풍황과 만나서 장례원으로 들어갔다.

"여전히 시끄럽네요."

앞장선 홍랑의 말에 덕환이 쓴웃음을 지었다.

"누구나 손해를 보는 건 원하지 않으니까요. 송정에서는 무조건 목소리가 크고, 자주 나오는 사람이 유리합니다."

홍랑 일행은 떠드는 사람들을 제치고 앞으로 나가 송사가 열리는 당상대청 앞에 섰다. 지난번과는 다른 경아전이 월대 위 대청에 앉은 판결사 앞에서 고개를 조아린 채 얘기를 하는 중이었다. 모여든 사람들 사이에 원고인 오량전의 모습이 보였다. 그를 확인한 홍랑이 덕환에게 속삭였다.

"한훤덕과 송철이 안 보입니다."

"아마 송사가 뜻대로 돌아가지 않으면 모습을 드러낼 겁니다."

덕환과 홍랑을 본 경아전이 종종걸음으로 다가왔다.

"송사 때문에 왔느냐?"

"그렇습니다. 지난번에 고한 비질금에 관한 송사입니다. 시송다짐은 어제 바쳤습니다."

"너희가 원척이로구나. 원고도 방금 전에 시송다짐을 바쳤다. 앞으로 나오너라."

덕환이 홍랑을 바라보며 힘주어 고개를 끄덕거렸다. 홍랑은 고단이가 사준 부채를 손에 쥔 채 앞으로 나갔다. 구경꾼들 사이에 있던 오량전 역시 모습을 드러냈다. 경아전이 앞에 서서 말했다.

"원고인 오량전은 지금 훈련도감의 다모로 일하는 비질

금이라는 노비가 어릴 때 도망친 자신의 노비였다고 주장하고 있다. 원고는 증빙할 문기를 가져왔는가?"

"무, 물론입니다. 그때 비질금의 아비와 맺은 자매문기가 있습니다."

오량전은 소매에서 둘둘 만 종이를 꺼냈다. 그리고 조심스럽게 펼친 다음 경아전에게 바쳤다. 가까이 다가간 경아전이 문기를 꼼꼼하게 살펴본 후에 오량전에게 물었다.

"그렇다면 훈련도감에 있는 다모 비질금이 이 문기에 나오는 당사자라는 걸 증명할 방법이 있느냐?"

"그렇고말고요. 어릴 때 그년이 도둑질을 해서 얼굴을 인두로 지진 적이 있습니다. 그리고 만약 당사자가 아니라면 어린 시절에 어디서 어떻게 보냈는지 자복을 받아주시기 바랍니다. 분명 거짓을 고할 것입니다."

자신만만하게 얘기하는 오량전을 지켜보던 홍랑은 속으로 할 말을 생각하면서 주변을 살펴봤다. 그러다가 구경꾼들 사이에 있는 한휜덕과 송철을 드디어 발견했다. 긴장을 풀기 위해 헛기침을 한 홍랑은 오량전의 얘기를 들은 경아전과 눈이 마주쳤다.

"비질금은 왜 오지 않았느냐?"

한 걸음 앞으로 나선 홍랑이 미리 준비한 말을 꺼냈다.

"훈련도감에 매여 있는 몸이라 마음대로 다닐 수 없는 처지입니다. 그래서 제가 부탁을 받고 이곳에 왔습니다."

"그래, 원고의 주장에 대해 어떻게 반박할 것이냐?"

"먼저 자매문기를 작성할 당시 증인이었던 자를 찾았습니다. 그자의 얘기를 들어봐도 되겠습니까?"

홍랑의 물음에 경아전이 월대 위에 있는 판결사를 바라봤다. 판결사가 가볍게 고개를 끄덕거리자 홍랑이 손짓으로 조풍황을 불렀다. 긴장한 기색이 역력한 조풍황이 앞으로 걸어 나왔다.

"이자는 원고가 비질금의 자매문기를 작성할 당시 증인으로 섰던 자입니다."

홍랑의 얘기를 들은 경아전이 조풍황을 쳐다봤다.

"이자의 말이 사실이냐?"

"그, 그렇습니다. 십오 년 전 비질금 부모의 이웃집에 살고 있었는데, 증인을 해달라는 말에 갔던 기억이 있습니다."

조풍황의 대답을 들은 경아전이 홍랑에게 물었다.

"이자에게 확인할 사항이 무엇이냐?"

"자매문기를 작성할 당시 환퇴 조항이 있었는지 여부입니다."

"환퇴라면 거래한 걸 나중에 돌려받는다는 조항 말인가?"

홍랑의 얘기에 경아전이 다소 놀란 표정으로 물었고, 주변도 술렁거렸다. 고개를 끄덕거린 홍랑이 한 걸음 앞으로 나아갔다. 그리고 오량전을 힐끔 바라보았다. 오량전은 긴장한 표정으로 봤다가 홍랑과 눈이 마주치자 얼른 고개를 돌렸다. 심호흡을 한 홍랑은 조풍황에게 물었다.

　"증인으로 참여할 당시 자매문기를 직접 확인했지요?"

　"그, 그럼요. 제가 직접 두 눈으로 똑똑히 봤습니다."

　"그럼 거기에 환퇴 조항이 있는 것도 보았고요?"

　"마지막에 비질금의 부모가 넣어달라고 해서 오량전이 직접 붓으로 추가한 걸 본 적이 있습니다."

　"어떤 내용이었습니까?"

　"비질금이 열다섯 살이 되면 아무 조건 없이 도로 속량해준다는 것이었습니다."

　"그런 조항을 넣은 이유가 무엇이었나요?"

　"비질금의 아비가 병에 걸려서 오늘내일했거든요. 아비가 자매문기를 쓰고 하루인가 이틀 후에 죽었으니까요. 홀로 남은 외동딸을 거둘 일가친척이 없어서 오량전에게 어린 딸을 맡긴 것 같습니다."

　"그래서 나중에 딸이 크면 속량해준다는 환퇴 조항을 넣었군요."

"맞습니다."

굽실거리는 조풍황에게 홍랑이 물었다.

"그 조항에 대해서는 당사자인 비질금도 알고 있었나요?"

"아니요. 자매문기를 작성하자마자 오량전이 저에게 엽전 한 닢을 쥐여주면서 내용에 대해 발설하지 말라고 신신당부를 했습니다."

"왜 그런 부탁을 한 건가요?"

"소인이 어찌 알겠습니까? 다만 자매문기니까 소소한 말이 나오지 않게 하려고 한 게 아닐까 짐작을 했습니다."

"환퇴 조항은 열다섯 살이 되면 속량을 해준다고 한 게 분명한가요?"

"그, 그렇습니다. 제 눈으로 똑똑히 봤습니다."

조풍황의 얘기를 들은 홍랑이 경아전과 그 뒤에 서 있는 판결사를 바라봤다.

"설사 훈련도감의 다모가 비질금이 맞다고 해도 이미 열다섯이 넘었으니 속량이 된 것으로 봐야 합니다. 따라서 이번 송사는 원고의 주장을 받아들일 수 없습니다."

하루 종일 준비한 얘기를 내뱉은 홍랑은 후련함을 느꼈다. 구경꾼들이 술렁거리는 가운데 경아전이 오량전에게 물었다.

"원고는 여기에 대해 반박할 얘기가 있는가?"

경아전의 물음에 오량전이 성큼성큼 앞으로 나왔다.

"환퇴 조항이 있다는 증인의 말은 거짓입니다. 제가 직접 자매문기를 쓰고 입안을 받았는데 그런 조항은 없었습니다."

다소 예상 밖이었던 홍랑은 오량전을 바라보았다. 경아전 역시 같은 생각인지 되물었다.

"그게 사실이냐?"

"맞습니다. 열다섯 살이면 이제 일을 좀 할 만한 나이입니다. 그때까지 먹이고 입히고 재워줬는데 아무 대가 없이 속량을 해줄 이유가 없지요. 피척의 외지부가 말도 안 되는 억지를 부리는 겁니다."

오량전의 얘기를 들은 홍랑이 재빨리 말했다.

"자매문기를 보고 싶습니다. 가짜 문기인지 아닌지 확인해야 할 것 같습니다."

홍랑의 얘기를 들은 오량전이 벌컥 화를 냈다.

"아니, 관아의 입안을 받은 게 가짜일 리가 있느냐?"

홍랑은 오량전의 얘기를 무시하고 경아전을 바라보았다.

"송사를 밝게 마무리하려면 직접 눈으로 보는 것만큼 좋은 게 어디 있겠습니까?"

애초에 홍랑이 생각한 건 두 가지였다. 오량전이 가지고 있는 문기가 가짜이거나 혹은 자신에게 불리한 조항에 대해서는 언급하지 않을 것이라는 점이었다. 그래서 문기를 볼 수 있도록 증인을 찾은 것이다. 어차피 증인의 증언만으로는 송사가 마무리되지 않기 때문이다. 홍랑의 예측대로 경아전은 오량전에게 가져온 문기를 보이라고 말했다. 오량전이 투덜거리면서 소매에서 몇 번 접은 문기를 조심스럽게 꺼내 바쳤다. 문기를 건네받은 경아전은 월대 쪽으로 가져가서 펼친 다음 꼼꼼하게 읽었다. 그러고는 복잡한 표정으로 홍랑을 돌아봤다.

"문기에는 환퇴 조항이 없네."

홍랑은 가슴이 철렁 내려앉았다. 오량전은 그럴 줄 알았다는 표정을 지었고, 구경꾼들은 술렁거렸다. 홍랑은 떨리는 목소리로 물었다.

"정말입니까?"

경아전은 눈살을 찌푸린 채 대답했다.

"그럼 내가 거짓말을 했다는 뜻이냐? 아니면 없는 사실을 지어냈다는 뜻이냐?"

"그, 그게 아니오라…."

당황한 홍랑이 황급히 사과를 하고 조풍황을 바라보았다. 하지만 조풍황은 그 짧은 사이에 자취를 감추었다. 홍랑이 당혹스러워하는 모습을 보이는 가운데 오량전이 키득거렸다.

"가짜 증인을 내세워 속임수를 썼다가 들통이 난 겁니다. 판결사 나리께서는 그 점을 유념해주십시오."

오량전의 비웃음 소리를 뒤로한 채 홍랑이 경아전에게 다가갔다.

"제가 직접 자매문기를 봐도 되겠습니까?"

경아전이 짜증 나는 표정으로 고개를 끄덕거렸다.

"얼른 살펴보아라. 별게 없으면 다음에 결송다짐을 가져오너라."

이 상황에서 결송다짐을 바치면 송사에서 패배할 것이 명백했다. 홍랑은 알겠다고 대답하고는 자매문기를 천천히 살펴보았다. 하지만 그 어디에도 환퇴 조항은 없었다. 낙담한 홍랑이 살짝 고개를 들자 한훤덕과 송철이 씩 웃는 게 보였다.

"다 보았느냐?"

경아전의 재촉에 홍랑은 다시 한번 보겠다고 말하고는 문기를 살짝 잡았다. 그리고 앞뒤로 살펴보았다. 그걸 본 경아전이 말했다.

"문기를 함부로 하지 마라. 그러다 훼손이라도 하면 가만두지 않겠다."

홍랑은 경아전의 말을 듣지 못한 듯 무시하고 문기를 살펴보다가 외쳤다.

"여기 이상한 점이 있습니다."

"어디가 말이냐?"

경아전의 물음에 홍랑은 자매문기를 들었다.

"여기 자매문기와 초사(招辭: 죄인이 자기의 범죄 사실을 진술하던 말. 진술서)를 이어 붙인 곳이 지나치게 겹쳐 있습니다."

"그게 무슨 말이냐?"

홍랑은 눈살을 찌푸린 경아전에게 자매문기와 그 아래 초사를 이어 붙인 곳을 손가락으로 가리켰다.

"보통 노비 문기는 관아에 입안을 요청하는 소지와 문기 그리고 관련자들의 증언을 적은 초사 다음에 마지막으로 입안을 붙이고 관인을 찍습니다."

"당연하지. 규정대로 되어 있고, 관인도 제대로 다 찍혀 있지 않느냐?"

"보통 문기를 이어 붙일 때는 글씨가 없는 빈 곳에 붙이는 것으로 알고 있습니다. 그런데 자매문기와 초사는 이상하게도 다른 곳보다 더 넓게 이어 붙였습니다."

경아전이 여전히 알아듣지 못하자 홍랑은 손가락을 갔다 댔다.

"여기 보십시오. 소지와 자매문기는 손가락 두 마디 정도를 이어 붙였습니다. 그런데 자매문기와 초사는 손바닥의 절반 정도를 이어 붙였습니다. 분명 뭔가를 가리기 위해서 이렇게 이어 붙인 게 확실합니다."

홍랑은 혹시라도 경아전이 무시할까 봐 일부러 큰 소리로 외쳤다. 경아전은 기가 막히다는 표정으로 대꾸했다.

"아니, 그런 억지를 쓰면 먹힐 것 같은가."

홍랑은 경아전을 뿌리치고 판결사가 앉아 있는 당상대청 쪽으로 다가갔다.

"판결사 나리께 아룁니다. 자매문기의 내용을 감추기 위해 이어 붙인 것이 분명하니 석명권(釋明權: 법원이 사건의 진상을 명확하게 하기 위해 당사자에게 법률적·사실적인 사항에 대해 설명할 수 있는 기회를 주고 입증을 촉구하는 권한)을 행사해주십시오."

의자에 앉아 있던 판결사가 중얼거렸다.

"석명권을?"

"그렇습니다. 분명 문기는 정상이고, 입안도 정상적으로 발급되었습니다. 그런데 문기와 초사가 너무 부자연스럽게 붙어 있습니다. 진상을 파악하기 위해서는 반드시 부자연스럽게 이어 붙인 이유를 알아야 합니다."

홍랑의 필사적인 대답을 들은 판결사는 잠시 생각하더니 경아전을 손짓으로 불렀다. 헐레벌떡 달려온 경아전이 고개를 조아렸다.

"부르셨습니까?"

"원고가 가져온 자매문기를 가져와보아라."

경아전이 마침 들고 있던 자매문기를 바쳤다. 자매문기를 꼼꼼하게 살펴본 판결사가 손짓으로 홍랑을 불렀다. 월대 위로 올라간 홍랑에게 판결사가 말했다.

"네 말대로 문기와 초사가 붙어 있는 지점이 심히 어색하구나."

"그렇습니다. 그러니…."

말하려는 홍랑을 손을 들어 제지한 판결사가 덧붙였다.

"하지만 풀로 붙인 부분이라 억지로 떼어낼 방도가 없다. 설사 떼어낸다고 해도 글씨가 훼손되어 알아볼 수 없을 것이다."

"하오나…."

"송정에 선 사람들은 나름대로 사연이 있다. 그리고 이기는 자와 지는 자로 나뉘어 이곳을 나간다. 판결을 내야 할 송사가 쌓여 있는데 불확실한 일에 석명권을 행사할 수 없다."

"판결사 나리!"

"만약 이번에 석명권을 행사하면 이후 송사에도 모두 석명권을 행사해달라고 할 것이다. 그러니 안타깝지만 너의 부탁을 들어줄 수 없다. 다만….”

힘주어 말한 판결사가 말을 이었다.

“다음에 있을 송사에서 문기와 초사가 붙어 있는 부분을 깨끗하게 떼어내거나 혹은 떼어내지 않고도 들여다볼 수 있는 방법을 알아낸다면 그것을 시도해볼 수 있게 허락하마. 알겠느냐?”

판결사의 시선을 느낀 홍랑은 고개를 숙였다.

“알겠습니다.”

“사흘 후에 결송다짐을 가져오너라.”

물러나라는 손짓을 한 판결사가 경아전에게 다음 송사를 준비하라고 지시하는 목소리가 들렸다.

“다음 송사 때까지 원고의 자매문기는 여기서 보관한다.”

알겠다고 대답한 경아전이 자매문기를 접어서 손에 쥔 뒤 다음 송사를 진행한다고 외쳤다. 그러자 원고와 원척이 앞다퉈 앞으로 나왔다. 홍랑은 천천히 그들을 스쳐 지나갔다. 덕환이 다급하게 곁으로 다가왔다.

“조풍황이 사라졌습니다.”

홍랑은 대답 대신 한훤덕과 송철을 바라봤다. 둘 다 흐뭇하게 웃으며 돌아서는 게 보였다. 덕환이 분하다는 듯 주먹을 불끈 쥐었다.

"송철이 내세운 가짜 증인 같습니다. 우리가 진짜를 찾지 못하게 수를 쓴 거죠. 직접 만나보고 얘기까지 나눴는데…."

"이미 엎질러진 물입니다. 사흘 후에 결송다짐을 바치라고 했으니 그때까지 방도를 찾아봐야지요."

"판결사가 석명권을 행사하지 않았는데 방법이 있겠습니까?"

"문기와 초사 사이에 붙어 있는 부분을 깨끗하게 떼어내거나 떼어내지 않고도 볼 수 있는 방법을 찾아야만 합니다. 사흘 안에요."

덕환이 낙담한 표정을 지었지만 홍랑은 할 수 있다고 말하며 돌아섰다. 등 뒤로 다음 송사의 원고와 원척이 내는 목소리가 한껏 크게 들려왔다.

이틀 후, 홍랑은 고단이와 함께 집을 나섰다. 형조의 젊은 낭청 구윤호가 방문해달라는 요청을 했기 때문이다. 무거운 발걸음으로 형조에 도착하자 홍사치가 미리 와서 기다리고 있었다. 지난번에 방문한 낭관청에 도착하자 당상대청으로 들어오라고 했다. 홍사치와 고단이는 밖에서 기다리고 홍랑은 대청으로 올라가서 문을 열었다. 안으로 들어가자 책을 읽고 있던 구윤호가 고개를 돌렸다. 그리고 맞은편에 앉으라는 눈짓을 했다. 홍랑이 조용히 자리에 앉자 구윤호가 불쑥 물었다.

"아씨라고 부를까? 도령이라고 부를까?"

"편한 대로 부르십시오. 다만 그 안에 저를 담아두지 마십시오."

"그 안에 담지 말라?"

"저는 제가 해야 할 일, 그리고 하고 싶은 일을 하는 것뿐입니다. 그러니 어떻게 보시든 상관없습니다만, 여염집 규수나 방정맞은 아낙네로는 보시지 않았으면 하는 바람입니다."

"그렇군. 알겠소."

구윤호가 한발 물러서는 눈치를 보이자 홍랑이 곧바로 물었다.

"그나저나 한가하신 모양입니다. 그런 걸 다 물으시고 말입니다."

홍랑의 가시 돋친 물음에 구윤호가 가볍게 웃었다.

"비변사에서 온 지 얼마 안 되어 한가하오. 다들 나를 피하는 중이라서…."

"낭청 나리를 왜 피하는 겁니까?"

"비변사에서 험한 일을 했다는 소문이 돌아서 그렇다네. 내가 거기서 무슨 일을 했는지 아는가?"

홍랑이 고개를 젓자 구윤호가 말했다.

"귀신 쫓는 일을 했지."

농담인지 진담인지 알 수 없는 얘기를 한 구윤호가 의자에 몸을 기댔다.

"아마이와 김원진 건은 형조 참의를 거쳐 판서께 고하였네. 조만간 입궐해서 임금께 고한다고 했으니 조금만 기다려보게."

"힘써주셔서 고맙습니다."

"그리고 중요한 송사가 내일 있다고 들었네. 기다리려고했지만 이쪽도 좀 급해서 말일세."

"말씀해보십시오."

"최아지라고 혹시 아는가?"

"처음 듣는 이름입니다."

홍랑의 대답을 들은 구윤호가 그럴 줄 알았다는 듯 고개를 끄덕거렸다.

"그럴 걸세. 지서산군사(知瑞山郡事) 백환의 첩이니까."

"백환도 모르는 사람입니다."

"몇 년 전 서산에 왜구가 쳐들어왔었네. 노략질을 하고 도망쳤는데, 백환이 뒤늦게 도착해서 왜구들을 잡지 못하자 소금을 굽는 염간(鹽干) 몇 명을 죽이고는 그들을 왜구라고 거짓말을 했다가 체포되었다네."

"저런, 애꿎은 백성들을 죽이다니 나쁜 관리군요."

"임금께서도 대로하셨고, 중신들도 본보기로 처벌을 해야 한다고 한목소리로 아뢰었네. 그래서 의금부(義禁府: 조선 시대에 임금의 명령을 받들어 중죄인을 신문하는 일을 맡아 하던 관아)로 압송해 조사를 하는데, 현지에서 얻은 최아지라는 첩이 따라왔다네. 옥바라지를 하러 말일세."

"첩임에도 도성까지 따라와 옥바라지를 하다니…."

홍랑의 중얼거림에 구윤호가 말했다.

"그렇다네. 직접 본 건 아니지만 지극정성으로 백환의 옥바라지를 하였다고 들었네."

"쉬운 일이 아닌데 말이지요."

"그렇지. 심지어는 백환을 탈옥시키려고까지 했다네."

"탈옥이요?"

놀란 홍랑이 묻자 구윤호가 쓴웃음을 지었다.

"백환과 단둘이 있게 해달라고 하고는 옷을 바꿔 입었다네. 그리고 챙겨 온 단검까지 건네줬다가 나졸들에게 들켰고 말이네."

"본부인도 아니고 첩인데 정말 대단하네요."

"그래서 백환이 처형당하러 갈 때 최아지에게 절을 하며 다음 생에서도 다시 만나자고 했다네. 백환이 죽은 후 최아지는 상복을 입고 삼년상을 치렀다고 하더군. 그래서 조정에서 장하다고 포상을 하려고 했는데 문제가 발생한 거지."

"무슨 문제요?"

"삼년상을 치른 최아지가 재가를 했다네."

"아!"

홍랑이 짧은 탄성을 내뱉자 구윤호가 수염을 쓰다듬으며 대답했다.

"보고를 받은 중신들이 재가를 한 것은 정절을 잃은 것이니 포상을 할 이유가 없다고 취소를 했다네. 그러자 그 사실을 알게 된 최아지가 형조에 송사를 걸었네."

"무슨 명목으로요?"

"자신이 백환을 옥바라지하고 삼년상을 치렀을 때는 그를 사랑하는 마음이 가득했고, 그 이후 먹고살기 위해서 재가를 한 것인데 그걸로 포상을 취소하는 건 억울하다는 것이지."

"이해가 갑니다. 사실 첩의 신분이라는 건 남편이 죽거나 남편의 마음이 바뀌면 정말 위태로운 것이니 말입니다."

"맞네. 최아지 역시 삼년상을 치른 후 본가에서 쫓겨나 어쩔 수 없이 재가를 했다고 했네. 하지만 정절이라는 것은 죽을 때까지 지켜야 한다는 게 중신들의 생각이라서 말이야."

"그래서요?"

"최아지의 송사를 처리해주게."

구윤호의 얘기에 홍랑은 고개를 저었다.

"어찌 생각하실지 모르겠지만 제 생각에 부당해 보이지는 않습니다. 정절 같은 것도 먹고살 수 있어야 유지되는 것 아니겠습니까?"

"물론일세. 내 말은 최아지의 송사를 대리해달라는 거네."

"네? 송사를 막는 게 아니라 대리해달라고요?"

"그렇네. 송사는 없는 게 제일 좋은 일이라네. 하지만 사람이 손해를 보거나 억울한 일이 있는데 그냥 참고 넘어갈 수는 없는 노릇이지 않은가?"

구윤호의 물음에 홍랑이 대답했다.

"물론이지요. 그럴 사람은 별로 없을 겁니다."

"그런 사람들을 위해 나라에서 만든 게 바로 법이 아니겠나. 그런데 너무 어렵고 복잡하니까 사람들이 송정에 나서기를 꺼리고, 그 틈을 타서 외지부들이 날뛰는 것 아닌가?"

"저도 그 외지부 중 한 명입니다만."

"적어도 사람을 속이거나 나쁜 짓을 할 외지부로는 보이지 않아서 말일세. 억울한 사람이 그 마음을 안고 송정을 나가기를 바라지 않네. 그래서 자네에게 의뢰한 거야. 최아지를 만나게 해줄 테니 사연을 듣고 소지를 써주게."

구윤호의 얘기를 들은 홍랑은 잠시 생각하다가 대답했다.

"알겠습니다. 다만 내일 송사가 급해서 이후에 처리해드리겠습니다."

"그 얘기도 들었네. 이어 붙인 문기와 초사 사이에 환퇴 조항이 적혀 있을 거라고 주장했다고 말이야."

"네, 너무 어색하게 붙어 있었습니다. 아마도 환퇴 조항을 감추기 위해 일부러 가려서 이어 붙인 게 분명합니다."

"더군다나 관아에서 쓰는 종이는 두꺼운 백지라서 더더욱 안 보일 거야. 그리고 송정에서는 그런 걸 주장(主張)이라고 하지. 판결사가 가장 많이 듣는 얘기이면서 가장 귀담아듣지 않는 얘기이기도 하고."

"억울함을 풀어달라는 것을 주장이라고 생각하십니까?"

"솔직히 얘기하면 최아지의 주장에는 관심이 없네. 하지만 억울함이 없도록 하는 게 송정의 역할이라면 마땅히 그렇게 해야지."

얘기를 마친 구윤호가 소매에서 작게 접은 종이를 건넸다.

"최아지가 살고 있는 곳일세. 가서 만나보고 사정을 들어보게."

"알겠습니다."

종이를 챙긴 홍랑이 인사를 하고 나가려고 하자 구윤호가 가볍게 헛기침을 하면서 발걸음을 잡았다.

"비변사가 무슨 일을 하는 곳인지는 아는가?"

"물론이죠. 군국기무(軍國機務)를 관장하는 곳 아닙니까?"

"맞네. 그곳에서는 온갖 일을 처리하지. 그중에 기밀을 요하는 일은 글씨를 감추거나 가리기도 한다네."

"감추거나 가린다고요?"

"정확하게 얘기는 못 해주지만 먹물에 몇 가지를 섞어서 글씨를 쓰면 마른 다음에 사라져버린다네."

"그럼 그걸 어떻게 다시 봅니까?"

"등잔불에 비추면 글씨가 다시 보인다네. 그리고 종이와 종이 사이에 끼워서 감추거나, 아니면 아예 풀로 붙여버리기도 하지. 억지로 뜯어내려면 종이가 찢어지면서 글씨가 훼손되니까."

그 말을 듣는 순간 홍랑은 지금 자신이 안고 있는 문제를 해결할 수도 있다는 생각에 자신도 모르게 고개를 돌렸다.

"그건 어떻게 확인합니까?"

"식초에 마늘즙을 넣고 살짝 데우면 김이 올라오는데, 그 김에 종이를 비추면 아무리 두꺼운 종이라고 해도 안쪽을 들여다볼 수 있다네. 관아에서 쓰는 백지라도 말이야."

뜻밖의 돌파구를 찾은 홍랑이 고맙다고 인사하자 구윤호

가 따뜻하게 웃었다.

"세상의 모든 관리와 외지부가 나쁘기만 하면 힘없는 자들이 기댈 곳이 없지 않겠는가? 고통과 처벌은 죄인의 몫이어야지 피해자가 감당해야 할 일은 아니네. 내일 송사 잘 치르시게나."

"고맙습니다."

"참, 노비 주인은 보통 송사에서 지면 밀린 신공(身貢: 노비가 신역身役 대신 삼베나 무명, 모시, 쌀, 돈 따위로 납부하던 세)을 내놓으라고 지랄을 하네. 그것도 미리 대비해두는 게 좋을 걸세."

슬쩍 중요한 정보를 흘린 구윤호는 딴청을 피웠다. 그 모습을 보고 빙그레 웃으며 밖으로 나온 홍랑은 맑은 하늘을 올려다보았다.

다음 날, 필요한 몇 가지 준비를 한 홍랑은 시간에 맞춰 장례원으로 향했다. 입구에서 만난 덕환이 다가와 속삭였다.

"조풍황을 찾았습니다."

"어디서요?"

"양주에 숨어 있었더라고요. 오량전의 사주로 거짓말을 했다는 걸 자백했습니다."

"송정에서 만나보니 오량전은 그 정도로 머리가 좋은 것 같지는 않았습니다만."

"배후에 누군가 있는 건 확실하지만 물증이 없습니다. 조풍황이 만난 건 오량전밖에 없었으니까요."

"알겠습니다. 오늘은 저 혼자 들어가겠습니다. 여기서 기다리고 있다가 제가 이른 대로 해주십시오."

"그리하지요."

걱정스러워하는 덕환을 뒤로하고 장례원 안으로 들어간 홍랑은 기다리고 있던 경아전과 함께 당상대청 앞의 송정으로 향했다. 앞장서 걷던 홍랑은 고단이가 잘 따라오는지 살펴봤다. 물건이 든 보따리를 옆구리에 낀 고단이가 걱정 말라는 듯 웃어 보였다. 앞장선 경아전이 구경꾼들에게 좌우로 물러나라고 외치고는 당상대청의 월대 앞에 섰다. 방금 송사가 끝났는지 한 무리의 사람들이 홍랑을 스쳐 지나갔다. 먼저 와 있던 오량전은 희희낙락하는 모습으로 홍랑을 바라보았다. 무표정으로 대꾸한 홍랑이 두 손을 모으고 앞에 서자 경아전이 외쳤다.

"원고와 원척 모두 대령했사옵니다."

다모가 바친 차를 한 모금 마신 판결사가 대답했다.

"양쪽의 결송다짐을 받거라."

오량전은 호들갑을 떨면서 결송다짐을 바쳤다. 홍랑도 소

매에서 결송다짐을 꺼냈다. 그러나 경아전이 받으러 오자 도
로 소매에 넣으면서 말했다.

"결송다짐을 바치기 전에 확인하고 싶은 게 있습니다만."

경아전은 귀찮다는 표정으로 대꾸했다.

"다 끝난 일인데 왜 그러느냐?"

"만약 결송다짐을 바치고 나서 문제가 생기면 책임지실
겁니까?"

홍랑의 협박 아닌 협박에 경아전은 얼굴을 찡그렸다.

"그래, 무얼 확인하고 싶은 것이냐?"

"자매문기를 보여주십시오. 마지막으로 확인할 게 있어서
요."

경아전은 투덜거리면서 소매에 넣어둔 자매문기를 꺼냈
다. 아마 송사가 끝나면 오랑전에게 돌려줄 요량으로 넣어둔
것 같았다. 자매문기를 건네받은 홍랑이 돌아보자 고단이가
보따리를 바닥에 내려놓고 풀었다. 그걸 본 경아전이 물었다.

"무얼 하려는 것이냐?"

"문기와 초사가 겹쳐진 부분에 뭐가 있는지 볼 생각입니다."

"뜯으면 아니 된다."

손사래를 치는 경아전에게 홍랑이 말했다.

"그저 들여다볼 겁니다. 걱정 마십시오."

고단이가 꺼낸 것은 작은 화로였다. 거기에 가져온 불씨를 넣어 불을 피운 다음 작은 종지를 올려놓았다. 그걸 본 경아전이 고개를 갸웃거렸다.

"무얼 하려는 것이냐?"

"겹친 부분에 뭐가 적혀 있는지 보려고 합니다."

쪼그리고 앉아서 화로의 불길을 살피던 고단이가 말했다.

"김이 올라옵니다, 아씨."

자매문기를 손에 든 홍랑은 화로 쪽으로 가서 겹친 부분을 김이 오르는 곳에 펼쳤다. 식초와 마늘즙의 농도를 맞추느라 고생을 하긴 했지만 결국 최적의 조합을 찾아내는 데 성공했다. 뜨거워진 식초의 김이 닿자 문기와 초사가 연결된 부분이 쭈글쭈글해지면서 글씨가 보이기 시작했다. 혹시나 하고 긴장한 고단이가 환하게 웃었다.

"아씨, 보입니다!"

홍랑 역시 환하게 웃으며 문기를 들여다보았다. 예상대로 두 줄로 적힌 글씨가 보였다. 홍랑이 제일 앞에 쓰인 글씨를 힘주어 읽었다.

"환퇴."

놀란 경아전 역시 고개를 내밀고 드러난 글씨들을 읽었다. 상황이 심상치 않게 돌아갈 기미를 보이자 오량전이 꽁무니를 빼려다가 구경꾼들에게 붙잡혔다. 경아전 역시 나졸들에게 외쳤다.

"원고를 잡아둬라."

그런 다음 한 글자씩 신중하게 읽고는 입을 열었다.

"외지부의 말대로 환퇴 조항이 들어 있군."

"맞습니다. 아래쪽에 빽빽하게 쓴 걸 보니 마지막에 넣은 게 분명합니다. 자식이 커서 속량되기를 바란 거죠."

"그렇군. 그리고 그걸 감추기 위해 초사와 이어 붙일 때 그 부분을 가려버린 거고…."

경아전이 수염을 비비 꼬면서 말하더니 당상대청에 앉아 있는 판결사에게 다가갔다. 월대에 오른 경아전의 얘기를 들은 판결사가 자매문기를 든 홍랑을 힐끔 보고는 경아전과 잠시 얘기를 나눴다. 고개를 크게 끄덕거린 경아전이 월대를 내려와서는 큰 목소리로 외쳤다.

"문기를 살펴본 결과 원척의 주장대로 환퇴 조항이 들어 있는 걸 확인했다. 따라서 이번 송사는 원척이 승소한 것으로 판결한다."

구경꾼들의 환호성이 들리는 가운데 붙잡힌 오량전이 외쳤다.

"판결은 인정합니다. 다만 비질금이 어릴 때 도망쳐서 십오 년이나 자취를 감췄으니 그 사이의 신공은 받아야겠습니다."

오량전의 외침에 경아전이 꾸짖었다.

"이놈! 문기에 적힌 조항을 감추고 송사에 나서서 송정을 어지럽힌 주제에 신공 욕심을 내느냐?"

"그건 그거고 이건 이거 아닙니까? 죄를 받겠으나 신공 역시 받아야겠습니다."

틀린 얘기는 아니라서 경아전이 난처한 표정을 지었다. 그때 홍랑이 나섰다.

"원고의 주장을 인정합니다. 이번 송사를 마무리해주시면 비질금에게 얘기해 신공을 내도록 하겠습니다."

홍랑의 얘기를 들은 경아전이 물었다.

"정녕 사실이냐?"

"그렇습니다. 비질금이 피맛길에서 기다리고 있습니다. 같이 가서 얘기할 것이니 송사를 마무리해주십시오."

얘기를 마친 홍랑이 소매에서 결송다짐을 꺼냈다. 서류를 건네받은 경아전이 판결사를 바라보았다. 홀가분한 표정의 판결사가 고개를 끄덕거리자 경아전이 말했다.

"그럼 신공 문제는 둘이 알아서 해결하도록 하여라. 송사 는 이것으로 마치도록 한다."

고단이가 주섬주섬 화로를 챙기는 걸 본 홍랑이 다가오는 오량전에게 물었다.

"한훤덕과 송철은 어디 있습니까?"

"누구? 나는 그런 사람들 모르오."

짜증이 난다는 말투로 오량전이 대답했다. 그런 오량전을
보며 홍랑이 말했다.

"따라오십시오."

장례원을 나온 홍랑은 육조거리를 지나 운종가의 피맛길
로 들어섰다. 좁아 터진 피맛길에는 서로 어깨가 부딪칠 정도
로 많은 사람이 오갔다. 지난번에 들른 전옥서 근처까지 간
홍랑은 미리 약속된 골목길로 접어들었다. 뒤따라오던 오량
전이 투덜거렸다.

"대체 어디에 있다는 말인가?"

"신공 문제를 사람이 많은 곳에서 얘기할 수는 없잖습니
까. 그거라도 챙기고 싶으면 조용히 따라오세요."

오량전이 궁시렁거리며 따라왔다. 더 깊은 골목길로 들어
간 홍랑은 이윽고 걸음을 멈추고 주변을 돌아보았다. 오량전
이 걸음을 멈추었다.

"여기요?"

"네, 당신을 만나고 싶어 하는 사람들이 기다리고 있는

곳이지요."

홍랑의 말투가 변하자 오량전이 얼굴을 찌푸렸다.

"무슨 헛소리야?"

욕설을 내뱉으려던 오량전은 홍랑과 고단이가 서 있던 골목길 안쪽에서 전건을 쓴 훈련도감 군사 여럿과 덕환이 우르르 몰려나오자 얼굴이 굳어졌다. 뒤로 돌아서서 도망치려고 했지만 그쪽도 이미 훈련도감 군사들이 막아선 상태였다. 지난번에 송정에서 만났던 훈련도감 군사가 팔뚝을 걷어붙이며 다가왔다.

"네가 우리 훈련도감 소속 다모를 괴롭힌 자냐?"

"괴, 괴롭히다니! 나는 그년의 주인이다."

버럭 고함을 지른 오량전에게 훈련도감 군사가 코웃음을 쳤다.

"하, 오늘 누가 주인인지 확인시켜주마."

"감히 훤한 대낮에 양민을 겁박하는 것이냐!"

"여긴 사람이 죽어도 모르는 곳이야. 주변이 전부 창고뿐이라서 말이야."

그가 턱짓을 하자 우르르 다가간 군사들이 오량전을 쓰러뜨리고는 발로 차고 주먹질을 했다. 오량전은 살려달라고 외쳤지만 아무도 나타나지 않았다. 비명을 지르며 발버둥을 치던 오량전은 곧 축 늘어지더니 싹싹 빌기 시작했다.

"아이고, 잘못했습니다. 살려만 주십시오."

멍이 든 눈으로 처다보는 오량전을 향해 홍랑의 옆에 서 있던 훈련도감 군사가 외쳤다.

"오냐, 네놈이 살지 죽을지는 판결을 내려보마. 저놈을 끌고 와라."

군사들이 축 늘어진 오량전을 질질 끌고 와서 앞에 내팽개쳤다. 훈련도감 군사가 두 팔을 허리에 올린 채 말했다.

"네 이름이 무엇이냐?"

"소, 소인은 오량전이라고 하옵니다."

"네 죄는 네가 알렸다."

"아니, 그것이…."

오량전이 손을 휘저으며 변명을 하려고 하자 뒤에 서 있던 군사가 발로 등짝을 밟아 내렸다. 턱을 땅에 부딪힌 오량전이 심하게 앓는 소리를 냈다.

"다시 묻겠다. 네 죄를 네가 알렷다."

"알고말고요. 살려만 주십시오."

울먹거리는 오량전의 대답을 들은 훈련도감 군사가 코웃음을 쳤다.

"진즉에 자복을 했어야지. 죄를 자백하였으니 처벌을 받아야지?"

"처, 처벌이라고요?"

"감히 훈련도감에서 일하는 자를 자신의 노비라고 속여서 핍박하고, 그것도 모자라서 신공을 받으려 한 죄는 목을 베어서 군문에 효시를 해도 모자랄 것이다."

"마, 말도 안 됩니다. 소인은 그저 시키는 대로 했을 뿐입니다요."

듣고 있던 홍랑이 나섰다.

"송철과 한훤덕이 시켰나요?"

"그, 그렇습니다요. 어느 날 저를 찾아와서는 큰돈을 벌게 해주겠다고 해서 따랐을 뿐입니다."

"환퇴 조항이 들어 있는 걸 알고 있었으면서요?"

"그, 그렇습니다. 마지막에 비질금의 아비가 환퇴 조항을 넣어달라고 해서 급히 작성을 하고 관아에 가서 입안을 받을 때 초사로 가렸다는 것도 알려줬습니다."

"그걸 알고도 송사를 걸었다는 얘기네요."

대답을 하려던 오량전은 입안에 피가 잔뜩 고여서 그런지 고개를 끄덕거리는 것으로 대신했다. 얘기를 들은 홍랑은 옆으로 다가온 덕환에게 말했다.

"이자를 끌고 가서 자복받은 내용을 문서로 남기도록 하세요.”

“신공을 포기하고 송철과 한훤덕의 사주를 받아 억지 송사를 벌였다는 걸 문기로 남기도록 하지요.”

홍랑이 고개를 끄덕거리자 오량전이 외쳤다.

“반가의 규수가 어찌 이런 험악한 일을 꾸민 거요?”

홍랑은 웃으며 오량전을 바라봤다.

“다 당신 같은 사람들 때문이지. 욕심에 눈이 어두워 사람들을 괴롭히고 피해를 끼쳤으면서 죄는 뉘우치지 않고 오히려 목소리를 높이는 자들 말이야. 내가 규방의 여인이라고 하지만 법은 모두에게 공평하다는 건 알고 있다. 아까 신공을 포기하고 물러났으면 오늘 저승 문턱은 밟지 않았을 것이다. 오늘 살아나도 다리나 팔 하나는 멀쩡하지 않을 것이다. 그러니 다친 곳을 어루만지면서 평생 되새겨보아라. 사람을 괴롭히고 누명을 씌우면 어떤 벌을 받는지 말이야.”

홍랑의 얘기를 들은 훈련도감 군사가 껄껄 웃었다.

“거, 서릿발 같은 얘기가 귀에 쏙쏙 와닿습니다그려. 약속대로 팔이나 다리 하나는 분질러서 평생 기억하도록 만들겠소이다.”

오량전이 제발 살려달라고 외치는 가운데 덕환이 슬쩍 다가왔다.

"어찌 이런 생각까지 하셨습니까?"

"나쁜 놈은 끝까지 포기하지 않고 욕심을 부릴 거라고 생각했으니까요. 마무리 잘해주십시오."

"그리하겠습니다. 이따가 찾아뵐까요?"

"세검정(洗劍亭) 쪽에 갔다가 늦게 들어갈 것 같습니다. 내일 뵙지요."

"연락 넣겠습니다."

홍랑과 고단이는 덕환의 인사를 받고는 골목길을 천천히 빠져나왔다. 뒤에서 살려달라는 오량전의 처절한 목소리가 들려왔다.

부민고소
部民告訴

"정말 도성 밖에 이런 곳이 있는 줄 몰랐습니다."

고갯길 위에 있는 창의문을 넘자 펼쳐진 광경에 고단이가 입을 다물지 못했다. 내리막길 좌우로 고래등 같은 기와집들이 줄지어 자리 잡고 있었고, 아름다운 꽃과 나무들이 보였다. 홍랑 역시 발걸음을 늦추며 말했다.

"여긴 별서(別墅)가 많아."

"별서가 뭡니까, 아씨?"

"선비들이 자연을 벗 삼기 위해 경치가 좋은 곳에 지은 자그마한 터전 같은 곳이지."

"하지만 여기 별서들은 아흔아홉 칸은 되어 보입니다, 아씨."

고단이의 말에 홍랑이 쓴웃음을 지었다.

"도성에서 가까운 곳이니 힘 있고 권세 있는 사람들이 별서를 지은 것이지. 하여튼 우리와는 상관없는 곳이니 어서 가자."

"예, 아씨."

고단이가 한 번 더 둘러보고는 홍랑을 따라 빠르게 걸었다. 내리막길이 끝나자 앞쪽은 산자락으로 막혔고, 좌우로는 홍제천이 흐르면서 맑은 물소리를 내고 있었다. 아래로 내려가자 물가에서 노는 아이들과 빨래를 하는 아낙네들이 보였다. 벌거벗고 물놀이를 하던 아이들이 남장을 한 홍랑을 보고는 신기해했다. 아이들의 재잘거리는 소리를 뒤로한 채 오른쪽 길을 따라가는데 고단이가 주변을 살펴보다가 물었다.

"저기 계곡 건너편에는 뭐가 있었습니까? 정자랑 돌기둥 같은 게 보이는데요."

"책에서 봤는데 장의사(莊義寺)라는 절이 있던 자리라고 하더구나."

"절이요?"

"아주아주 오래전에 세워진 절이라고 했어. 삼국시대 신라라고 했던가?"

"그럼 천 년 전이지 않습니까?"

"그래, 절이 있을 만한 자리잖아. 얼마 전에 폐사되고 절

터만 남은 모양이야."

"정자도 남아 있는 모양이네요."

"저건 탕춘정(蕩春亭)이라고 연산군 때 세운 정자라는구나."

"아깝네요. 계속 있었으면 불공이라도 드리는 건데."

"그러게. 저기 언덕을 넘어가면 세검정이 보일 거야."

야트막한 언덕을 넘자 구불구불한 홍제천과 이빨처럼 솟은 바위들이 보였다. 언덕을 오르느라 숨이 가빠진 둘은 자연스럽게 걸음을 멈추고 한숨 돌렸다. 뜨거운 숨을 내뱉은 고단이가 말했다.

"이제 여름인가 봅니다."

"그러게, 아버지가 돌아가신 때가 봄이었는데 벌써 계절이 바뀌는구나."

"마님은 잘 지내시는지 모르겠습니다. 바쁜 일 마무리되면 뵈러 가요."

"그러자꾸나."

잠깐 서서 얘기를 주고받으며 땀을 식힌 두 사람은 강가에 있는 세검정을 향해 내려갔다. 암반 위에 거북이처럼 올라앉은 세검정은 주변에 야트막한 담장이 세워져 있었다. 세검정 아래 물가에서는 바짓가랑이를 걷어 올린 남자들이 종이를 물에 씻어서 바위에 널어 말리는 중이었다. 그걸 본 고단이의 눈이 커졌다.

"종이를 왜 저렇게 하는 겁니까?"

"조지서(造紙署: 종이 만드는 일을 관리하고 담당하던 관청)의 관원들이 세초(洗草)하는 거란다."

"사초요?"

"아니, 세초. 실록을 편찬할 때 참고한 사초들을 물에 씻어서 글씨를 지우는 거야. 조선에서 만든 종이는 질기고 튼튼해서 물에 씻어 말리면 다시 쓸 수 있지. 조지서가 종이를 만드는 관청이라 그 일을 하고 있는 거야."

"그리고 다시 글씨를 쓰는 건가요?"

"맞아. 종이는 귀한 거니까 아껴 써야지."

"그런데 우리가 만날 사람이 여기 있는 겁니까?"

"아니, 여기서 일하는 사람의 부인이야. 저기에 여자들 보이지?"

세검정 옆 넓은 바위에 아낙네들이 옹기종기 모여 있는 게 보였다. 남자들을 도와 종이를 바위에 펼치는 일을 하는 중이었다. 그들의 까르르 웃는 소리가 바람을 타고 날아왔다. 홍랑은 고단이와 함께 그쪽으로 걸어갔다. 둘이 다가가는 와중에도 웃음소리는 그치지 않았다. 가까이 다가간 홍랑이 조심스럽게 헛기침을 하자 아낙네들이 일제히 돌아봤다. 홍랑이 물었다.

"말씀 좀 묻겠습니다. 여기 혹시 최아지라는 분이 계십니까?"

아낙네들이 서로 보며 웅성거리는 사이에 한 명이 벌떡 일어났다.

"제가 최아지인데 누구세요?"

"구윤호라는 형조의 관리가 보내서 왔습니다."

이름을 듣자 최아지는 잠깐 기다리라고 하고는 걷어붙인 소매를 내리고 물이 뚝뚝 흐르는 치마 끝을 쥐어짠 다음 위로 올라왔다. 그녀는 키가 작고 아담한 체구에 눈꼬리가 약간 처진 얼굴이 다소 순한 인상이었다. 홍랑을 보고 활짝 웃은 그녀가 물었다.

"아이고, 낭청 나리께서 진짜 사람을 보내셨네. 그런데 여인이 왜 선비처럼 차려입으신 겁니까?"

위아래로 살펴보는 최아지의 물음에 홍랑이 웃으며 대답했다.

"외지부로 일하려면 이게 편해서요. 낭청께서 사연을 들어오라 하셔서 찾아왔습니다."

"사연이랄 건 없고, 그냥 하소연이지요."

씁쓸하게 웃은 그녀가 세검정 쪽을 바라보았다. 세초를

마친 조지서의 관원들이 바위에 앉아 곰방대로 담배를 피우면서 쉬는 중이었다.

"저기, 턱수염 가득하고 못생긴 남자 보이시지요? 종이를 만드는 지장(紙匠) 일을 하고 있어요. 생긴 건 우락부락한데 마음씨는 진짜 비단결 같아요. 그래서 제가 첩으로 살았다는 걸 알면서도 같이 살자고 했어요."

"행복해 보이시네요. 낭청께서 사연을 알려주셨어요. 그리고 도움을 주라고 하셨고요."

"그냥 억울해서 얘기한 건데 신경을 써주셨네요."

"그게 나리가 할 일이라고 하셨어요. 어디 가서 얘기를 좀 나눌까요?"

홍랑의 말에 최아지가 주변을 돌아보다가 세검정을 가리켰다.

"오늘은 아무도 안 올 모양이니 저기로 가실까요?"

대답을 듣기도 전에 최아지가 앞장서서 세검정으로 향했다. 담장 한쪽에 작은 문이 있었고, 문을 열고 들어가자 세검정이 보였다. 위로 올라가니 홍제천과 주변 산의 풍경에 한눈에 들어왔다. 난간에 기댄 최아지가 말했다.

"여기에서 가장 좋은 풍경이 뭔지 아세요?"

"뭡니까?"

홍랑의 물음에 최아지가 홍제천의 상류 쪽을 바라보았다.

"장마 때예요. 물이 엄청 흘러내려 오는데 마치 끝없는 폭포를 보는 것 같다니까요."

"그럼 무섭지 않아요?"

듣고 있던 고단이의 물음에 최아지가 고개를 저었다.

"우르릉하는 소리를 듣고 싶어서 오는 선비들이 한둘이 아니에요. 통쾌한 풍경이라면서 말이지요. 도대체 알다가도 모를 존재들이라니까요."

최아지의 얘기에 공감한 홍랑이 옆에서 난간을 잡은 채 말했다.

"백환의 첩이었다는 얘기를 들었어요."

"맞아요. 선택의 여지가 없었지요. 그렇지만 나쁘지는 않았어요. 기분 내키는 대로 살던 사람이었지만, 자기가 좋아하는 사람에게는 잘해줬거든요. 첩으로 삼을 정도로 좋아했던 저도 그중 한 명이었고요."

"옥바라지도 열심히 했다고 하던데요."

"사실은…."

얼굴을 살짝 찡그리며 얘기하던 최아지는 바위에 앉아 있던 남편이 손을 흔들자 웃는 표정으로 손을 흔들어 화답해주었다. 그러고는 말을 이어갔다.

"본처가 저에게 떠넘긴 거나 다름없어요. 자기가 하기 싫으니 저에게 떠넘긴 거지요."

"옥바라지를 자기 대신 하라고요?"

"네. 그런 일은 본처가 해야 하는 게 아닌가 싶었지만, 그분이 잘해준 것도 있어서 제가 하겠다고 했어요."

"전옥서에 있는 남편을 매일 찾아갔다고 하던데요."

"뭐, 심심했어요. 그리고 옥바라지를 하려면 어쨌든 만나야 하니까요. 웃긴 것은 그러면서 사이가 더 좋아진 것이지요."

"사이가 좋아졌다고요?"

홍랑의 반문에 최아지가 대답했다.

"네. 자존심이 강한 사람이었는데, 큰 죄를 짓고 감옥에 갇히니 기가 눌린 것이지요. 게다가 나라님이 노하셔서 살아남기 힘들 것 같으니 주변에 들끓던 친구들도 하나같이 발길을 끊어버리더라고요. 심지어는 본처도 코빼기를 안 비쳤을 정도이지요. 한양에 살고 있었는데도 말이에요."

최아지의 얘기에 놀란 홍랑이 물었다.

"한양에 살았다고요? 서산이 아니라?"

"서산은 부임한 곳이고요, 본가는 둘 다 한양이었어요. 서산은 제가 살던 곳이었고요."

"맙소사, 코앞에 살았으면서…."

홍랑이 어이없다는 듯 말하자 최아지가 씁쓸하게 웃었다.

"그분도 그게 어이가 없었는지 내내 한탄하더라고요. 그러면서 저에게 더 의지했어요. 사람이 진짜 확 달라지더라고요. 성격이 신경질적이고 언제 화를 낼지 몰라서 항상 조마조마하며 살았는데, 옥바라지를 하면서는 마냥 고맙다고 하고 사랑한다고 말해주니 이게 뭔가 싶더라고요. 그래서 더 열심히 옥바라지를 한 것 같아요."

"그래도 쉽지 않은 일이었을 텐데요."

"어차피 비용은 본가에서 다 대주었어요. 저야 뭐 항상 그림자로 살아야 했던 처지이니 힘들고 어렵고 티 나지 않는 일들은 다 제 몫이었지요. 그러다가 어느 날 갑자기 뜬금없는 얘기를 했어요."

"무슨 얘기요?"

"자기랑 같이 멀리 도망가서 살자고 말이지요."

"탈옥시켜달라는 말이었네요."

홍랑의 물음에 최아지가 웃으며 대답했다.

"자기랑 같이 압록강을 건너 야인들이 사는 파저강으로 가자고 하더라고요. 처음에는 이분이 뭘 잘못 먹었나 싶었는데, 알고 보니 조정에서 참형에 처한다는 얘기를 전해 들었나 보더라고요."

"그래서 탈옥을 시켜준 건가요?"

"며칠 동안 고민을 해보니 그 방법밖에는 없었어요. 그래서 식사를 가져다주러 갈 때마다 들르는 토방에 들어가서 옷을 바꿔 입었죠."

"그러면 대신 갇히는 거잖아요."

"저는 죄가 없으니 풀려날 거라고 했어요. 어쨌든 옷을 바꿔 입기는 했는데, 그분의 덩치가 워낙 커서 금방 들키고 말았지요. 전옥서를 벗어나지도 못하고 잡혔어요."

"아이고!"

"너무나 금방 잡혀서 간수들도 어이가 없었는지 절 그냥 보내주었어요. 대신 그 후로 면회도 못 가고 있다가 마지막에 처형당하기 전에야 볼 수 있었지요. 그사이 너무 초췌해졌더라고요. 저를 보더니 제 볼에 자기 볼을 비비면서 그동안 고마웠다고, 저승에 가서도 잊지 않겠다며 울더라고요. 정말 그분이 우는 건 처음 봤어요."

"그러고 나서 처형당했군요."

홍랑이 묻자 최아지가 고개를 끄덕거렸다.

"군기시(軍器寺: 조선 시대에 병기·기치旗幟·융장戎裝·집물 따위의 제조를 맡아보던 관아) 앞에서 목이 잘렸지요. 차마 목이 잘리는 건 보지 못할 것 같아서 좀 나중에 갔는데, 장대 위에 머리만 매달려 있더라고요."

두 손으로 머리를 만진 최아지가 덧붙였다.

"그걸 보니 기분이 참 묘했어요. 이제 고생은 끝났다는 생각이 드는 한편으로 안타까운 마음이 들어서 나도 모르게 볼을 비볐지요. 그러고 나서 소문이 났어요."

"무슨 소문이요?"

"제가 남편을 지극하게 모셨다는 소문이요. 정말 웃긴 일이지요."

"사실이잖아요. 형조의 낭청 나리도 그래서 저를 보낸 건데요."

최아지는 홍랑의 대답을 듣고는 쓴웃음을 지었다.

"저는 그저 제 할 일을 했다고 생각해요."

"삼년상도 치렀잖아요."

"그건 당연히 해야 할 거라는 생각이 들었어요. 저만의 작별 인사인 거죠."

"그런데 재가를 하신 이유가…?"

홍랑이 조심스럽게 묻자 최아지가 바위에서 담배를 피우고 있는 남편을 내려다보며 대답했다.

"먹고살아야 했으니까요. 삼년상을 치르자마자 곧바로 본처에게 쫓겨났어요. 노잣돈도 한 푼 안 챙겨주면서 고향으로 내려가라고 하더라고요."

"옥바라지를 그렇게 시키고요?"

홍랑이 어이없다는 표정으로 묻자 최아지가 한숨을 내쉬고는 말했다.

"본처는 남편이 의롭지 않게 떠난 마당에 첩인 제가 얼마나 꼴 보기 싫었겠어요. 게다가 포상 얘기가 나오니 하루빨리 쫓아내려고 했던 거지요. 그런데 서산으로 내려가기는 제가 싫더라고요. 먹고살 길을 이리저리 알아보다가 재가를 하게 된 거였어요. 다행히 남편이 착하고 무던해서 저를 잘 챙겨주고 있긴 해요."

"조정에서는 재가를 했다는 이유로 포상을 취소한 것 같아요."

"알지요, 직접 들었으니까. 그런데…."

생각을 하느라 잠시 말을 끊은 최아지가 홍랑을 보며 말을 이었다.

"정절을 지킨답시고 혼자 있다가는 굶어 죽을 상황이었어요. 서산에서 올라오면서 가산을 다 정리했고, 부모님도 모두 돌아가셨거든요. 하나밖에 없는 남동생은 가족들 부양하기 바빠 죽는데 저까지 돌볼 여력은 없었으니까요. 그런 처지에 죽을 때까지 정절을 지키고 살 수는 없잖아요."

최아지의 말에 홍랑은 저도 모르게 고개를 끄덕거렸다.

"그야말로 탁상공론이지요."

"사실 포상을 받는 것은 크게 기대하지도 않았고, 관심도 없어요. 제가 할 일을 한 것뿐이니까요. 하지만 주겠다고 했다가 재가했다는 이유로 취소된 것은 정말 억울해요. 그 소식을 듣자 맥이 빠지고 화가 나서 형조에 가서 항의를 했지요. 포상을 받을 수 있는 방법이 정말 없을까요?"

잠시 고민하던 홍랑이 대답했다.

"형조를 상대로 송사를 하면 됩니다."

"나라를 상대로요? 그게 가능한가요?"

"안 될 건 없죠. 다만 조정을 상대하는 거라 쉽지는 않을 겁니다. 이길 확률도 적고요."

홍랑의 얘기를 듣고 잠시 생각하던 최아지가 입을 열었다.

"그래도 한번 해볼게요. 도와주실 건가요?"

"물론이지요."

산뜻하게 웃으며 대답한 홍랑을 본 최아지가 고맙다며 홍랑의 손을 덥석 잡았다. 그 모습을 본 그녀의 남편이 외쳤다.

"그 곱상하게 생기신 선비님은 누구야?"

"알 것 없고요, 얼른 올라오세요. 배고파요."

남편이 주섬주섬 옷을 챙겨 입는 걸 본 최아지가 홍랑의 손을 놓으며 말했다.

"어떻게 하실 건가요?"

"일단 소지를 작성해서 보여드릴게요."

"사흘 후에 성안으로 들어갈 일이 있어요."

"그럼 미시(未時: 오후 1시~3시 사이)에 형조 앞에서 만나지요. 소지를 읽어보고 바로 송사를 시작하면 되니까요."

"시원시원하시네요. 남자로 태어나셨어야 했는데, 아까워요."

최아지의 대답에 홍랑이 쓰고 있던 흑립을 가볍게 치며 말했다.

"흑립과 도포가 너무 불편합니다."

서로 마주 보며 웃음을 남긴 두 사람은 돌아섰다. 최아지는 세검정 옆에 있는 계단을 밟고 내려가 남편에게 돌아갔고, 홍랑과 고단이는 들어왔던 문으로 나갔다. 보따리를 두 손으로 든 고단이가 주변의 계곡을 바라보면서 중얼거렸다.

"이런 곳에서 살면 참 좋을 것 같습니다."

"그렇지? 한양도 가깝고, 경치가 너무 좋네. 홍제천이 가까이 있으니 물 걱정도 없겠다."

둘은 얘기를 주고받으며 아까 왔던 언덕길을 올라갔다.

사흘 후, 홍랑과 고단이는 형조에 도착했다. 최아지와 만나기로 한 시간보다 이르게 온 홍랑은 고단이에게 말했다.

"여기서 기다리고 있다가 최아지가 오면 같이 있거라. 난 낭청을 만나고 돌아오마."

"알겠습니다."

홍랑이 계단을 올라가자 기다리고 있던 홍사치가 앞장서서 걸었다. 낭관청에 도착하자 뒷짐을 진 채 서 있는 구윤호가 보였다. 홍랑이 다가가 인사를 하자 구윤호가 뒷짐을 진 손을 풀며 말했다.

"차나 한잔하세."

"좋습니다."

처음 만났을 때처럼 다주로 들어간 구윤호가 먼저 자리에 앉았다. 다모가 미리 따뜻한 차를 따라둔 찻잔을 두 사람 앞에 차례대로 내려놓았다. 차를 한 모금 마신 구윤호가 물었다.

"그래, 최아지는 만나보았는가?"

"세검정에 가서 만났습니다. 형조를 상대로 송사를 하고 싶다고 했습니다."

"저런, 부민고소(部民告訴: 조선 시대에 중앙이나 지방 관사의 하급자가 상급 관원을 고소하거나 지방의 향직자鄕職者·아전·백성이 관찰사나 수령을 고소하는 행위)는 금지되어 있네."

"그건 지방 수령이나 관찰사에게 해당하는 것 아닙니까? 어제 법전을 뒤져봤는데 육조가 거기에 해당된다는 얘기는 보지도, 듣지도 못했습니다."

홍랑의 대답을 들은 구윤호는 감탄했다.

"아, 그렇긴 하지. 하지만 조정을 상대로 일개 아낙네와 외지부가 송사를 벌여서 이길 수 있겠는가?"

터무니없다는 듯 손사래를 치긴 했지만, 진심으로 걱정해 주는 게 역력한 말투였다.

"길고 짧은 건 대봐야지요. 포상을 내리기로 했다가 재가했다는 이유로 거두는 건 문제가 있다고 볼 수 있지 않습니까?"

"조정에서 최아지를 특별하게 생각한 것은 그녀가 첩이면서도 정절을 지켰기 때문일세. 그런데 재가했다는 소식을 듣고 취소한 건 합리적인 결정이야."

"그게 어떻게 합리적이라는 얘기입니까? 남편이 처형당하고 본처에게 빈손으로 쫓겨났는데 어찌 정절을 운운할 수 있는 건가요?"

"조정에서 원하는 건 사례일세."

"사례요?"

"그래, 남편을 위해 목숨을 버리고 정절을 유지하기 위해 희생하는 사례 말이야. 남편과 시아버지, 자식을 위해 자기 목숨을 걸거나 인생을 버리는 결정을 하도록 말이야."

"여인들이 왜 그렇게 살아야 하지요?"

홍랑의 반박에 구윤호는 어깨를 으쓱거렸다.

"모두가 그걸 원하니까. 여인들만 빼고."

"그래서 고소를 하려고 합니다. 여인들이 원하지 않으니까요."

구윤호는 홍랑의 단호한 대답에 조용히 차를 한 모금 마셨다. 그리고 찻잔을 닦는 다모를 힐끔 바라본 다음 작게 말했다.

"나는 자네가 고소하는 걸 막고 호통을 친 걸로 하지. 하지만 그걸 듣지 않고 고소한 것이고 말이야."

"잠시 후 형조 앞에서 최아지와 만날 겁니다. 최종적으로 의향을 확인하고 송사를 시작해도 되겠습니까?"

"송사를 하는 것은 말리지 못하지. 그건 뜻대로 하게. 그리고…."

잠깐 틈을 두고 구윤호가 덧붙였다.

"아마이는 원하는 대로 개성부의 관노로 보내기로 했네."

"정말입니까?"

"참의를 설득하는 데 살짝 애를 먹긴 했지만, 방금 얘기한 논리로 설득할 수 있었지."

"무슨 논리로 말입니까?"

"왜국의 여인이 남편과 자식을 위해 헌신하는 걸 널리 알리면 좋지 않겠느냐고 말이야."

"맙소사."

홍랑이 어처구니없어하자 구윤호가 다시 입을 열었다.

"김원진의 건도 반성하는 모습을 보이고 배를 강탈당한 자가 고소를 취하하면 석방하겠다고 하셨네. 나라의 법을 어기긴 했으나 조부모가 손자녀를 구했고, 게다가 끌려간 백성들까지 같이 데려왔으니 포상은 못 하더라도 처벌은 너무 과한 처사라고 말이야."

"결국 법의 잣대가 아니라 편리한 대로 결정하는 거군요."

"법이라는 최소한의 원칙은 지키려고 한 거지. 권력은 피도 눈물도 없으니까."

"좋은 말씀이시네요."

홍랑의 비아냥거리는 대꾸에 구윤호는 대수롭지 않다는 듯 말했다.

"권력의 끝자락에 서 있으면 그걸 너무나 잘 느낄 수 있네. 그러니 사람답게 살려면 저항하든, 아니면 멀리하는 수밖에 없지."

"낭청 나리께서는 어느 쪽입니까?"

구윤호는 말없이 웃으며 일어났다. 그리고 뒤도 돌아보지 않고 나갔다. 지켜보던 홍랑이 투덜거리며 일어났다.

"찻잔은 좀 치우고 가던가."

설거지를 하던 다모가 그 말을 들었는지 하던 일을 멈추고 말했다.

"놓고 가세요."

"치워드릴게요. 일도 많은데…."

"안 많아요. 낭청 나리께서 잡일을 금하게 해줬거든요."

"낭청 나리는 어떤 분인지 잘 모르겠네요."

"좋은 분이세요. 관리 냄새가 하나도 안 나잖아요. 말을 저렇게 하는 건…."

다모가 설거지를 다시 시작하며 덧붙였다.

"싸가지가 없어서 그런 거고."

다모의 말에 웃음이 터진 홍랑은 다음에 보자는 말을 남기고 나왔다.

형조 밖으로 나오자 고단이와 최아지가 얘기를 나누고 있는 모습이 보였다. 환하게 웃으며 얘기를 나누는 두 사람에게 홍랑이 다가가자 최아지가 돌아보고는 웃는 얼굴로 인사했다. 홍랑도 인사를 하며 물었다.

"어서 오세요. 송사를 시작할 준비가 되었나요?"

그러자 뜻밖에도 최아지가 고개를 저었다.

"미안한데, 송사는 안 하려고 해요."

"그새 마음이 바뀐 건가요?"

"그렇게 되었어요. 남편이 조지서에서 일하는데 피해가 갈 것 같아서요."

"아!"

예상치 못한 상황에 홍랑이 가볍게 탄성을 내뱉었다. 최아지가 아쉬운 표정으로 홍랑의 손을 잡았다.

"세검정까지 찾아와주고 너무 고마웠어요. 그런데 남편 입장을 생각하니까 차마 고집을 피울 수 없더라고요. 지난날에 대한 억울함은 많지만, 앞으로는 좋은 일이 있기를 바라면서 살아가려고 해요."

사흘 전과 같은 싹싹하고 똑 부러지는 최아지의 말투에는 쓸쓸함이 깃들어 있었다. 홍랑은 자신의 손을 잡은 최아지에게 다정하게 말했다.

"송사를 시작하지 못해서 아쉽지만 이해해요. 지난 일은 가슴에 묻고 남편분과 행복하게 사세요."

"고마워요. 고민을 정말 많이 했어요. 억울함이 완전히 사라진 건 아니지만, 앞으로가 더 중요하니까요."

홍랑이 대답 대신 최아지의 손을 쓰다듬었다. 그러자 최아지가 옆구리에 끼고 온 종이를 건넸다.

"남편이 틈틈이 만든 종이예요. 사연을 듣더니 고맙다면서 이걸 전해주라고 하더라고요."

"딱히 한 것도 없는데…."

"없긴요. 와서 제 얘기를 들어주었잖아요. 정말 답답하고 힘들었는데, 말하고 나니 정말 속이 뻥 뚫린 것처럼 시원하더라고요. 송사를 포기해도 아쉽지 않을 정도로요."

그리고 홍랑을 다정한 눈길로 바라보며 덧붙였다.

"무슨 사연으로 양갓집 규수가 남장을 하고 외지부를 하는지는 모르겠지만, 부디 원하는 바를 이루고 행복하길 바랄게요."

애틋한 말을 남긴 최아지가 돌아섰다. 멀어져 가는 그녀를 보면서 고단이가 투덜거렸다.

"이렇게 포기해버리면 아씨만 고생하신 거잖아요."

"아냐, 송정에서 이긴다고 다 좋은 건 아니니까."

"그래도 송사를 시작하지도 못했잖습니까."

"이긴 거나 다름없으니 너무 신경 쓰지 마."

홍랑의 말에 고개를 끄덕거리던 고단이가 누군가를 보고 말했다.

"덕환 아저씨예요. 여기로 오시는데요?"

홍랑이 바라보자 헐레벌떡 달려오던 덕환이 멈춰 섰다. 숨을 헐떡거리던 그가 말했다.

"집에 갔다가 안 계셔서 급히 달려왔습니다."

"무슨 일인데 이리 급하게 오신 겁니까?"

홍랑의 물음에 덕환은 대답 대신 소매에서 종이를 꺼냈다.

"동래에서 서찰이 도착했습니다."

급히 서찰을 받은 홍랑이 두 손으로 펼쳐 들었다. 그리고 조심스럽게 읽어 내려갔다. 이내 서찰을 다 읽은 홍랑이 덕환에게 말했다.

"뱃값을 물어주면 용서해주겠다고 하네요."

"맞습니다. 게다가 뱃값도 절반만 받기로 했지요. 이제 김원진이 뱃값을 갚겠다고만 하면 석방될 수 있을 겁니다."

"다행이네요. 그리고 방금 형조의 낭청께 아마이를 개성으로 보낸다는 얘기를 들었습니다."

"일이 잘 풀렸군요. 그럴 줄 알았습니다."

덕환이 웃으며 말하자 방금 최아지와의 만남을 떠올린 홍랑은 씁쓸하게 말했다.

"모두가 다 잘되어야지요."

"서찰이 왔다는 건 제가 홍사치를 통해 김원진에게 알리겠습니다. 아씨는 여기서 잠깐 기다리시다가 저랑 같이 금용 아씨를 만나러 가시지요."

"무슨 일이 또 벌어졌습니까?"

홍랑의 물음에 덕환은 고개를 무겁게 끄덕거렸다. 심상치 않은 일임을 깨달은 홍랑이 대답했다.

"여기서 고단이와 기다리겠습니다."

덕환이 서둘러 형조의 계단을 올라갔다. 그걸 본 고단이가 중얼거렸다.

"뭐가 저렇게 급하죠? 덕환 아저씨가 저리 서두르는 건 처음 봅니다."

"그러게. 금용 아씨가 급하게 찾으시나 보네."

잠시 후 덕환이 급하게 형조의 계단을 내려왔다. 숨을 헐떡거리는 덕환이 홍랑에게 말했다.

"따르시지요."

"금용정으로 가나요?"

"일단 삼계동 별서로 갈 겁니다. 창의문 밖에 있는 곳이죠."

"거긴 세검정 근처 아닌가요? 얼마 전에 갔었는데요."

"맞습니다. 거기에 대감마님의 별서가 있지요. 산 쪽에 작은 별채가 있는데 일단 거기 머무르셔야 합니다."

"갑자기 무슨 일입니까? 설명을 해줘야…."

홍랑이 다급하게 묻는데 경복궁 쪽으로 걷던 덕환이 갑자기 걸음을 멈추었다. 맞은편에서 한 무리의 포졸들이 몰려오는 게 보였기 때문이다. 제일 앞에는 꿩의 깃을 단 전립을 쓴 포교가 있었다. 다가오던 포교가 홍랑 일행을 뚫어지게 바라보았다. 의아해하는 홍랑에게 덕환이 속삭였다.

"시간이 없으니 급히 아뢰겠습니다. 어제 한훤덕이 죽었습니다."

"뭐라고요?"

놀란 홍랑이 입을 가린 채 바라보자 덕환이 빠르게 말을 이었다.

"그런데 송철이 아씨가 한훤덕을 죽였다고 무고를 하였습니다."

"내가 왜 그자를 죽입니까?"

홍랑의 물음에 덕환이 한숨을 작게 내쉬었다.

"죽일 이유야 차고 넘치지요. 저야 물론 안 믿지만, 다른 사람들은 안 그럴 겁니다."

"그래서 포졸들이 저를 붙잡으러 온 겁니까?"

"네, 그래서 얼른 피신시키기 위해 왔는데 한발 늦었네요."

낙담한 덕환을 보면서 고단이가 발을 동동 굴렀다.

"이를 어째요. 그럼 우리 아씨가 끌려가는 거예요?"

고단이의 얘기를 들은 덕환이 우두커니 서 있는 사이에

포졸들이 앞에까지 다가왔다. 포교가 세 사람을 살펴보다가 물었다.

"누가 외지부 홍랑인가?"

"제, 제가 홍랑입니다만."

홍랑이 주저하며 대답을 하자 포교가 좌우를 돌아보며 외쳤다.

"이자가 홍랑이다. 붙잡아라!"

포졸들이 우르르 다가오자 고단이가 홍랑을 끌어안았다.

"아씨!"

그때 덕환이 외쳤다.

"잠깐!"

포졸들이 움찔하는 사이 덕환이 말했다.

"한훤덕은 내가 죽였소이다. 죄를 자복하겠소."

놀란 홍랑이 입을 다물지 못하자 덕환이 속삭였다.

"제가 일단 시간을 끌어보겠습니다. 아씨는 그사이에 진범을 찾으세요."

"하지만…."

"생각할 시간이 없습니다. 어서 별서로 가십시오."

빠르게 말을 내뱉은 덕환은 다가오는 포졸들에게 순순히 따라가겠다는 손짓을 했다. 삽시간에 오랏줄에 묶인 덕환은 홍랑을 한번 쳐다보고는 그들에게 끌려갔다. 포교는 홍랑을 잠깐 노려봤다가 그녀의 곁을 지나쳐 갔다. 그들이 멀어지는 걸 보고 있던 홍랑에게 고단이가 팔을 잡아끌었다.

"어서 가십시오, 아씨."

"어떻게 간단 말이냐?"

"일단 몸을 피해야 덕환 아저씨를 구할 방도를 찾지요."

고단이의 설득에 홍랑은 우선 몸을 피하기로 했다. 끌려가는 덕환을 바라보며 수군거리는 구경꾼들을 헤치고 나간 홍랑이 중얼거렸다.

"한훤덕이 죽었다니!"

—— 여덟 ——

◇

한훤덕의 죽음

홍랑과 고단이는 집에 들르지도 않고 창의문을 지나 삼계동 별서로 향했다. 창의문 밖의 내리막길에 있는 별서에 도착한 홍랑이 숨을 몰아쉬는 사이 고단이가 솟을대문을 주먹으로 두드렸다. 잠시 후 청지기가 문을 열고 나왔다. 남장을 한 홍랑과 고단이를 본 청지기가 조심스럽게 말했다.

"홍랑 낭자시오?"

"그렇소. 저분이 홍랑 낭자이십니다."

"얼른 들어오십시오. 금용 아씨께서 기다리고 계십니다."

주변을 살핀 청지기가 얼른 들어오라는 손짓을 했다. 둘이 들어가자 청지기는 잽싸게 문을 닫고는 뒤도 돌아보지 않고 안쪽으로 걸었다. 바깥에서는 상상할 수도 없을 정도로 넓은 터에는 기와집들이 곳곳에 보였다. 고단이가 주변을 살펴보면서 입을 다물지 못했다.

"우아!"

돌아본 청지기가 조용히 하라는 말을 하고는 발걸음을 재게 옮겼다. 안채와 사랑채로 보이는 전각들을 지나 산으로 올라가자 구불구불한 개울이 나왔다. 개울 옆으로 한 사람이 걸을 정도로 좁은 길이 보였다. 잠시 길을 따라 걷자 흙으로 만든 담장에 둘러싸인 작은 별채가 나왔다. 한쪽은 누각처럼 높이 지어 주변이 내려다보였다. 작은 문을 연 청지기가 안으로 들어가며 말했다.

"아씨, 홍랑 낭자가 오셨습니다."

누각에 앉아 있던 금용이 고개를 돌려 홍랑과 고단이를 바라봤다. 홍랑이 누각 아래로 다가가서 말했다.

"저를 데리러 왔다가 대신 덕환 아저씨가 붙잡혀 갔습니다."

"일단 어서 들어오게."

홍랑이 신을 벗고 안으로 들어가자 청지기는 인사를 하고 문밖으로 나갔다. 방석 위에 앉은 홍랑에게 금용이 말했다.

"엊그제 새벽에 한훤덕이 죽었다고 하네."

"어떻게 말입니까?"

"그건 아직 밝혀지지 않았네. 새벽에 왜인들이 머무는 동평관(東平館: 조선 시대에 일본 사신이 와서 머무르던 숙소)으로 급히 갔다가 개천교에서 시신으로 발견되었다고 하네."

"그런데 송철이 왜 저를 살인자로 지목한 건가요?"

"거기까지는 나도 자세히는 모르네. 대감께서 의금부에 아는 사람이 있는데, 살짝 전해 듣고는 내게 얘기해준 걸세. 덕환을 보내 일단 이곳으로 낭자를 데려오라고 했는데 생각보다 의금부에서 빨리 움직였군."

답답한 표정으로 바깥을 살펴보던 금용이 덧붙였다.

"왜통사는 비록 말직이긴 하지만 조정의 녹을 먹는 관리일세. 그런 자가 죽었고, 거기에 연루되었다는 것은 대단히 위험한 일이지."

"송철이 저를 살인자라고 고발한 것이 사실이라면 한훤덕의 죽음 배후에는 반드시 그자가 있을 겁니다."

"그자가 배후라고?"

"네, 그게 아니라면 항상 신중하게 움직이던 자가 이렇게 빨리 서두를 리가 없지 않겠습니까?"

잠시 생각하던 금용이 고개를 끄덕거렸다.

"나도 같은 생각일세. 하지만 대놓고 나설 수 없는 상황이라…."

"제가 범인을 찾아보겠습니다."

"낭자가?"

"네, 조정의 관리를 죽인 것은 굉장히 위험한 일입니다. 그러한 만큼 이 일에는 아주 엄청난 원한이나 재물이 걸려 있는 게 분명합니다."

"범인을 찾아낼 수 있겠는가?"

금용의 조심스러운 물음에 홍랑이 잠깐 눈을 내리깔았다가 들었다. 그리고 금용을 똑바로 바라보며 대답했다.

"원한이나 욕심은 모두 감추기 어려운 법이지요. 반드시 무언가 나타날 겁니다."

홍랑의 대답을 들은 금용이 흡족한 표정을 지었다.

"피하지 않을 줄 알았네. 당분간은 여기서 지내고, 바깥출입은 삼가시게. 조사할 게 있으면 고단이를 내보내거나 이 집 안 사람에게 말해도 되네."

"그러겠습니다."

얘기를 마친 금용이 일어나서 천천히 밖으로 나갔다. 신을 신은 그녀가 따라 나온 홍랑에게 말했다.

"청지기에게 얘기해두었으니 먹을 것과 옷가지를 챙겨줄 걸세. 별서 내에서도 바깥출입은 가급적 하지 마시게."

"명심하겠습니다. 근데 덕환 아저씨가 걱정됩니다."

"의금부로 끌려갔을 것이고, 곧 고신(拷訊: 육체적 고통을 주며 신문함)을 받을 걸세. 잘 버티긴 하겠지만 오래가지는 못하겠지."

"빨리 움직이겠습니다."

금용이 별채의 문을 열고 청지기와 함께 사라졌다. 그 모습을 지켜보던 홍랑이 누각으로 들어와 앉았다. 그리고 따라 들어온 고단이에게 말했다.

"오늘은 일단 지켜보도록 하고 내일 아침에 창의문이 열리자마자 한양으로 들어가보아라."

"가서 어딜 살펴볼까요?"

"한훤덕이 죽었다는 개천교로 가서 흔적을 살펴보고, 형조로 가서 구윤호를 만나보아라."

"그 낭청 나리 말입니까요?"

"맞아. 의금부와 형조에서 조사를 할 것이니 구윤호도 뭔가를 알 수 있을 거야. 그리고 마지막에 한훤덕의 집으로 가보아라."

"초상집일 텐데 말입니다."

"그러니까. 보통 때에 주변을 서성거리면 의심을 받겠지만, 장례를 치르고 있으니 드나드는 사람이 많을 거야. 일을 도와주러 왔거나 누군가를 따라온 척하면서 사람들이 하는 얘기를 잘 귀담아듣고 오거라."

"문상객들의 얘기를요?"

"그래, 죽음은 그 사람에 대한 빗장을 푸는 것과 같지. 살아생전에는 하지 못한 얘기를 나눌 거야. 특히 피살을 당했으니 분명 많은 얘기가 오갈 것이다."

"알겠습니다. 귀를 쫑긋 세우고 다 들어서 아뢰겠습니다."

고단이가 두 손으로 귀를 쫑긋 세우는 시늉을 하자 홍랑은 가볍게 웃었다.

다음 날, 해가 뜨자마자 고단이는 청지기가 챙겨준 죽을 나눠 먹고 도성 안으로 향했다. 홍랑은 복잡하고 두려운 마음을 다잡기 위해 창밖의 풍경을 보고 또 봤다.

'대체 무슨 일이 벌어진 걸까?'

홍랑은 깊은 생각에 잠겼지만 현재로서는 할 수 있는 게 별로 없었다. 점심 무렵, 청지기가 문을 열고 들어섰다.

"아씨, 누가 찾아왔습니다."

고단이나 금용인 줄 알았던 홍랑은 청지기의 뒤에 나타난 사람을 보고는 깜짝 놀랐다.

"어, 어떻게 여길?"

흑립과 도포 차림의 구윤호는 안으로 들어오며 대꾸했다.

"고단이가 찾아왔더이다. 안 그래도 궁금해서 이것저것 물었더니 여기 있다고 해서 좀 일찍 퇴청했소이다."

머뭇거리던 구윤호는 대청에 걸터앉았다. 청지기가 헛기침을 한 번 하고는 별채의 문을 반쯤 열어놓고 나갔다.

그 옆에 앉은 홍랑이 물었다.

"고단이는요?"

"개천교 쪽을 살펴보고 한훤덕의 집으로 간다고 하였소이다. 거기서 밤새 일하면서 이것저것 캐내겠다고 하더군요."

어인 일인지 구윤호는 이전과 달리 한층 정중하게 대답했다. 저를 대하는 태도가 달라진 구윤호를 의아하게 생각하면서도 홍랑은 모른 척하고 물었다.

"덕환 아저씨는요?"

"전옥서에 갇혀 있소. 죄를 자복하긴 했는데…."

허탈하게 웃은 구윤호가 덧붙였다.

"세상천지에 엉터리 범인은 처음 봤소."

"엉터리라고요?"

"그렇소. 처음에는 자기 손으로 죽였다고 했다가 하수인들이 잡히니까 자기가 시켰다고 바로 말을 바꿨더이다."

"하수인이 있었습니까? 자세한 정황을 듣지 못했습니다."

"엊그제, 아니 이제 사흘 전이겠군요. 개천교 아래에서 시신 한 구가 발견되었는데, 옷이 다 벗겨 있고 얼굴이 상해 있어서 누군지 몰랐다가 호패를 발견하고서야 한훤덕이란 자인 걸 알았다고 하오."

"새벽에 죽었다고 들었습니다. 도성 안은 밤중에 통행이 금지되어 있는데, 어찌 그 시간에 개천교에 있었답니까?"

"한양에 들어온 왜인들이 머무는 동평관에서 시비가 붙었다는 연락을 받았다고 하더이다."

"시비가 붙었다고요?"

"한훤덕의 부인과 자식의 진술에 따르면 축시(丑時: 새벽 1시 ~3시 사이) 무렵에 누군가 문을 두드려서 나가보니 전립을 쓰고 철릭(무관이 입던 공복)을 입은 자가 서 있었다고 하오. 무슨 일이 냐고 물으니 동평관을 관리하는 사령인데, 왜인들끼리 시비가 붙어서 급히 같이 좀 가줘야겠다고 말하고는 길을 재촉했다고 하오. 타고 갈 말까지 끌고 와서 서둘렀다고 하더이다."

"그러면 가다가 개천교에서 죽은 겁니까?"

"그렇소. 다음 날이 되어도 돌아오지 않아서 이상하게 여긴 아들이 동평관에 갔는데 한훤덕이 오지 않았다는 얘기를 들었다고 하더이다."

"오지 않았다니요? 아까는 분명…."

홍랑은 놀라서 물어보다가 흠칫했다. 그리고 작은 목소리로 덧붙였다.

"거짓이로군요."

"맞소. 누군가 한훤덕을 유인하기 위해 거짓으로 동평관에 가자고 한 것이오. 그리고 개천교에서 기다리고 있다가 죽인 것이지요."

"아주 치밀하게 준비해서 죽였군요."

홍랑의 말에 구윤호가 대답했다.

"대담하게도 관리로 위장했고, 왜통사인 그가 따라 나올 정도의 거짓말을 꾸며낸 걸 보면 보통내기가 아니라는 게 형조와 의금부의 판단이오."

"조정은 난리가 났겠군요."

"비록 말단이긴 하지만 관리가 죽은 것도 그렇고, 도성 안에서 작정하고 살인을 저질렀으니 조용하면 이상할 수밖에요."

"그런데 왜 송철은 저를 범인으로 지목한 겁니까?"

"모르겠소. 한훤덕이 죽었다는 걸 듣자마자 별안간 의금부에 나타나서는 낭자를 범인으로 지목했다고 하더이다."

"저 같은 아녀자가 어찌 그런 흉악한 짓을 저질렀다고 한 겁니까?"

"원한이 하늘에 닿아서 충분히 그럴 수 있다고 했다더군요."

홍랑의 얼굴을 힐끔 본 구윤호가 덧붙였다.

"그리고 직접 살해한 것이 아니라 하수인을 통해 수를 쓴 게 분명하다고 말입니다. 나는 누명이나 오해라고 했지만, 빨리 해결하라는 윗선의 압박이 거센 바람에 의금부에서 나선 것으로 보입니다."

"덕환 아저씨가 가짜로 자복하여 시간을 벌겠으니 얼른 범인을 찾으라고 했습니다."

"진범은 따로 있을 거요. 하지만 범인을 자처하는 자가 손아귀에 들어왔으니 그걸로 덮으려고 할지도 모릅니다."

"그럼 빨리 범인을 찾아야겠네요."

"아무래도 사역원의 역관들 사이에서 벌어진 갈등으로 보이는데, 명백한 증좌는 나오지 않은 상태요. 내가 파보자고 했지만 호조에 속한 역관들을 잘못 건드렸다가 탈이라도 나면 참판의 입장이 곤란해져 섣불리 움직이지 못하고 있소. 공식적으로는 말이오."

구윤호의 얘기를 듣던 홍랑이 물었다.

"붙잡힌 하수인들은 누굽니까?"

"개천교 근처에 사는 일가족이오. 정확하게는 아들 둘과 어머니였소. 딸은 가까이서 살고 있고 말이오."

"뭐 하는 사람들입니까?"

"아들 둘은 대립군(代立軍)이었소."

"대립군이요?"

"군역을 대신 해주는 자를 대립군이라고 하오. 본래 군역은 도성으로 번갈아 올라오는 번상제(番上制)였소. 농사에 지장을 주고 오가는 데 비용이 드니까 대신 번을 서줄 사람을 찾는 것이오. 보통은 한양의 빈민들이 그런 일을 맡는데, 그 두 형제도 대가를 받고 대립군 노릇을 하는 중이었소. 그 외에 이것저것 하면서 하루 벌어 하루 사는 자들이지요. 원래는 개천교 아래에 살다가 운 좋게 집을 마련해서 사는 것으로 알고 있소. 이전부터 좀도둑으로 의심을 받아서 포도청에서도 관심을 두고 있던 자들이외다."

"그런 자들이 어찌 말과 관복을 구해 왜통사의 집까지 찾아갔단 말입니까?"

"그것도 송철의 주장이오. 낭자가 그자들을 사주해 한휘덕을 유인해서 죽였다고 말이오. 모두 잡혀서 고신을 받고 있는데, 정강이를 몇 대 맞자마자 자복해버리는 바람에 일이 복잡하게 된 것이오."

상황을 전해 들은 홍랑이 대청에서 일어났다. 구윤호가 따라 일어나면서 물었다.

"어찌할 거요?"

"범인을 찾아야지요. 현장인 개천교에 가보고 싶습니다.

그리고 죽은 한훤덕의 검시장식(檢屍狀式: 피살자의 사인을 조사한 문서)을 보고 싶습니다만."

구윤호가 소매에서 둘둘 만 종이를 꺼냈다.

"낭자가 검시장식을 어찌 아시오?"

"〈신주무원록(新註無寃錄: 조선 시대의 법의학 지침서)〉을 즐겨 보거든요. 가면서 보도록 하지요."

서둘러 흑립을 쓴 홍랑은 구윤호와 함께 삼계동 별서 밖으로 나왔다. 늦지 말라는 청지기의 당부를 뒤로한 채 두 사람은 창의문으로 향했다. 걸어가면서 검시장식을 읽은 홍랑이 구윤호를 보며 말했다.

"뒤통수가 깨졌군요. 말에서 떨어져서 그런 겁니까?"

"시신을 살펴본 오작인(作作人: 지방 관아에 속해 수령이 시체를 임검할 때 시체를 주워 맞추는 일을 하던 하인)에게 물어봤더니 그건 아니랍니다. 말에서 떨어져서 뒤통수가 깨진 거면…."

뒷머리를 살짝 잡은 구윤호가 설명을 이어갔다.

"…전체가 깨져서 움푹 패어야 하는데, 그게 아니라 위에서 아래로 뭔가를 내려쳐서 정수리가 깨졌다고 하더군요. 뒤로 떨어지면 정수리가 깨질 일은 없으니까요."

"이상하네요."

"뭐가 말이오?"

"말에 타고 있었는데 정수리가 깨진 거라면 더 높은 곳에서 뭔가를 휘둘렀다는 얘기 아니겠습니까? 근처에 높은 나무나 담장 같은 게 있었습니까?"

잠깐 생각하던 구윤호가 고개를 저었다.

"잠깐 살펴보긴 했지만 그런 것은 없었소. 하수인으로 잡힌 자들이 사는 집은 담장 대신 나무 막대기를 둘러 박아서 사람이 올라갈 수 없소."

"그렇다면 한훤덕이 말에서 내린 상태에서 뒤에서 공격을 했다는 뜻인데요. 급하게 동평관으로 가야 한다고 나갔는데 어떻게 개천교에서 내렸을까요?"

"아마 거기서 기다렸다가 공격한 게 분명하오. 동평관에서 부른 게 아니니 거기로 데려갈 수는 없지 않겠소?"

"말을 타고 있는 상태에서 공격했다가 실패하면 곧장 도망칠 수 있으니 어떤 핑계를 대어 말에서 내리게 한 것이 분명합니다."

홍랑의 얘기를 들은 구윤호가 감탄하는 눈빛으로 홍랑을 쳐다보았다.

"검시장식만 보고 그 정도까지 알아내다니 대단하오, 정말."

"아녀자라 밖에 나가지 못하고 하루 종일 집에서 책이나 문서만 들여다봐서 그렇습니다."

"그렇더라도 문서를 보는 것만으로 어찌 그런 걸 알아냅니까?"

"사람은 거짓말을 하지만 문서는 있는 그대로 보여주니까요. 물론 작정하고 속이는 경우도 있지만요."

"참으로 아녀자로 태어난 게 아쉽구려."

이런저런 얘기를 주고받는 사이에 창의문으로 들어선 둘은 언덕길을 내려갔다. 산을 타고 지나가는 구름에 한양 도성의 성벽이 살짝 가려졌다가 모습을 드러냈다. 내리막길을 한참 걸어 내려와 육조거리와 북적거리는 운종가를 지난 둘은 개천교로 향했다. 다리로 가는 중간에 있는 담배 상점 입구에서는 전기수가 구름처럼 모인 사람들 앞에 서서 〈임경업전(林慶業傳)〉의 내용을 읽어주고 있었다. 임경업 장군이 김자점(金自點)의 지시를 받은 아전들에게 매를 맞아 죽는 장면을 한껏 감정을 잡아서 읽어주자 사람들이 하나같이 격하게 분노했다. 주먹을 쥐고 화를 내는 구경꾼들을 지나쳐 개천교에 도착했다. 한양을 가로질러 흐르는 개천에 가로놓인 여러 개의 다리 중 하나인 개천교는 수표교처럼 돌로 만든 다리였다. 다리 위에서는 아이 몇 명이 자치기를 하거나 팽이를 돌리고 있었다. 다리 중간쯤에서 멈춰 선 구윤호가 바닥을 가리켰다.

"지금은 지워졌는데, 여기쯤에 핏자국이 있었소. 다리 건너편이 동평관이 있는 훈도방(薰陶坊: 조선 시대 한성부의 행정구역 '동부·서부·중부·남부·북부' 5부 중 남부에 속해 있던 11방의 하나)이고 말이오."

검시장식을 펼쳐 든 홍랑은 구윤호가 가리킨 곳의 뒤로 걸어갔다.

"정수리에 상처가 있었으니 뒤에서 기다리고 있다가 내려쳤겠네요. 그런데 한밤중이라고 해도 몽둥이를 휘두를 정도로 가까이 왔는데 못 알아차렸어요."

"못 알아차렸다는 건 어떻게 생각해낸 거요?"

구윤호의 물음에 홍랑이 팔을 들어 올려 머리를 막는 시늉을 했다.

"팔뚝에 상처가 없었으니까요. 만약 뒤에서 누군가 머리를 내려치는 걸 알아챘다면 반사적으로 팔을 올려 막았을 거예요. 제가 본 검시장식에서는 하나도 예외가 없었지요."

"혹시 팔을 결박당하거나 붙잡혔을 수도 있잖소?"

"손목에 결박당한 흔적이 없고, 밤중에 저항하는 사람의 팔목을 결박하는 건 쉽지 않아요."

"그렇다면 왜 몰랐다는 말이오?"

홍랑은 구윤호의 물음에 골똘히 생각에 잠겼다가 고개를

돌려서 주변을 바라보았다. 개천교 남쪽에 나무 막대기를 울타리처럼 박아놓은 아주 작은 집이 보였다. 홍랑의 시선을 눈치챈 구윤호가 말했다.

"하수인으로 지목된 자들이 살던 집이오."

"바로 코앞이네요."

"그래서 한층 더 의심을 산 것이오. 게다가 한훤덕의 시신 옆에 저 나무 막대기가 던져져 있었다오."

"아니, 자기 집 앞에서 사람을 죽이고 흉기를 그 옆에 버리는 자가 세상에 어디 있답니까?"

"어쨌든 자백을 했으니 그걸로 대충 덮으려고 하는 것 같소."

"뭐라고 자백했나요?"

"뒤죽박죽이오. 처음에는 재물을 훔치려고 죽였다고 했는데, 나중에는 밤중에 누가 찾아와서 돈을 주며 한훤덕을 죽여달라는 부탁을 받아서 그랬다고 말을 바꿨소. 흉기도 처음에는 칼이었다가 그다음에는 편곤(鞭棍: 편과 곤을 아울러 이르는 말. 편은 도리깨, 곤은 곤봉과 같이 생겼다)이었다가 다시 나무 막대기로 바뀌었소. 자기네 집 울타리로 쓰던 나무 막대기를 뽑아서 내려쳤다고 말이오. 하지만 앞에서 쳤는지, 뒤에서 쳤는지도 제대로 말하지 못하고 있소."

"여기서 말에서 내리게 하고 시선을 끌었을 겁니다. 그리고 조용히 뒤에서 접근해 내려쳤겠지요. 정수리를 맞고 쓰러졌으니 살아날 방도가 없었겠어요."

"어떻게 멈춰 세웠을까?"

구윤호가 주변을 돌아보며 혼잣말을 하자 홍랑도 주변을 돌아보았다.

"거짓이긴 했지만 급하게 가야 하는 상황이라 정신없이 왔을 겁니다. 그런데 말에서 내리게 만들었다면 그냥 지나가는 사람 정도는 아닐 겁니다."

"나도 같은 생각이오. 통행이 금지된 시간이라 아무나 오갈 수도 없었을 것이고 말이오."

주변을 살펴보며 검시장식에서 본 것들을 떠올린 홍랑이 중얼거렸다.

"한밤중에 급히 동평관으로 가던 한훤덕을 말에서 내리게 할 상황이라는 게 대체 무얼까?"

홍랑의 중얼거림을 들은 구윤호가 오른쪽을 바라보며 대꾸했다.

"경수소(警守所: 조선 시대에 중요한 길목에 설치해 순라군들이 밤에 지키도록 한 군대의 경비 초소)가 있다면 내릴 수도 있겠지만, 여기는 그게 없소. 저 옆 관물교에 있지."

"경수소라면 복처(伏處: 경수소와 같은 말) 말인가요?"

"그렇소."

구윤호의 대답을 들은 홍랑이 갑자기 소리쳤다.

"순라꾼!"

"뭐라고요?"

"순라꾼이라면 한휜덕을 멈춰 세울 수 있지 않을까요?"

"순라꾼이라…."

주변을 다시 돌아보던 구윤호가 고개를 갸웃거리며 입을 열었다.

"진짜 순라꾼이라면 눈앞에서 사람이 죽는 걸 보고 그냥 넘어가지는 않았을 터이니…."

숨을 깊게 들이쉰 구윤호가 덧붙였다.

"한휜덕을 막아선 순라꾼도 가짜였겠네."

구윤호의 얘기를 들은 홍랑이 말했다.

"그렇게까지 해서 한휜덕을 죽인 이유가 뭘까요? 가짜 관리에 가짜 순라꾼, 그리고 기다리고 있다가 한휜덕을 향해 흉기를 휘두른 사람까지 합하면 최소한 세 명이에요."

"한휜덕의 부인이 진술하기를 급히 나가느라 돈 같은 건 따로 챙기지 않았다고 했소. 옷은 입고 있던 그대로 갔고 말이오."

"최소한 세 명이 관복에 순라꾼 복장까지 준비했다면 작정하고 죽일 생각이었다는 뜻입니다. 대체…."

홍랑이 말을 잇지 못하자 구윤호가 방금 전 바라보았던 쪽을 향해 말했다.

"저쪽 경수소라면 뭔가를 봤을 수도 있을 거요."

"지금 가면 누가 있을까요?"

"통금이 시작될 즈음에 올 겁니다. 내가 오늘 당직을 서는 것으로 바꾸고 형조에 남아 있다가 잠깐 외출해서 물어보겠소."

"고맙습니다. 그럼 저는 돌아가서 고단이를 기다리겠습니다."

"당직을 끝내고 내일 낮에 들러서 얘기를 전해드리지요."

"덕환 아저씨 좀 잘 챙겨주십시오. 저 때문에 곤욕을 치를까 봐 걱정입니다."

덕환을 걱정하는 홍랑의 말에 구윤호가 대답했다.

"오늘 보고 들은 걸 참의께 보고하겠소. 범인을 잡는 것도 중요하지만 억울한 누명을 쓰는 것도 막아야 하니 말이오."

"부디 그랬으면 좋겠네요."

작게 한숨을 내쉰 홍랑은 가볍게 인사를 하고 개천교를 건넜다.

삼계동 별서로 돌아온 홍랑은 구슬프게 우는 새소리를 들으며 억지로 잠을 청했다. 하지만 눈앞에서 어른거리는 한훤덕의 죽음은 쉽사리 그녀에게 잠을 허락하지 않았다. 그러다 어느 순간 한훤덕이 누군가의 목을 조르고 있었다. 홍랑은 겁에 질렸지만 도와주려고 가보니 아버지가 힘없이 축 늘어져 있었다. 홍랑이 비명을 지르자 한훤덕이 목을 조르고 있는 사람이 덕환 아저씨로 바뀌었다. 눈을 뜬 채로 숨이 멎은 덕환 아저씨는 커다란 눈으로 홍랑을 바라보았다. 한훤덕이 피를 철철 흘리며 홍랑의 목을 조르려고 다가왔다. 홍랑은 이건 생시가 아니라고 몇 번을 되뇌고서야 악몽에서 깰 수 있었다. 이후로 한동안 잠이 들 수 없었지만 해야 할 일이 있었기에 억지로 잠을 청한 홍랑은 아침이 되어서야 겨우 눈을 떴다. 어제 청지기가 가져다준 물로 간단히 씻고 옷을 입는데 고단이가 들어왔다. 피곤에 지친 고단이를 본 홍랑이 다가가 어깨를 토닥거리며 말했다.

　　"밤을 샌 거니?"

　　"중간중간 눈치껏 쪽잠을 자기는 했습니다."

　　"용케 버텼구나."

　　"그냥 일 도와주러 온 것처럼 했더니 의심을 안 하더라고요. 그 덕에 여기저기 다니면서 얘기를 많이 들었습니다."

"일단 한숨 자고 일어나서 얘기하자. 이따가 형조의 낭청이 오시기로 했어."

"개천교는 가봤는데 도통 모르겠더라고요."

"어제 가봤어. 증좌를 찾았으니까 염려 마."

"다행이네요. 그럼 전 한숨 자겠습니다, 아씨."

입이 찢어져라 하품을 한 고단이는 홍랑이 펴놓은 이부자리로 들어갔다. 잠시 후 코 고는 소리가 들리자 홍랑은 고단이가 잠자는 데 방해가 되지 않도록 대청으로 나왔다. 대청에 앉아 잠깐 여름 햇살을 쬐던 홍랑은 생각에 잠겼다.

해가 한창 뜰 무렵, 청지기가 구윤호와 함께 나타났다. 청지기와 구윤호가 문을 열고 들어서는 소리에 고단이가 부스럭거리며 일어났다. 대청에 앉은 구윤호가 홍랑에게 말했다.

"김원진이 오늘 석방되었소. 찾아와서 인사하고 싶다고 했지만, 상황이 안 좋으니 일단 그냥 가라고 했소."

"다행이네요."

기지개를 켠 고단이가 좀 떨어진 곳에 앉았다. 홍랑은 고단이에게 알아낸 것이 있는지 물었다.

"어제 밤새 한훤덕의 상갓집에 있었는데 말입니다. 뭔가 좀 이상했어요."

"뭐가?"

홍랑의 물음에 고단이가 하품을 하며 대답했다.

"그게, 초상집에 가면 보통 슬퍼하거나 유족들을 위로하기 바쁘거든요. 그게 아니면 한쪽에서 문상객들끼리 웃고 떠들면서 술을 마시던가 말이죠."

"그런데?"

"분위기가 달랐어요. 유족들은 슬퍼하면서도 뭔가 두려워하는 눈치였고, 문상 온 사람들 상당수도 자기네끼리 모여서 수군거리기 바빴거든요."

"뭘 수군거렸는데?"

"그게, 좀 들으려고 하면 입을 다물거나 딴청을 피워서요. 하지만 은이나 장인, 그런 말들이 심심치 않게 들렸어요. 그리고…."

마른침을 삼킨 고단이가 덧붙였다.

"송철이 왔다 갔습니다."

고단이의 얘기를 듣고 있던 구윤호가 물었다.

"가까운 사이니 당연히 와야 하는 게 아니겠느냐?"

"그냥 문상 온 것 같지는 않았습니다. 죽은 한훤덕의 부인과 자식들을 데리고 뒷방에서 오랫동안 얘기를 나눴거든요."

"따로?"

"네, 보통 초상집에서는 대청이나 마당에 모여서 얘기를 나누잖아요. 그리고 상주랑 가족들이 그렇게 오래 자리를 비우는 건 처음 봤어요."

"그러게."

"게다가 한밤중에 길거리에서 맞아 죽었는데도 유족들이 그냥 덤덤하더라고요. 문상을 온 사람들도 그리 안타까워하는 기색이 없고요. 특히 사역원에서 온 역관들과 호조에서 온 장인들이 그랬어요."

고단이의 얘기를 듣던 구윤호가 별안간 끼어들었다.

"호조? 방금 호조의 장인이라 하였느냐?"

"네, 처음에는 어디서 온 사람들인지 몰랐는데 모여 있는 그들을 보고 역관들이 호조에 속한 장인들이라고 하였습니다."

고단이가 구윤호에게 설명하는 걸 들은 홍랑이 고개를 갸웃거렸다.

"호조의 장인들이 사역원 역관의 초상집에 왜 온 거지?"

구윤호가 벌떡 일어나서는 홍랑 앞에 섰다.

"어제 당직을 선다고 하고 잠깐 궁 밖으로 나와서 관물교 근처 경수소로 갔었소. 그리고 거기에서 한흰덕이 죽은 새벽에 번을 선 갑사(甲士: 갑옷을 입은 병사)와 얘기를 나눴다오."

"단서를 찾으셨습니까?"

"관물교에서 개천교는 백 보 넘게 떨어져 있어서 잘 보지

못했다고 했지만, 적어도 이상한 것 두 가지는 확인했다고
하였소."

"어떤 거요?"

"밤중에 호조에 속한 장인 몇 명이 보따리 같은 걸 들고
지나갔다고 말이오."

"통행이 금지되어 있는데도 말입니까?"

"호조에 급한 일이 있어 가야 한다면서 물금첩(勿禁帖: 조선
시대 관부에서 일정한 일에 대한 제재를 내리는 명령 문서) 같은 걸 보여줬
는데, 한눈에 봐도 가짜라는 걸 알 수 있을 정도로 조잡했답
니다."

"그러면 날이 밝을 때까지 붙잡아둬야 하지 않습니까?"

"호조의 장인들이 워낙 애원을 해서 보냈다고 했소. 아마
뇌물을 좀 받았을 거요. 그런데…."

잠깐 뜸을 들인 구윤호가 입을 열었다.

"보따리 같은 걸 들고 있었다고 하였소."

"뭐가 들었는지는 확인했나요?"

"일을 한 물건들이라고 해서 그냥 보내줬다는구려. 그리
고 특이하게도 사방등이 아니라 조족등(照足燈)을 들고 왔다
고도 했소."

"조족등이면 순라꾼들이 들고 다니는, 둥그런 박처럼 생

긴 등이 아닙니까?"

"그렇소. 그냥 밤길을 걸을 거면 사방을 비출 수 있는 사방등이 훨씬 요긴한데, 특이하게도 조족등을 들고 와서 이상하게 여겼다고 털어놓았소."

구윤호의 얘기를 들은 홍랑이 생각에 잠겼다.

"만약 호조의 장인들이 들고 있던 보따리에 든 게 순라꾼의 옷이라면 모든 게 맞아떨어집니다."

"어제 낭자가 얘기한 대로 말이오?"

"그렇습니다. 누군가 개천교에서 순라꾼으로 위장해서 기다리고 있다가 말을 타고 오는 한훤덕의 앞을 막아섰을 겁니다. 그리고 말에서 내리라고 했겠죠. 아마 한훤덕과 함께 가던 가짜 관리가 먼저 말에서 내렸을 테고, 그러자 한훤덕도 무심코 따라 내렸을 겁니다."

"가짜 순라꾼이 말을 거는 사이 다른 자가 뒤로 와서 나무 막대기로 한훤덕의 정수리를 내려쳤단 말이군요."

"맞아요. 흉기로 쓴 막대기는 길어서 보따리에 숨기기 어려웠을 겁니다."

"그럼 개천교에서 기다린 것도 막대기를 쉽게 구하기 위해서였겠소."

"여러 이유 중 하나일 겁니다. 그런데 큰 문제가 있어요."

홍랑의 얘기에 구윤호가 얼굴을 찌푸리며 물었다.

"무슨 문제요?"

"그렇게까지 복잡한 계략을 꾸며서 죽인 이유를 모르겠어요."

"그건 쉽게 알아낼 수 있으니 걱정 마시오."

구윤호가 자신만만하게 얘기하자 홍랑이 의아한 표정을 지었다.

"잡아다 심문을 하실 겁니까?"

"그럴 필요 없소. 투서 한 장이면 되니까."

"투서요?"

"왜통사 한훤덕의 죽음에 은과 관련된 호조의 장인들이 의심된다는 내용을 적어서 밤중에 형조 앞에 가져다 놓으면 됩니다."

"그럼 조사에 나선다고요?"

"본래 투서는 상관에게 보고하게 되어 있소. 역모와 관련된 것인지 확인을 해봐야 하기 때문이오."

"아하!"

홍랑이 감탄사를 내뱉자 구윤호가 엉거주춤하게 앉아 있던 고단이를 바라보았다.

"훈민정음을 쓸 줄 아느냐?"

"배, 배우긴 했습니다."

"잘되었군. 청지기에게 얘기해서 붓과 먹물을 빌릴 것이니 글을 쓸 준비를 하여라. 내용은 내가 불러주마."

"투서를 쓴다고 해도 어떻게 형조에?"

고단이의 물음이 끝나기도 전에 구윤호가 손가락으로 자신을 가리켰다.

"내가 형조에 근무하고 있지 않느냐. 내일 등청하면서 발견했다고 하면 된다."

자신만만하게 얘기한 구윤호를 보면서 홍랑이 말했다.

"종이는 최아지에게 받은 게 있습니다."

구윤호가 일어나면서 말했다.

"서두릅시다."

다음 날 저녁 무렵 삼계동 별서에 구윤호가 나타났다. 활짝 웃는 그의 모습을 보면서 홍랑은 다소 안심이 되었다.

"일이 잘 풀렸나요?"

"아주 잘 풀리고 있소. 형조 참판께서 투서를 보시고 바로 의금부 도제조(都提調: 조선 시대에 승문원, 봉상시, 사역원, 훈련도감 등의 으뜸 벼슬)를 찾아갔고, 오후에 의금부에서 호조의 장인들을 조사하기 시작했다오."

"결과가 빨리 나올까요?"

"나온 거나 다름없소. 조사가 시작되자마자 호조의 장인 몇 명이 종적을 감췄소."

듣고 있던 고단이가 통쾌하다는 표정으로 끼어들었다.

"도둑이 제 발 저린 꼴이네요."

"그뿐만이 아니다. 퇴청하는 길에 투서가 또 들어왔는데, 사역원의 역관들이 연루된 것 같다는 내용이었소."

구윤호의 얘기를 들은 홍랑이 눈살을 찌푸렸다.

"역관들이요?"

"그렇소. 내 생각에는 호조의 장인들이 동평관의 왜인들과 몰래 밀거래를 한 것 같소. 그리고 사역원의 역관들이 중간에 개입했을 가능성이 있소."

"한훤덕이 그 와중에 죽었단 말입니까?"

"낭자가 말한 것처럼 정말 공을 들인 살인이오. 말도 두 필이나 동원했고, 사람은 최소한 셋이었소."

손가락 세 개를 편 구윤호가 덧붙였다.

"그런데 훔쳐간 물건이 없으니 당연히 원한 아니면 입막음을 하기 위해서란 뜻이지요. 호조의 장인들과 동평관의 왜인들 사이에 연결 고리가 된 게 확실하오."

"그래서 아버지의 왜역관 자리를 그렇게 탐냈군요. 한몫

잡기 위해서요."

"송철이 한훤덕을 부추겨서 송사를 벌였다면 분명 그 이유도 있을 거요. 그리고 어떤 이유에서 한훤덕의 입을 막아야 했고 말이오."

"송철이 배후일까요?"

홍랑의 물음에 구윤호가 팔짱을 낀 채 말했다.

"호조의 장인들과 동평관의 왜인들 그리고 사역원의 역관들을 하나로 엮을 만한 인물이 있을 거요. 그자가 바로 송철이겠지."

구윤호의 얘기를 들은 고단이가 홍랑에게 말했다.

"이 일이 밝혀지면 주인 나리의 억울함도 풀리지 않겠습니까?"

고단이의 물음에 구윤호가 끼어들었다.

"나라에 큰 죄를 지으면 가산을 몰수해서 고발한 사람에게 주도록 되어 있소. 일이 잘 풀리면 빼앗긴 노비들을 돌려받을 수 있을 거요."

"일단 진실을 밝혀서 덕환 아저씨를 구해내는 게 우선입니다."

"곧 석방될 거요. 그를 범인으로 몰았던 자들이 투서를 확인하고는 다들 입을 다물었소."

"그러면 덕환 아저씨 걱정은 한시름 놓고 배후가 송철이라는 것을 밝혀내야겠어요. 빼앗긴 노비들도 찾아오고요."

홍랑의 얘기를 들은 고단이가 두 손을 마주 잡은 채 눈빛을 반짝거렸다.

"정말 그렇게 되면 좋겠어요."

고단이의 말을 들은 구윤호가 생각만 해도 통쾌하다는 듯 "그럼" 하고 시원하게 웃었다. 고단이도 입을 막지도 않은 채 크게 벌려 웃었고, 홍랑도 아버지가 돌아가신 이후 처음으로 소리를 내어 웃었다.

이틀 후, 홍랑은 고단이와 함께 의금부 앞에 서 있었다. 보신각 맞은편에 있는 의금부는 왕옥(王獄)이라고도 불렸는데, 관리의 죄를 추궁하거나 나라에 큰 범죄를 조사하는 일을 맡았다. 문졸들이 지키고 있던 의금부의 대문으로 지친 표정이 역력한 덕환이 모습을 드러냈다.

"아씨, 저기 나옵니다."

고단이의 말에 홍랑은 서둘러 다가갔다. 옆에 있던 관복 차림의 구윤호도 함께 걸어갔다. 터덜터덜 걸어 나온 덕환에게 홍랑이 말했다.

"몸은 좀 어떠하십니까?"

"견딜 만합니다. 소인이 석방된 걸 보니 진범이 잡힌 모양이군요."

"진범이 아니라 진범들입니다. 가면서 얘기하지요. 피맛골의 국밥집에 방을 빌렸어요."

홍랑의 말에 구윤호가 앞장서서 걸으려고 했지만 덕환은 발걸음을 떼지 않았다. 그리고 몸을 반쯤 돌려서 누군가를 기다리는 눈치였다. 잠시 후 꾀죄죄한 차림의 노파가 맨발로 걸어 나왔다. 덕환이 구윤호에게 말했다.

"의금부에서 만난 사람입니다. 노비 송사와 관련해서 끌려왔다는데, 사연이 안타까워서 도와주기로 했지요. 같이 데려가도 되겠습니까?"

덕환의 말에 구윤호가 너털웃음을 지었다.

"길 가다 넘어지면 덤불이라도 쥐고 일어날 사람이구려. 알겠소. 같이 갑시다."

덕환은 노파에게 다가가서 따라오라는 얘기를 했다. 그러자 노파가 힘없이 고개를 끄덕거렸다. 고단이가 자연스럽게 노파의 팔을 잡고 부축해주었다. 구윤호가 관복을 입은 탓에 사람들이 알아서 피해주어 피맛골의 국밥집까지 금방 도착했다. 부지런히 국밥을 나르던 일꾼인 중노미가 홍랑 일행을 보고는 활짝 웃으며 말했다.

"오른쪽 제일 끝 방입니다. 군불을 지펴놨습니다."

구윤호가 고개를 끄덕거리고는 중노미가 가리킨 곳으로 가면서 국밥 한 그릇을 추가해달라고 얘기했다. 방문을 열고 안으로 들어간 구윤호가 덕환과 노파에게 아랫목을 양보했다. 몇 번 거절하던 덕환이 아랫목에 앉았다. 노파도 주섬주섬 옆에 앉았다. 잠시 덕담이 오고 가는데 문이 열리며 중노미가 국밥과 반찬을 올린 소반을 가지고 들어왔다.

"뜨끈하게 드십시오."

중노미가 문을 닫고 나가자마자 덕환이 홍랑에게 물었다.

"한훤덕의 죽음은 어찌 되었습니까?"

"진상이 전부 밝혀졌어요. 은을 세공하는 호조의 장인들이 몰래 동평관의 왜인들과 결탁해서 물건을 팔았습니다."

"왜인과의 사사로운 교역은 금지되어 있지 않습니까?"

"맞아요. 그런데 돈에 눈이 어두워서 그런 짓을 저지른 거지요. 그리고 사역원의 왜통사들이 중간에 끼었고요. 한훤덕도 그중 하나였어요."

"아씨의 아버님에게 송사를 걸어서 역관에서 파직시킨 것도 그런 이유 때문이었군요."

덕환의 말에 홍랑이 한숨과 함께 고개를 끄덕거렸다.

"맞아요. 대를 이어서 역관을 해야 한다는 명분을 내세웠는데, 사실은 밀교역에 가담할 생각이었던 거지요."

"그런데 어찌 진상이 이렇게 빨리 밝혀졌습니까? 저는 최소한 한 달은 걸릴 줄 알았는데 말입니다."

"그게 말일세…."

구윤호가 허허 웃으며 말을 이어갔다.

"낭자가 죽은 한훤덕의 검시장식과 현장을 보고 중요한 단서를 찾아냈네. 내가 그걸 투서로 만들어 형조로 보냈고 말이야. 이후에 의금부에서 조사에 나서니까 호조의 장인들이 자복을 했고, 이후로 사역원의 역관들도 줄줄이 잡혀 들어갔네."

"살인범들은 누굽니까?"

"호조의 장인들일세. 김언생이라는 자가 주도했고, 박시득과 몸종인 충간 그리고 이몽발이라는 자도 가담했네. 김언생이 동평관의 관리로 위장해서 새벽에 한훤덕을 유인해 개천교까지 끌고 왔고, 박시득과 충간이 순라꾼으로 위장해서 기다리고 있다가 말에서 내리라고 한 거지. 그리고 다리 밑에 숨어 있던 이몽발이 몰래 뒤로 가서 막대기로 내려친 걸세. 흉기로 쓴 막대기는 개천교 바로 옆에 있는 집의 울타리에서 뽑아온 것이고 말이야."

"다 잡혔습니까?"

"박시득과 충간, 이몽발은 잡혔네. 그런데 김언생이 종적을 감췄어. 잡힌 자들은 모두 김언생이 시킨 것이라고 발뺌을 하는 중일세. 사역원의 역관들도 줄줄이 잡혀 들어오는 중이고."

"왜 그렇게까지 해서 한훤덕을 죽인 겁니까?"

덕환의 물음에 구윤호가 홍랑을 쳐다보았다. 홍랑이 김이 모락모락 피어나는 국밥을 내려다보며 말했다.

"돈 때문입니다. 왜인에게 받은 재물을 나눠야 하는데, 한훤덕이 자기 몫 이상으로 챙긴 거지요. 호조의 장인들이 항의를 하니까 폭로하겠다는 식으로 협박을 하였답니다."

"제가 제 무덤을 판 셈이군요."

"그렇지요. 끼어든 지 얼마 안 되었으면서 대놓고 욕심을 부렸으니까요. 초상집에 호조의 장인들이 몰려왔고, 사역원 역관들도 찾아와서 유족과 일종의 협의를 본 것 같아요. 그래서 유족도 처벌을 받을 것 같더군요. 남편과 아버지를 죽인 자들의 죄를 물었으니까요. 조선에서 불효한 죄는 용서받을 수 없을 겁니다."

"돈으로 입막음을 시도했군요."

"그런 셈이지요. 그리고 자기 죄를 덮으면서 동시에 눈엣가시 같은 저도 처리하려고 한 것 같고요."

"욕심으로 시작해서 욕심으로 끝난 셈이군요."

"지나친 욕심 때문에 천벌을 받은 거지요. 나라에서 금한 왜인과의 사사로운 교역을 한 죄로 가산이 적몰되었고, 그래서 우리 집안에서 빼앗아간 노비들도 돌려받게 되었어요."

홍랑의 말을 옆에 있던 고단이가 거들었다.

"수원으로 내려가신 마님에게 연통을 드렸습니다. 이제 한양으로 돌아오실 겁니다."

고단이의 얘기를 들은 덕환이 홍랑에게 물었다.

"송철은 어찌 되었습니까?"

"저에게 한훤덕을 죽였다는 누명을 씌우고 끝내려 한 것 같아요. 하지만 김언생이 도망치는 바람에 지금 당장 죄를 추국하기는 어려울 것 같습니다. 한데 눈치를 챘는지 어제부터 한양에서 종적을 감췄다고 합니다."

"쥐새끼 같은 놈. 한훤덕의 입도 막고, 아씨도 처리하려고 음모를 꾸몄군요."

"명백하게 밝혀져서 다행이지요."

얘기를 마친 홍랑이 구윤호를 바라보았다. 헛기침을 한 구윤호가 덧붙였다.

"조정에서 추포된 장인과 역관들을 삼성추국(三省推鞫: 조선 시대에 큰 죄를 저지른 자를 형조나 의금부, 의정부, 사헌부나 사간원 중 세 개의 관청이 합동으로 심문하는 것을 뜻한다)하는 중일세."

"송철이 배후인 게 분명합니다."

"나도 그렇게 생각하네. 하지만 당사자나 김언생이 붙잡혀야 정확한 사실을 알게 될 거야."

"송철이 마음에 걸립니다. 워낙 눈치가 빠르고 늘 대비를 하는 놈이라서 어디에서 또 무슨 일을 꾸밀지 모르거든요."

덕환이 걱정스러워하자 구윤호가 나섰다.

"아무리 그자가 날고 긴다고 한들 조정에서 삼성추국에 나선 이상 빠져나갈 방도는 없을 걸세. 김언생만 잡히면 진상이 밝혀질 거네. 자자, 얘기는 나중에 하고 식사부터 하세."

구윤호의 말이 끝나기 무섭게 노파가 숟가락을 들고 국밥을 먹기 시작했다. 그 모습을 본 홍랑이 덕환에게 물었다.

"나이가 꽤 되어 보이는데, 어떻게 의금부에 갇힌 겁니까?"

"일흔이 넘은 분입니다. 주인을 고발한 죄로 의금부에 갇혔다가 풀려난 겁니다."

국밥을 먹고 상을 물린 후에 덕환이 힐끔 바라보자 노파가 입을 열었다.

"저는 부가이라고 합니다. 안동 출신으로, 예전에 여종이었다가 속량되었습니다요."

"그런데 무슨 사정으로 주인을 고발해서 의금부에 갇힌 겁니까?"

"사연이 깁니다. 들어주시겠습니까?"

부가이의 물음에 홍랑은 정중하게 고개를 끄덕거렸다.

"들을 준비가 되었습니다."

"저는 속량이 되었지만 제 자식들은 속량이 되지 못했지요. 그러다가 주인집 딸이 한양으로 시집을 갈 때 제 딸인 서가이가 몸종으로 딸려갔어요. 그래서 저도 따라서 한양으로 올라왔습니다. 그 집 허드렛일을 도와주거나 틈틈이 삯바느질을 하고 베를 짜면서 지금껏 먹고살았습니다."

"그러셨군요."

"그런데 주인집 딸과 혼인한 김자운이라는 관리가 제 딸 서가이가 마음에 들었는지 첩으로 삼았습니다. 마음이 쓰리긴 했지만, 몸종 신세보다는 나을 것 같아서 그냥저냥 넘어갔지요. 다른 방도가 있는 것도 아니었고 말입니다. 다행히 김자운이 제 딸을 마음에 들어 해서 참으로 아껴주었고, 저에게도 정성을 다하였지요. 아들이랑 딸도 둘씩 낳아서 잘 컸고 말입니다. 그런데…."

눈물이 나오려는지 지저분한 치맛자락으로 눈가를 닦은 부가이가 말을 이었다.

"작년에 김자운이 병에 걸려 세상을 떠났습니다. 죽기 전에 본처인 박씨에게 첩으로 삼았던 제 딸 서가이와 그 자식들을 속량시킨다는 문기를 써주었고, 살고 있는 서린방을 관할하는 중부 관아에서 입안까지 받았지요. 그런데 김자운이 죽자마자 본처인 박씨가 돌연 문기를 빼앗으려고 했습니다. 제 딸 서가이가 강력히 저항하자 아들을 시켜 때려죽이고는 문기를 빼앗고 제 손자와 손녀를 노비처럼 부리고 있습니다."

"맙소사."

놀란 홍랑의 말에 부가이가 눈물을 닦으며 말을 이었다.

"그 집에서 비명 소리가 들린다는 소식을 듣고 놀라서 달려갔더니 박씨와 그 자식들이 멍석말이를 한 제 딸을 문밖에 버려두었더군요. 황급히 다가가서 보니 숨이 다 넘어갈 지경이었는데, 제 손을 꼭 잡고 아이들을 부탁한다고 말하고는 결국 숨을 거뒀습니다. 너무 분하고 억울한 마음에 중부 관아에 고발해서 억울함을 풀려고 했습니다. 그런데 노비가 주인을 고발했다는 이유로 의금부에 끌려가게 된 것입니다."

부가이의 사연을 들은 홍랑이 덕환에게 물었다.

"이분은 박씨의 노비가 아니라 진즉에 속량된 신분입니다. 그런데 어찌해서 주인을 고발했다는 죄목을 얻게 된 겁니까?"

"〈육전등록(六典謄錄: 세종 8년에 《속육전續六典》을 간행한 이후의 수교·조례 등으로, 일시의 편법으로 시행되던 것을 모아 편찬한 법령집)〉에는 속량된 노비가 전 주인을 고발하는 것도 처벌 대상이라서 말입니다."

"그럼 부당한 일을 당해도 법에 하소연을 못 하는 건가요?"

"법은 힘 있는 자들의 편이지 우리같이 힘없는 사람들의 편은 아니니까요. 그 허점을 파고드는 게 외지부가 할 일입니다. 아씨."

덕환의 대답을 들은 홍랑은 쓴웃음을 지었다. 부가이가 홀쩍거리며 말을 이었다.

"고소를 하고 중부 관아에 나가서 억울함을 호소하려고 하였지요. 아무리 노비라고는 하지만 그 집의 첩이었고, 속량을 하라는 남편의 유언도 무시했으니까요. 게다가 항의를 하는 제 딸을 때려죽였지요. 아무리 몸종이라고 해도 법을 어기지도 않았는데 마음대로 때려죽인다는 게 말이 됩니까? 주변에서도 승소할 것이라고 했고, 저 역시도 그리 생각했지요. 그런데…."

한숨을 푹 내쉰 부가이가 말을 이어갔다.

"웬 기생오라비같이 생긴 외지부가 나타나서 전 주인을 고소하는 건 국법을 어기는 것이라고 떠들어대는 바람에 오히려 제가 죄인이 되어서 의금부에 갇히게 되었지요."

부가이의 얘기를 듣자마자 누군가가 떠오른 홍랑이 덕환을 바라보며 중얼거렸다.

"기생오라비같이 생긴 외지부라면?"

"맞습니다. 송철입니다."

"송철이 나섰단 말입니까?"

"그자에게는 아주 간단한 송사니까요. 다행히 나이 든 노인을 가두는 것이 부당하다고 해서 석방이 되었지요."

덕환의 얘기를 들은 홍랑이 부가이의 두 손을 잡았다.

"제가 할머니의 억울함을 풀어드리겠습니다."

어리둥절해하는 부가이에게 덕환이 말했다.

"곱게 생긴 낭자지만 외지부로 실력이 뛰어납니다. 어르신을 옥에 가둔 기생오라비한테 원한이 있으니 믿고 맡기시지요."

"지난번 송정에서 보니까 말을 청산유수같이 해서 송관(訟官: 송사를 맡아 다스리던 벼슬아치)이고 누구고 전부 다 그놈의 말에만 귀를 기울였습니다."

"그 송철의 거짓말을 밝혀내어 이긴 적이 있는 외지부입니다."

덕환의 얘기를 들은 부가이가 이번에는 홍랑의 두 손을 꼭 잡았다.

"딸이 죽으면서 너무 억울했는지 눈을 감지 못했어요. 제발 딸의 원한을 풀어주시고 내 외손자와 외손녀를 구해주십시오. 소문을 듣자 하니 박씨와 그 자식들이 아주 혹독하게 부려 먹고 있다고 합니다요."

홍랑은 서럽게 우는 부가이에게 말했다.

"꼭 외손자와 외손녀가 속량되도록 해드릴게요."

───── 아홉 ─────

속량

얼마 후 홍랑 일행은 한양의 중부 관아로 향했다. 도성인 한양은 다섯 개의 행정구역으로 나뉘어 있었다. 동서남북과 중부였는데, 부가이의 딸이 살던 곳은 서린방이라서 중부 관아에서 송사를 진행하고 있었다. 중부 관아는 운종가를 경계선 삼아 종묘와 마주 보고 있었는데, 웅장한 종묘와 비교되어 상대적으로 초라해 보이기는 했으나 육조 관청 못지않게 크고 웅장했다. 장례원이나 형조보다 작기는 했지만, 관할 지역 내의 송사도 담당했기 때문에 드나드는 사람이 많았다. 대문 앞에 선 홍랑이 심호흡을 하자 덕환이 슬쩍 물었다.

"긴장되십니까?"

"떨리긴 하네요."

"지난번 비질금 송사 때 이미 이기셨습니다."

"그때는 송철이 없었잖아요."

"간교한 놈입니다. 불리할 것 같으니 미리 몸을 뺀 거지요. 안 그랬으면 훈국의 군사들에게 몰매를 맞았을 겁니다."

듣고 있던 고단이가 손으로 입을 가린 채 웃었다.

"그러게요. 쥐새끼처럼 잘 빠져나갔어요."

고단이의 말을 들은 덕환이 힘주어 말했다.

"벌써 두 번이나 송정에 모습을 드러내지 않았습니다. 이번에도 안 나오면 패소하기 때문에 반드시 나올 겁니다. 하지만 상황이 상황이니만큼 제대로 준비하지도 못했을 테고, 심기도 많이 어지러워서 제 실력이 나올 수 없을 겁니다."

"알겠습니다."

잠시 후 상복 차림의 부가이가 모습을 드러냈다. 먼발치에서 홍랑을 발견한 부가이는 엎드리다시피 인사를 하면서다가왔다. 거의 쓰러질 지경이라 이번에도 고단이가 부축을 해줘야만 했다.

"아이고, 와주셔서 감사합니다."

"당연히 와야지요. 오늘 송정에 상대가 안 나오면 우리가이깁니다. 그러니 저쪽도 수단 방법을 가리지 않을 겁니다. 마음 단단히 먹고 지켜보십시오."

"그리하겠습니다."

벌써부터 울기 시작하는 부가이와 함께 홍랑은 중부 관아로 들어섰다. 오른쪽에는 나무로 벽을 세운 큰 호적 창고가 보였다. 정면을 가로지른 담장과 문이 있었는데, 그곳으로 들어가자 청사가 나왔다. 대청에는 중부 관아의 책임자인 중부령이 앉아 있었고, 섬돌 아래에는 중부령을 보좌하는 중부도사가 서 있었다. 중부도사와 눈이 마주친 홍랑이 고개를 숙여 인사를 했다. 형조나 장례원에 비해 중부 관아는 규모가 작아서 아담한 분위기였고, 구경꾼도 많지 않았다. 홍랑이 송정인 당상대청 앞에 서자 중부도사가 물었다.

　　"오늘이 마지막 송사인데 결송다짐을 가져왔느냐?"

　　"그러하옵니다."

　　짧게 대답한 홍랑이 소매에서 결송다짐을 꺼내 바쳤다. 종이를 펼쳐 내용을 확인한 중부도사가 대청에 앉아 있는 중부령에게 고했다.

　　"원고의 결송다짐을 확인했습니다."

　　"원척은 아직 나오지 않았느냐?"

　　"박씨 부인과 자제는 나오지 않았고, 친척이라고 자처하는 자가 아까부터 와 있습니다."

　　홍랑이 고개를 돌리자 구경꾼들 사이에서 송철이 모습을 드러냈다. 옥색 도포를 입고 양태에 박쥐 문양이 새겨진 흑립을 쓰고 있었다. 유유자적하게 모습을 드러낸 송철이 결송다짐을 꺼내 중부도사에게 바쳤다.

"박씨 부인과 자제가 몸이 안 좋아서 친척인 제가 대신 왔습니다."

송철이 바친 결송다짐을 확인한 중부도사가 말했다.

"원고와 원척이 모두 왔으니 송사를 시작하겠다. 누가 먼저 얘기하겠느냐?"

그러자 송철이 손을 들고 바로 앞으로 나왔다.

"소인이 먼저 사정을 아뢰겠습니다. 이번 송사는 사실 성립이 되지 않습니다. 나라의 국법에는 노비가 주인을 고소하지 못하게 되어 있고, 설사 노비가 속량되었다고 해도 전 주인을 고소하면 처벌을 받게 되어 있습니다. 구체적으로 아뢰면 다음과 같습니다."

잠시 숨을 돌린 송철이 조용하면서 느긋하게 말했다.

"〈속형전(續刑典)〉에는 노비로서 가장을 고발한 자는 접수하지 말고 교수형에 처한다고 하였고, 〈속전등록(續傳燈錄)〉에는 노역이 방면된 노비로서 옛 주인을 고발한 자는 접수하지 말고 장(杖) 1백 대에 도(徒) 3년에 처한다고 되어 있습니다. 나라의 국법이 그러한데, 딸이 죽었다는 이유로 명백하게 법을 어기는 것은 참으로 어리석고 안타까운 일입니다."

주먹을 쥔 채 부들부들 떨고 있는 부가이를 힐끔 본 송철이 재빨리 덧붙였다.

"하지만 그 부분은 박씨 부인이 크게 반성하고 있어서 고소를 취하하면 처벌을 원하지 않는다고 하였습니다. 아울러 딸이 죽은 것에 대해서는 면포 열 필을 내어 보상하겠다고 하였습니다."

그 얘기를 들은 부가이가 크게 소리를 질렀다.

"면포 열 필이라니! 내 딸의 목숨이 겨우 면포 열 필밖에 안 되느냐!"

부가이의 외침을 들은 송철이 씩 웃으며 덧붙였다.

"그 정도로 부족하다면 면포 열다섯 필을 내도록 하겠습니다."

홍랑은 시작부터 한 방 먹었다는 생각이 들었다. 부가이의 심기를 건드려서 화를 내게 하고, 그걸 빌미로 면포를 더 주겠다고 하다니. 사정을 모르는 사람이 보기에는 딸의 목숨 값을 더 내놓으라고 한 것이고, 송관인 중부령이 보기에는 원척이 잘못을 뉘우치고 있는 것처럼 보였을 것이다. 홍랑이 분해서 부들부들 떨고 있는 부가이에게 재빨리 속삭였다.

"일부러 그러는 거니까 대꾸하지 마세요."

"아니, 어떻게⋯."

"한마디라도 더 하시면 저는 그냥 돌아갈 겁니다."

단호하게 얘기한 홍랑이 부가이의 눈을 들여다보았다.

"여기서 소리치고 화를 낸다고 송사에서 이기지 못해요. 여긴 종이와 말의 전쟁터거든요. 여기서 지면 외손자와 외손녀는 영원히 노비로 살 겁니다. 그렇게 되기를 원하세요?"

홍랑의 말을 들은 부가이가 눈물을 글썽거리며 고개를 끄덕거렸다.

"알겠습니다, 아씨."

둘이 얘기를 나누는 걸 지켜보던 중부도사가 물었다.

"원고는 여기에 대해 할 말이 있는가?"

"물론입니다. 피척의 외지부가 한 얘기는 모순이 있습니다."

"어떤 모순 말이냐?"

심호흡을 한 홍랑은 고단이가 예전에 사준 부채를 손에 쥔 채 송정으로 나섰다. 도포를 입고 흑립을 쓰긴 했지만 누가 봐도 여인이었기 때문에 구경꾼들이 신기한 눈으로 바라보았다. 그때 누군가 송철에게 다가가 귓속말을 하는 게 보였다. 놀란 송철이 돌아봤지만 상대방은 금방 자취를 감추고 말았다. 홍랑은 송철이 당황스러워하는 걸 보면서 입을 열었다.

"피척의 외지부는 주인과 전 주인에 대해 노비가 고소하는 것이 금지되었다고 하였습니다. 하지만 부가이는 피척인 박씨 부인의 노비가 아니었습니다. 그리고 전 주인도 아니었습니다. 부가이는 박씨 부인의 부친 소유의 노비였기 때문입니다."

홍랑의 말에 송철이 재빨리 나섰다.

"말도 안 됩니다. 부가이는 박씨 부인의 부친 소유의 노비였고, 자연스럽게 상속을 받았다고 봐야 합니다."

"거짓입니다. 부모와 자식 간에도 노비나 재물을 나눠줄 때는 문기를 작성하고 관아의 입안을 받아야 합니다. 그런데 부가이는 박씨 부인의 부친이 사망하기 전에 속량을 시켜줬고, 상속을 해주지도 않았습니다. 따라서 박씨 부인은 부가이의 주인이나 전 주인이 아닙니다. 다만 부가이의 딸 서가이가 박씨 부인의 노비였을 따름입니다. 나라의 법으로 따져도 어미가 노비면 자식도 노비이긴 합니다만, 자식이 노비라고 어미나 아비가 노비인 조항은 없습니다."

홍랑이 딱 잘라서 말하자 구경꾼들 사이에서 "그렇지" 하고 감탄하는 소리와 작게 박수 소리가 나왔다. 송철은 당황한 표정을 감추기 위해 손으로 입을 가린 채 기침을 하는 척했다. 듣고 있던 중부령이 중부도사를 불러 귓속말을 주고받은 후에 입을 열었다.

"원고의 말대로 부가이는 박씨 부인의 노비가 아니었고,

노비였던 적도 없으니 송사를 할 수 없다는 원척의 주장을 받아들이지 않겠다."

한숨을 돌린 홍랑이 부채를 세게 쥔 채 한 걸음 앞으로 나섰다.

"소인이 한 말씀 아뢰어도 되겠습니까?"

중부령이 고개를 끄덕거리자 홍랑은 송철을 힐끔 보면서 말했다.

"부가이의 딸 서가이는 박씨 부인이 한양에 사는 김자운에게 시집을 오면서 데리고 왔습니다. 그리고 김자운은 서가이를 천첩으로 삼아서 아들과 딸을 낳고 살았지요. 김자운이 병에 걸려 죽기 전에 서가이와 그 자식들을 속량한다는 문기를 작성했고, 중부 관아의 입안까지 받았습니다. 그런데 김자운이 죽자마자 박씨 부인은 남편의 유언을 무시하고 서가이에게서 문기를 빼앗으려 했고, 서가이가 저항하자 자식들을 시켜 때려죽였습니다. 그리고 서가이의 아들과 딸을 노비로 혹독하게 부리고 있다 하였습니다."

단숨에 얘기를 한 홍랑이 목을 가다듬은 후에 쏘아붙였다.

"아내 된 자가 남편의 유언을 무시하는 짓을 저질렀으며, 자기 소유의 노비라고는 하나 사적 제재가 금지된 왕도인 한성에서 서슴없이 사람을 때려죽였습니다. 그것도 모자라서 억울함을 못 이겨 송사를 한 부가이에게 누명을 씌워 의금부에 가두는 짓까지 저질렀습니다. 그리고 조금 전 피척의 외지부가 〈속형전〉과 〈속전등록〉을 언급했는데, 거기에는 다음과 같은 조항도 있습니다."

잠깐 생각하느라 변론을 멈춘 홍랑이 낭랑한 목소리로 말했다.

"죄가 있는 노비를 그 가장이 관청에 고하지 않고 때려죽인 자는 장 1백 대, 죄도 없는 노비를 죽인 자는 장 60대와 도 1년이라고 되어 있습니다. 자식들이 노역을 방면시킨 문권을 빼앗고자 한 죄, 무릇 부모의 교령(敎令)을 어긴 자는 장 1백 대로 다스린다고 되어 있습니다. 이처럼 엄연하게 처벌 조항이 있는데 법을 무시하고 마음대로 행동하고, 자신들은 죄가 없다는 듯 면포로 보상을 하겠다고 운운하는 건 국법을 어지럽히는 것은 물론, 송관을 속이고 송정을 더럽히는 일입니다. 굽어살펴주시옵소서."

홍랑의 얘기를 들은 송철이 재빨리 나섰다.

"말도 안 됩니다. 〈속전등록〉에는 옛 주인이라는 조항이 포괄적으로 적용됩니다. 부가이가 비록 박씨 부인 소유의 노비가 아니라고는 하지만, 그의 부친이 데리고 있었습니다. 따라서 상속을 받지 않았다고 해도 주인의 일가족이라고 볼 수 있습니다."

송철은 자신이 능수능란하게 위기를 빠져나갔다고 생각했는지 안도하는 표정을 지으며 홍랑을 바라보았다. 하지만 홍랑은 유유자적하게 말했다.

"피척의 외지부가 얘기한 대로 부가이가 옛 주인을 고발한 것이 잘못되었다는 〈속전등록〉의 조항을 적용한다면, 노비를 사적으로 죽인 죄 역시 〈속전등록〉에 의거하여 처벌해주십시오. 부가이가 고소한 죄를 논한다면, 박씨와 그 아들의 죄 역시 마땅히 논의하고 처벌해야 합니다. 그렇지 않고 오로지 부가이의 죄만 논하는 건 법전의 규정에 어긋나는 일입니다."

송철의 얼굴이 파랗게 질려가는 와중에 홍랑이 소매에서 종이 하나를 더 꺼냈다.

"원고는 피척이 처벌을 받는다면 본인도 옛 주인을 고발한 죄로 처벌을 달게 받겠다고 하였습니다. 원고와 피척을 모두 동시에 처벌해주십시오."

홍랑이 예상 밖으로 대응하자 송철은 물론, 구경꾼들도 크게 술렁거렸다. 중부령 역시 난처한 표정으로 중부도사를 다시 불러 귓속말을 주고받았다. 하지만 송철은 나름 믿는 구석이 있는지 당황하지 않고 중부령을 향해 얘기했다.

"〈속전등록〉에는 노비가 가장의 시마복을 입는 시마친

(緦麻親: 시마복이라는 상복을 입는 친척을 지칭한다. 보통은 팔촌까지를 이른다)을 고발하는 것을 처벌하는 규정이 있습니다. 그리고 박씨 부인이 서가이를 때려죽인 죄를 논하려면 절차를 밟아야 합니다."

"절차라니?"

중부도사의 물음에 송철이 대답했다.

"노비는 주인을 고소할 수 없지만, 이웃은 가능합니다. 피척이 거주하는 서린방의 관령이 사건을 고할 수 있습니다. 그때 조사하면 노비가 주인을 고발한 죄는 없어질 겁니다. 그러니 이번 송사는 여기서 파하고 추후 관령이 고발한 후에 다시 송사를 진행하는 것이 마땅합니다."

송철의 말을 들은 홍랑은 고개를 저으며 입을 열었다.

"눈앞의 죄상이 명백한데 어찌 절차를 핑계 삼아 송사를 미룰 수 있겠습니까? 법 조항을 떠나 박씨 부인은 남편의 유언을 무시하고 첩이 낳은 자식들을 부리고 있습니다. 이는 마땅히 이행하고 순종해야 하는 가장의 명을 어긴 것입니다. 따라서 죄의 무게로 따지자면 가장의 명을 무시한 박씨 부인과 자식들이 더 험하게 처벌받아야 합니다. 게다가…."

홍랑은 목소리를 가다듬고 덧붙였다.

"남편의 첩이 낳은 자식을 아내가 종으로 부리는 건 혈육의 정에 어긋나는 일입니다. 그래서 보통은 속량을 해주거나 종으로 놔둔다고 해도 험한 일은 시키지 않습니다. 그런데 박씨 부인은 남편의 유언을 무시하고 첩을 죽이기까지 했으니 그 어미 부가이가 관가에 고발한 것은 당연한 일입니다. 〈속전등록〉에는 여종이 양인 남편에게 시집가거나 남종이 양인을 아내로 맞이하여 낳은 자식을 본주인이 종으로 부리는 것은 금지되어 있습니다. 따라서 옛 주인을 고발한다는 것만 부각시키고 절차를 따져 송사를 미루는 것은 법도에 어긋나는 일이며, 결송다짐을 바치고 나서 송사를 미루자고 하는 것은 송관을 무시하는 처사입니다."

홍랑의 얘기를 들은 중부령은 가볍게 고개를 끄덕거렸다. 속으로 안도의 한숨을 쉰 홍랑은 송철을 바라보았다. 여유만만하던 모습이 사라진 송철은 식은땀을 흘리고 있었다. 중부도사가 송철에게 할 말이 있느냐고 묻자 송철은 더듬거리며 말했다.

"이번 송사는 노비가 옛 주인을 고소한 것이니 마땅히 기각되어야 합니다. 굽어살펴주십시오."

구경꾼들 사이에서 "뭐야, 그게?"라는 비난의 소리가 들렸다. 뻔한 얘기를 들은 중부도사가 중부령을 바라보았다. 잠깐 생각하던 중부령이 입을 열었다.

"이번 송사는 양쪽에 모두 잘못이 있으니 같이 처벌하도록 한다. 먼저 부가이는 주인을 고소한 죄로 장 90대와 도 2년 반에 처한다. 다음으로 가장의 유언을 거슬렀으며, 관청에 고하지 않고 때려죽인 박씨 부인은 장 60대와 도 1년에 처한다. 그리고 관청에서 입안한 문기를 빼앗는 데 가담한 박씨 부인의 자식들은 장 1백 대로 다스린다. 마지막으로 사사로이 빼앗아 없애버린 문기는 조사하여 사실이 확인되면 서가이의 자식들은 모두 속량토록 한다."

중부령의 판결을 들은 부가이는 바닥에 엎드려서 고맙다는 말만 반복했다. 홍랑 역시 주먹을 불끈 쥐고 기뻐했다. 고단이는 예상보다 쉽게 송사가 끝난 것에 어리둥절해했다.

"귀신에라도 들렸나, 왜 저렇게 맥없이 진 겁니까?"

대답은 옆에 있던 덕환이 대신했다.

"아까 누군가 가서 김언생이 붙잡혔다고 얘기하고 사라졌거든."

덕환의 말에 홍랑이 놀라며 물었다.

"사라진 호조의 장인 말입니까? 정말 기가 막히게 잡혔네요."

"아직 안 잡혔습니다."

씩 웃은 덕환의 말에 이번에는 고단이가 놀라며 물었다.

"그럼 거짓말을 한 건가요?"

"곧 잡힐 거니까 아주 거짓말은 아니지."

셋이 얘기를 나누는데 바닥에서 일어난 부가이가 홍랑의 두 손을 꼭 잡았다.

"제 딸의 소원을 이뤄주어서 고맙습니다. 이제 저는 맞아 죽어도 여한이 없어요."

홍랑은 부가이에게 웃으며 말했다.

"할머니가 왜 맞아 죽어요. 국법에는 칠십이 넘은 노인은 육형을 가하지 못하게 되어 있어요. 역모죄를 제외하고는요."

"그게 정말입니까?"

"네, 속전(贖錢: 일종의 벌금형)으로 대신하면 되니까 걱정 마세요."

"하지만 속전이 한두 푼이 아닐 텐데요."

걱정스러워하는 부가이에게 홍랑이 말했다.

"그것도 걱정 마세요. 속전을 내줄 사람이 있거든요."

"누가 제 속전을 대신 내준답니까?"

부가이가 어리둥절해하는 가운데 고단이가 손으로 한곳을 가리키며 홍랑에게 말했다.

"아씨, 저기 판득이랑 판득 아범이 왔습니다."

대문 쪽에 판득이와 판득 아범이 두 손을 모은 채 고개를 조아리고 서 있었다. 송사에서 지고 말도 없이 떠났다가 한훤덕의 가산이 적몰되면서 다시 돌아와야 했던 것이다. 홍랑이 부가이에게 말했다.

"저 사람들이 내줄 겁니다. 그러니 걱정 마세요."

송사가 마무리되자 중부도사가 다가와 입안을 확인하고 문기를 다시 작성할 거라고 말했다. 알겠다고 대답한 홍랑은 여전히 영문을 몰라 하는 부가이를 부축해서 중부 관아를 나왔다. 판득이와 판득 아범은 마치 죄인처럼 고개를 숙인 채 둘을 따라왔다. 육조거리 쪽으로 향하는데 멀리서 구윤호가 관복 차림으로 걸어오는 게 보였다. 상체와는 다르게 재빠르게 움직이는 다리를 본 고단이가 숨 죽여 웃었다.

"체통을 차리느라 걸으시는데 꼭 달리시는 것 같습니다."

홍랑의 일행 앞까지 단숨에 도착한 구윤호가 숨을 헐떡거리며 말했다.

"김언생이 붙잡혔소."

"어디서요?"

"양주요. 좌포청과 우포청의 포교들이 가서 잡아왔소이다."

"한양도 아니고 양주까지 가서 용케 잡아왔네요."

"육중창과 이종원이라고 포도대장이 가려 뽑은 자들이라서 그런 것 같소. 한양으로 압송 중인데, 올라오는 대로 의금부에서 추국을 할 예정이오."

"그럼 송철이 배후인 것도 밝혀지겠네요."

"의금부에서 고신을 받으면 버티는 자가 드물지요. 게다가 공범들이 다 잡혀서 떠넘겼으니 살기 위해서라도 자백을 해야 할 겁니다."

구윤호의 얘기를 들은 고단이가 말했다.

"아까 중부 관아에서 송철을 그대로 붙잡아두는 건데 아쉽네요."

"도망쳐봤자 부처님 손바닥 안이니 걱정 마라. 참, 송사는 어찌 되었소?"

구윤호의 물음에 덕환이 대신 대답했다.

"이겼습니다. 우리 아씨가 조목조목 법 조항을 얘기하면서 송철의 코를 납작하게 눌러버렸지요."

"다행이오. 일단 마무리를 짓고 기다리면 소식을 전하겠소. 그럼 나는 일하다 중간에 나와서 이만 돌아가야 하네."

구윤호가 왔던 길로 돌아가자 덕환이 한숨을 쉬었다.

"드디어 송철이 몰락하는군요."

여름에서 가을로 넘어가는 동안 홍랑에게는 많은 일이 있었다. 아버지가 살아생전 송사에 패해 빼앗겼던 판득이와 판득 아범이 한훤덕의 가산이 적몰되면서 돌아왔다. 홍랑은 부가이의 속전을 내주고, 예전에 살던 누상동의 집을 다시 사는 조건으로 판득 아범이 판득이 모자와 함께 지낼 수 있도록 해주었다. 수원에 머물던 어머니 한씨 부인은 누상동의 집으로 다시 돌아오자 기둥을 쓸면서 중얼거렸다.

"살아생전에 다시 돌아올 줄은 꿈에도 몰랐구나."

한훤덕의 죽음과 관련한 사건으로 많은 사람이 처벌을 받았다. 특히 홍랑의 아버지를 외면했던 사역원의 역관들 상당수가 쫓겨났다. 그들이 그동안 뇌물을 받아왔다는 것이 밝혀지면서 당사자는 물론이고 자식들도 연좌되어 역관이 될 수 있는 길이 막혀버렸기 때문에 대부분 한양을 떠나야만 했다. 예전에 쓰던 방으로 돌아온 홍랑은 외지부를 하느라 종종 남장을 하고 바깥출입을 했다. 예전과는 다르게 어머니 한씨 부인은 대놓고 반대하지는 않았다. 오히려 억울한 사연이 있는 사람들을 힘껏 도우라고 응원해주었다. 보료에 앉아서 〈속형전〉을 읽고 있던 홍랑은 창문 너머로 한층 깊어진 가을빛을 바라보았다. 옆에서 바느질을 하던 고단이가 물었다.

"무슨 생각을 그리 하십니까?"

"다 끝났는데 왜 다 끝난 것 같지가 않지?"

"아, 송철이란 놈이 잡히지 않아서 그런 거지요."

대답하면서도 계속 바늘을 놀리던 고단이가 문득 홍랑을 보았다.

"그자는 정말 어디로 갔을까요? 관련자는 전부 다 잡혔는데 그자만 사라졌잖아요."

바느질을 멈춘 고단이의 말에 홍랑이 눈살을 찌푸리며 고개를 저었다.

"그러게, 대체 어디로 갔을까?"

그때 대문을 두드리는 소리에 둘의 대화는 끊겼다. 문간방에 있던 새로 온 머슴이 황급히 달려갔다가 돌아섰다. 그리고 홍랑이 있는 방 앞에 와서 고개를 조아렸다.

"아씨."

"무슨 일이냐?"

"금용이라는 분께서 사람을 보내셨습니다. 이달 보름 저녁에 금용정에서 뵙자고 하셨답니다."

"그래, 알겠다고 전하여라."

"예."

돌아선 머슴이 대문으로 가서 말을 전했다. 그걸 본 고단이가 물었다.

"무슨 일일까요?"

"아마 송사 건이겠지."

"그 일이라면 금용정까지 오라고 할 이유가 없잖아요."

"오랜만에 얼굴을 보려나 보지."

홍랑의 대답이 끝나자마자 바람이 살랑 불더니 비가 내리기 시작했다. 고단이가 일어나서 열린 창문을 닫았다.

"가을비가 내리나 봅니다, 아씨."

"계절은 순리대로 흘러가는 법이지."

창문을 닫자 요란한 빗소리가 줄어들었다.

열

◇

사라진 송철

다음 날, 해가 높이 뜨면서 화창하게 개었다. 흑립과 도포를 차려입은 홍랑이 안방에 있는 어머니 한씨 부인에게 인사를 하고 밖으로 나왔다. 먼저 나온 고단이가 장옷을 머리에 쓰면서 말했다.

"바닥이 다 말라서 다행입니다, 아씨."

"그러게. 어서 가자."

숭례문을 나와 용산강으로 향한 홍랑과 고단이는 가을이라 한층 짧아진 해가 막 저물 즈음 금용정에 도착했다. 담장 앞에는 말이 몇 필 묶여 있었다. 홍랑이 안으로 들어서자 이제 막 도착했는지 계단 앞에 서 있던 구윤호가 반가워했다.

"어서 오시오, 낭자."

금용정으로 오르려던 홍랑은 아래쪽을 살펴보며 고개를

갸웃거렸다.

"지난번에는 정자 아래가 트여 있었었는데 기둥 사이를 나무로 막았네요."

구윤호는 자기도 잘 모르겠다는 듯 고개를 저었다.

"그거야 주인이 잘 알겠지요."

계단을 마저 오른 홍랑은 한가운데에 놓인 화로와 전립골(氈笠骨: 전골을 지지는 그릇)을 보고 깜짝 놀랐다. 무거운 가채를 벗고 편안한 차림을 한 금용이 긴 젓가락으로 테두리에 놓인 고기를 뒤집는 중이었다.

"어서 오세요. 시월 초하루는 아니지만, 고기 생각이 나서 친구들을 불러 난로회(煖爐會: 조선 시대 시월 초하루에 친구들과 함께 고기를 구워 먹던 풍습)를 하고 싶어서요."

"갑자기 난로회라니요. 송사 때문에 저를 부르신 게 아닙니까?"

"일 얘기는 차차 하시지요. 고단이도 올라와서 같이 먹어도 괜찮겠어요?"

"그럼요."

홍랑이 계단 아래에 서 있는 고단이에게 올라오라는 손짓을 했다. 몇 번 사양하던 고단이는 시중들 사람이 필요하다는 금용의 말에 못 이기는 척 올라왔다. 잠시 후 고기와 채소

그리고 술이 올려진 쟁반을 든 덕환이 올라와서 구윤호의 옆
자리에 앉았다. 다섯 명이 전립골을 둘러싸고 앉은 채 마늘과
간장, 기름에 버무린 소고기에 산초를 뿌려서 먹었다. 고단이
가 연거푸 고기를 상추에 싸서 입에 넣고는 활짝 웃었다.

"고기가 정말 입안에서 살살 녹습니다."

술을 한잔 따라서 구윤호에게 바친 덕환이 대꾸했다.

"많이 먹어라. 고기는 충분하니까."

말없이 고기를 몇 점 먹은 홍랑이 금용에게 물었다.

"송철의 행방은 아직 못 찾았습니까?"

"그러게. 하늘로 솟았는지, 땅으로 꺼졌는지 알 수가 없네."

말은 그렇게 했지만 표정과 태도에는 여유가 넘쳤다. 그
모습을 본 홍랑이 재차 물었다.

"이대로 놔두면 반드시 화근이 될 겁니다. 며칠 전에도 그
자가 우리 집 담장을 넘어 제 방으로 침입하는 꿈을 꿨습니다."

홍랑이 떨리는 목소리로 말하자 금용이 젓가락을 놓고 그
녀를 바라보았다.

"사실 낭자에게 얘기하지 않은 게 몇 가지 있네."

"제게 말씀하시지 않은 게 있다고요?"

"나는 원래 관기가 될 운명이 아니었네. 부유하지는 않았
어도 양민이었으니까. 그런데 내 아비가 간악한 자에게 속아

서 큰 빚을 지는 바람에 관기가 될 수밖에 없었지. 아비는 억울해서 송사를 했지만 패했고, 나는 그길로 관기가 되었다네. 여기까지는 자네에게 말했던 것 같은데 여기서 끝이 아니네."

"설마…."

놀란 홍랑이 바라보자 금용이 고개를 끄덕거렸다.

"맞아. 그때 송사를 했던 외지부가 바로 송철이었네. 전기수였다가 외지부가 된 지 얼마 안 되었을 때지. 그리고 대송노 덕환도 거짓말을 한 게 있어."

술을 한잔 마신 덕환이 고개를 조아렸다.

"용서해주십시오, 아씨."

홍랑이 고개를 돌려 덕환을 보았다.

"아저씨는 저한테 뭘 속이셨나요? 송철이 제자였다는 게 거짓이었나요?"

"그건 명백한 사실입니다. 송철이 저와 틀어진 이후에 제 자식을 소유한 주인을 꼬드겨 멀리 북방으로 팔아버렸지요. 어떻게든 막아보려고 했지만 실패했고, 그곳까지 가서 새 주인과 담판을 지어 속량을 시켰지만 제 자식은 풍토병으로 오래 살지 못했습니다."

빈 술잔에 눈물을 떨군 덕환이 말없이 고개를 숙였다. 아무 말도 못 한 홍랑이 구윤호를 바라보았다.

"낭청 나리께서도 저에게 감춘 게 있으십니까?"

"없진 않소. 내 형님께서 무과를 보려고 한양에 올라왔는데, 그만 주막집에서 무뢰배들과 시비가 붙었다오. 그런데 무뢰배 한 놈이 쇠몽둥이로 형님의 갈비뼈를 치고 도망치고 말았소."

"갈비뼈를요?"

구윤호는 왼손으로 오른쪽 겨드랑이 아래 갈비뼈를 누르면서 말했다.

"여기를 맞으면 활을 제대로 당길 수가 없다오. 힘을 주면 찢어질 것처럼 아파서 말이오."

"저런, 무뢰배들이 대체 왜?"

"다음 날 무거운 육량전(六兩箭: 철전鐵箭의 하나. 무게가 엿 냥쭝이며, 광대싸리·쇠심·꿩의 깃·대나무·복사나무 껍질·아교풀·철 따위의 일곱 가지 재료로 만들었다)을 쏘는 시험이 있었는데, 그걸 망치고 말았소. 나중에 알고 보니 같은 무과에 응시한 권력가의 자제가 일부러 무뢰배를 보내 시비를 건 거였소. 형님을 떨어뜨리고 자기가 붙으려고 말이오."

"맙소사."

"그 사실을 안 형님이 송사를 했지만 비웃음만 당한 채 패소하고 말았소. 가진 돈을 다 날리고는 차마 고향으로 돌아오지 못하고 강에 몸을 던졌다오."

"그때 상대방 외지부가 송철이었나요?"

"아니오. 형님에게 그 사실을 알려주고 송사를 부추긴 이가 바로 송철이었다오."

"일부러 알려줬군요."

"맞소. 송사를 하게 만들어서 탈탈 털어먹으려고 한 것이었소."

주먹을 불끈 쥔 구윤호가 말을 이었다.

"너무나 억울했지만 해결할 방도가 없었소. 그래서 몇 년 동안 열심히 과거 공부를 해서 급제를 했지요."

"그럼 비변사에서 형조로 옮기신 것도?"

"송철 때문이었소. 그자와 연관된 송사들을 다루려면 아무래도 형조가 제격이니 말이오."

주변을 둘러싼 사람들의 얘기를 들은 홍랑이 금용을 바라보았다.

"저를 도와주신 건 송철에 대한 원한 때문이었군요."

"사실을 밝힐까 했지만 혹시라도 문제가 생겨 피해를 줄까 봐 얘기를 못 했네. 어쨌든 낭자 덕분에 여기 모인 사람들은 송철에 대한 원한을 풀 수 있게 되었지. 정말 고맙고 감사한 일이네."

금용의 대답을 들은 홍랑이 잠시 생각에 잠겼다가 물었다.

"그럼 이제 어찌해야 합니까?"

"원래는 복수를 끝내고 마무리하려 했네. 하지만 세상에는 억울한 자들이 줄지 않고 있지. 낭자만 괜찮다면 나와 낭청께서 힘껏 도울 테니 외지부를 계속하지 않겠는가?"

"이미 송철을 무너뜨리겠다는 소원을 풀었는데도 말입니까?"

"세상은 강물처럼 흘러가니까. 그 안에 담긴 무수한 사연을 그냥 넘길 수는 없을 것 같네."

금용의 얘기를 끝으로 아무도 입을 열지 않았다. 오직 전립골에 올려진 고기만이 지글거리는 소리를 낼 뿐이었다. 잠자코 있던 홍랑이 입을 열었다.

"알겠습니다. 앞으로 힘껏 돕겠습니다. 그런데 송철의 행방이 마음에 걸립니다."

홍랑의 물음에 금용이 덕환과 구윤호를 차례대로 바라보았다. 두 사람과 의미심장한 눈빛을 주고받은 금용이 마지막으로 홍랑을 바라보며 말했다.

"그자는 멀리 있지 않네."

"네?"

서둘러 식사를 마치고 모두 금용정을 내려왔다. 앞서 내려간 덕환이 미리 준비했는지 조족등을 챙겼다. 그걸 본 홍랑이 고개를 갸웃거렸다.

"아니, 해가 아직 안 떨어졌는데 어딜 가시려고요?"

덕환은 나무판자로 막혀 있는 금용정의 아래쪽을 손가락으로 가리켰다. 사람 하나가 겨우 들어갈 만한 작은 문이 보였는데, 무거운 자물쇠가 채워져 있었다. 구윤호에게 조족등을 넘겨준 덕환이 소매에서 열쇠를 꺼내더니 자물쇠를 풀었다. 그런 다음 다시 구윤호에게 조족등을 넘겨받고는 문을 열었다. 안쪽은 어두웠고, 매캐한 흙냄새가 났다. 아무 말도 없이 들어가는 금용을 따라 홍랑도 들어갔다. 겨우 설 수 있을 정도로 낮은 금용정의 아래쪽은 아무것도 보이지 않았다. 주변을 두리번거리던 홍랑은 무심코 발을 내디뎠다가 깜짝 놀랐다.

"어머, 밑에 뭐가 있네요."

홍랑의 말에 덕환이 조족등으로 아래를 비추며 짚신을 신은 발로 흙을 이리저리 찼다. 그러자 널빤지로 만든 문 같은 게 보였다. 덕환이 조족등을 비추자 구윤호가 문고리 같은 것에 연결된 쇠사슬을 풀어서 힘껏 당겼다. 삐걱거리는 소리와 함께 바닥의 문이 열렸다. 아래쪽은 마치 우물처럼 깊었다. 호기심에 조심스럽게 내려다본 홍랑은 기절할 만큼 놀랐다. 덕환이 비춘 조족등의 불빛에 사람 같지 않은 사람이 보였기 때문이다. 거의 벌거벗은 차림의 사람은 위에서 인기척이 들리자 벽에 의지해서 일어났다. 그리고 위쪽을 힘없이 올려다봤다. 조족등에 비친 얼굴을 본 홍랑이 홀린 것처럼 중얼거렸다.

"송철이네요."

넋이 나간 것 같은 홍랑에게 금용이 대답했다.

"맞네. 도성 밖 애오개에 숨어 있는 걸 잡아왔네."

"왜 여기에 가둔 건가요?"

"내가 좀 생각해봤네. 이자를 형조에 넘기면 어떤 처벌을 받게 될지 말일세."

금용이 덕환을 바라보았다. 덕환은 송철이 갇혀 있는 아래쪽에 침을 뱉으며 말했다.

"송사를 부추기고 송정을 어지럽힌 죄 외에는 처벌받지 못할 겁니다. 비질금의 송사 때도 그렇고 웬만하면 전면에 나서지 않았거든요. 한흰덕의 죽음에 관해서도 명백한 물증이 없는 상태라서 처벌하기 애매했을 겁니다."

덕환에 이어 구윤호가 말했다.

"형님의 죽음에도 직접적으로 개입한 건 아니어서 딱히 처벌할 수가 없소. 아마 최대한 할 수 있는 처벌이 유배형 정도일 거요."

"그래서 여기 가둔 건가요? 아무리 외진 곳이라고 한들 소리라도 치면 어쩌려고요."

홍랑의 말에 금용이 대답했다.

"소리는 지를 수 없어. 혀를 뽑았거든."

놀란 홍랑이 내려다보자 진흙 범벅이 된 송철이 우우거리는 소리를 냈다. 아마 꺼내달라거나 살려달라는 뜻 같았다.

"그래서 몰래 잡아다 여기 가둔 건가요?"

"맞네. 하루 종일 빛도 못 보고 좁은 곳에 갇혀 있는 거지."

"언제까지 가둬둘 겁니까?"

아래를 내려다본 금용이 대답했다.

"모르지. 먹을 것과 물은 꼬박꼬박 주고 있네."

"한 줄기 희망도 없다면서 살아남게는 해주시는 건가요?"

홍랑의 물음에 금용이 송철을 내려다보며 말했다.

"그게 희망을 없애는 거지. 먹을 것도 없고 마실 물도 없으면 어떻게든 저길 기어서 올라오려고 할 거야."

금용의 대답이 모든 걸 다 설명했다. 그녀의 눈짓에 구윤호가 나무로 된 문을 닫았다. 홍랑은 문이 닫히기 전 송철의 절망 어린 눈빛과 잠깐 동안 마주쳤다. 구윤호가 문을 닫자 덕환이 쇠사슬을 칭칭 감았다. 구윤호가 손에 묻은 흙을 터는 걸 본 홍랑이 금용에게 물었다.

"깊이가 얼마나 됩니까?"

"30척(약 9미터)은 족히 되네."

"못 올라오겠군요."

"설사 올라온다고 해도 저 나무문을 열지는 못할 걸세. 무겁기도 하고, 쇠사슬을 감아놔서 위에서 풀기 전에는 못 여네."

"오래 못 버틸 겁니다."

"생각보다는 오래 버틸 걸세. 저자는 저런 상황에서도 살아남으려고 할 테니."

덕환이 문을 열고 밖으로 나가자 금용이 먼저 나갔고, 홍랑이 잠자코 따라 나갔다. 말없이 지켜보던 고단이 역시 충격을 받은 표정이었다. 마지막으로 나온 구윤호가 덕환에게 받은 열쇠로 자물쇠를 채웠다. 잘 채워진 걸 확인한 구윤호가 홀가분한 표정으로 말했다.

"고기나 더 먹읍시다. 저놈을 보니 입맛이 살아나서요."

구윤호의 말에 덕환과 금용이 마주 보며 웃었다. 주저하던 홍랑도 따라 웃었다. 충격을 받기는 했지만, 송사에서 지고 동료들에게 외면당한 채 억울하게 죽어간 아버지가 떠올랐기 때문이다. 홍랑은 아무 말 없이 금용정의 계단을 올랐다. 계단을 오를 때마다 이 자리에 있지는 않지만 송사에 관련된 사람들의 얼굴이 떠올랐다. 금용을 비롯해 구윤호와 덕환, 고단이까지 올라와서 아까 앉았던 자리에 앉았다. 그러고는 아무것도 보지 못한 것처럼 다시 고기를 구워 먹으며 웃고 떠들었다.

조선은 무려 오백 년 동안 실록(實錄)이라는 일기를 쓴 나라입니다. 그 덕분에 오래전 일임에도 불구하고 상세하게 알 수 있는 것이 아주 많습니다. 그 외에도 다양한 기록을 남겨 놓아 저처럼 역사소설을 쓰는 작가에게 정말 큰 도움이 되고 있습니다. 이 작품도 실록을 비롯해 조선이 남긴 기록들이 없었다면 쓰지 못했을 겁니다. 먼저 말씀드리자면 조선 시대에 여성이 변호인 격인 외지부(外知部)로 활동하는 건 불가능한 일이었습니다. 사실 외지부라는 명칭조차 자유롭게 쓰지 못했습니다. 타인을 변호하는 건 처벌 대상이었으니까요. 그래서 조선 전기에 외지부가 모두 도성 밖으로 추방당한 적도 있었습니다. 하지만 소설에 등장하는 사건은 대부분 실제 일어난 사건을 살짝 비튼 겁니다. 송사 절차와 과정도 흥미로운 진행을 위해 생략한 부분이 많지만, 실제로 진행된 것과 상당히 유사합니다.

　조선 시대에는 임금이나 권력자가 마음대로 처벌할 수 있었다고 흔히 믿습니다. 하지만 임금이라고 해도 사형을 집행하거나 처벌을 할 때는 대신들과 논의해야 하고, 법전의 조항에 해당하는지를 따져봐야 했습니다. 조항에 없는 과한 처벌은 대신들의 반대에 부딪히기 일쑤였습니다. 지방 수령이 반드시 행해야 할 일곱 가지 조항 중에는 송사를 공정하게 처리해야 한다는 내용도 들어 있습니다. 사인이 불분명한 시신은 검관(檢官)이 검험을 진행해 검시장식(檢屍狀式)이라는 기록을 남겨야만 했지요. 임금은 아니지만 왕실의 종친이나 외척, 심지어 대군조차 송사의 대상이 되었습니다. 그러니까 조선은 최대한 법에 의거해 판결과 처벌을 내린 나라였습니다.

　하지만 예나 지금이나 재판은 힘 있는 자들에게 더 유리하게 작용합니다. 조선도 마찬가지였지요. 그렇기에 안타까운 사연들이 실록 곳곳에 남아 있습니다. 김원진의 송사와 관련한 실제 사건은 세종 19년인 서기 1437년 7월 20일 자 실록에 다음과 같이 수록되어 있습니다.

본국 사람 김원진(金元珍)이 유구국(琉球國)에 가서 본국 사람 김용덕(金龍德) 등 6인을 되찾아 돌아왔다. 원진에게 면주 두 필과 마포 넉 필을 상으로 주었다. 용덕은 원진의 손녀다.

아마이라는 왜국 여인의 사연 역시 세종 9년인 서기 1427년 1월 10일 자 실록에 다음과 같이 수록되어 있는 것을 소재로 삼았습니다.

대마도의 왜녀 아마이소(阿磨而所)가 말하길 "아들 삼미삼보라(三味三甫羅)와 딸 감인주(甘因珠) 그리고 남편 고라시라(古羅時羅)가 기해년에 장사를 하려고 조선에 와서 부산포에 정박했는데, 대마도를 정벌할 때 각 포에 거류하던 왜인들을 각 고을에 나누어 소속시켰습니다. 노녀는 그들이 간 곳을 알지 못하여 그리워해 마지않았는데, 지금 아들 삼미삼보라는 봉화군에 있고 딸 감인주와 남편 고라시라는 순흥부에 있다는 말을 듣고는 기어코 한곳에서 목숨을 마치고자 하여 찾아왔습니다."라고 했다.

최아지의 송사 역시 세종 31년인 1449년 4월 24일 자 실록에 수록된 사건입니다.

최완의 첩은 비록 완을 위해 청청을 다했으나, 재가를 했으니 가상할 것이 없다. 그 전에 박신의 처는 신이 죽으매 스스로 목을 찔러 죽었으나, 이미 재가를 했기 때문에 포상하지 않았으니 역시 이와 마찬가지다.

한훤덕의 죽음 역시 모티브가 된 사건이 존재합니다. 실제 사건은 세종 11년인 1429년 3월 23일 자 실록에 다음과 같이 수록되어 있습니다.

야밤에 도둑이 훈도방(薰陶坊) **거리에서 이춘발**(李春發)**을 죽였다.**

마지막 소송 역시 세종 20년인 1438년 5월 15일 자 실록에 남아 있는 기록을 토대로 구상한 것입니다.

박구의 처 이씨가 그 여종 서가이를 구타해 살해했으니 율에 의하면 장 60대와 도 1년에 해당한다. 서가이의 어미 부가이는 주인 이씨를 고발했고, 이씨의 딸들도 또한 같이 구타해 살해했다고 무고하였으니 율에 의하면 장 90대와 도 2년 반에 해당한다. 그러나 부가이는 나이 일흔이 넘었으니 으레 속을 받아야 할 것이다.

법은 예나 지금이나 힘없고 가난한 자가 기댈 수 있는 마지막 보루입니다. 법은 누구에게나 공평하기 때문입니다. 하지만 공정한 법을 공정하지 못하게 이용하는 사람들이 존재합니다. 법이라는 희망을 가려버린 어둠과 같은 존재들이지요. 그럼에도 어둠은 빛을 이길 수 없고, 망각은 기록을 넘어서지 못할 것입니다. 희망을 잃지 않기를 바라는 마음으로 이야기를 지어봤습니다.

디자이너 공중정원

공중정원은 북 디자인을 하는 디자인 스튜디오입니다. ⓞ design_jungwon1201

에디터 하순영

머메이드의 도서를 기획, 편집합니다. 머메이드는 독자의 마음에 울림이 남는 콘텐츠를 만듭니다. ⓞ mermaid.jpub

조선 변호사 홍랑

1쇄 발행 2024년 8월 15일

지은이 정명섭

교정교열 박미경
펴낸이 장성두
펴낸곳 머메이드
※ 머메이드는 주식회사 제이펍의 단행본 브랜드입니다.

출판신고 2021년 8월 12일 제2021-000123호
주소 경기도 파주시 회동길 159 3층 / **전화** 070-8201-9010 / **팩스** 02-6280-0405
홈페이지 mermaidbooks.kr / **독자문의** mermaid.jpub@gmail.com

소통기획부 김정준, 이상복, 안수정, 박재인, 송영화, 김은미, 배인혜, 권유라, 나준섭
소통지원부 민지환, 이승환, 김정미, 서세원 / **디자인부** 이민숙, 최병찬

용지 에스에이치페이퍼 / **인쇄** 한승문화사 / **제본** 일진제책사

ISBN 979-11-977723-9-9 03810
값 16,800원